嶋田直哉
Naoya Shimada

荷風と玉の井

「ぬけられます」の修辞学

論創社

目次

凡例

・引用文中の漢字は新字によって表記した。
・作品の引用は断りのない限り原則として新版『荷風全集』［第二次刊行］全三十巻＋別巻（岩波書店、二〇〇九・四～二〇一一・一二）に拠った。
・作品名について単行本を指す場合は原則として『　』で示し、新聞雑誌掲載を指す場合は「　」で示した。また新聞紙名・雑誌名は「　」で示した。
・年号は西暦で表記し、適宜和暦を示した。
・引用文中の傍点、傍線、ルビおよび丸数字①②……は断りのない限り全て引用者による。
・図版への書き込みによる注釈は全て引用者による。

まえがき

本書は、永井荷風（一八七九〜一九五九）の昭和戦前期における作品――「つゆのあとさき」（『中央公論』一九三一・一〇）、「ひかげの花」（『中央公論』一九三四・八）、「濹東綺譚」（『東京朝日新聞』『大阪朝日新聞』夕刊一九三七・四・一六〜六・一五）についての論考である。

これらの作品群が発表された時代、それはちょうど、日本が日中戦争に突入する直前であり、瞬間でもあった。また、荷風の作家生活から考えてみると『あめりか物語』（博文館、一九〇八・八）や、『ふらんす物語』（博文館、一九〇九・三）に代表される、新帰朝者として活躍した明治末期〜大正初期の華々しい執筆活動とは対照的に、発表作品が少なくなる大正中期〜末期、そして昭和に入って「つゆのあとさき」によって復活を遂げたあと、「濹東綺譚」までは荷風の作家としての円熟味を示す時期に当たる。また、「つゆのあとさき」や、「濹東綺譚」は、銀座や玉の井といった都市空間や、当時の風俗が描かれた作品として、荷風の都市観察の総決算的な意味合いが強い。本書で注目したいのも、まさしくこの都市空間と、風俗の描写である。特に荷風が大きな関心を寄せた、私娼街玉の井と、その街を舞台とする「濹東綺譚」は、荷風の都市観察と、日中戦争勃発を背景とする時代感覚が見事に表現された作品であり、本書では論考の中心に据えた。

「つゆのあとさき」は、一九三〇年前後の銀座のカフェーが舞台となっている。荷風は、当時のカフェーの流行にも非常に敏感で、『断腸亭日乗』によれば、この時期は毎夜のように銀座のカフェーに通っている。そして、そこで働く君江を中心に展開するこの物語は、まさしく、当時流行した女給小説の一つと考えられる。しかし、この作品が単なる流行を意識したものでないことは、女給をめぐる語り方、物語構造が当時のそれと著しく異なっていることからも理解できる。

「ひかげの花」は、私娼と、彼女にまとわりつくヒモを中心に展開する物語である。荷風の関心は、銀座の女給から、一九三二年一〇月の大東京成立を背景に、都市に出現するようになる私娼へと向けられる。私娼黒沢きみとの交流もこの時期である。荷風が紡ぎ出す物語はここでも当時の私娼を語るパターンを踏襲しながらも、最終的に私娼自身がそのパターンを内面化し、模倣するという点で、たいへん特徴的な作品となっている。

このように、一九二〇年代末～一九三〇年代における荷風の関心は、女給から私娼というように変化していく。それは、関心と観察の対象が、銀座から大東京へ、というようなマクロな視座へと、ひろがりを獲得したことが大きい。荷風が、それまで気にも留めなかった、小名木川周辺の城東区砂町（現江東区北砂・南砂・東砂・新砂）一帯に広がる工場地帯に関心を持つのも、この頃（一九三二年一一月）のことである。

荷風の都市観察の総決算として書かれるのが「濹東綺譚」である。向島区寺島町（現墨田区東向島）にあった私娼街玉の井を舞台とするこの作品は、小説家である「わたくし」（大江匡）と、お雪の交情はもちろんのこと、その背景となる街の様子が詳細に描写されている。荷風はこの作品においても、玉の井とそこに住む女性たちをめぐる、当時の典型的な物語をなぞりながらも、帰結する点を敢えてずらすように書いている。

当時の物語のパターンをなぞりながらも、同時にそれからのズレをはらむ荷風のこのような戦略を、本書では、「修辞学」と捉え、それが語りや文体において、特徴的に表現されていると考えた。また、荷風の都市観察の頂点を示す、玉の井へのまなざしのありかたは、当時の玉の井の代表的な図像である「ぬけられます」を中心に据えて分析することで明らかにすることができるだろう。本書の副題が「「ぬけられます」の修辞学」となっているのもそのような理由からである。

本書で目指したのは、荷風の諸作品の物語構造を明らかにし、同時代資料を接続することである。この方法を採ることによって、一般に隠棲した生活を送ったイメージの強い荷風が、実際はどのように同時代と関係を結んだのかが、見えてくるはずである。

第一章
永井荷風の「復活」――『つゆのあとさき』と女給

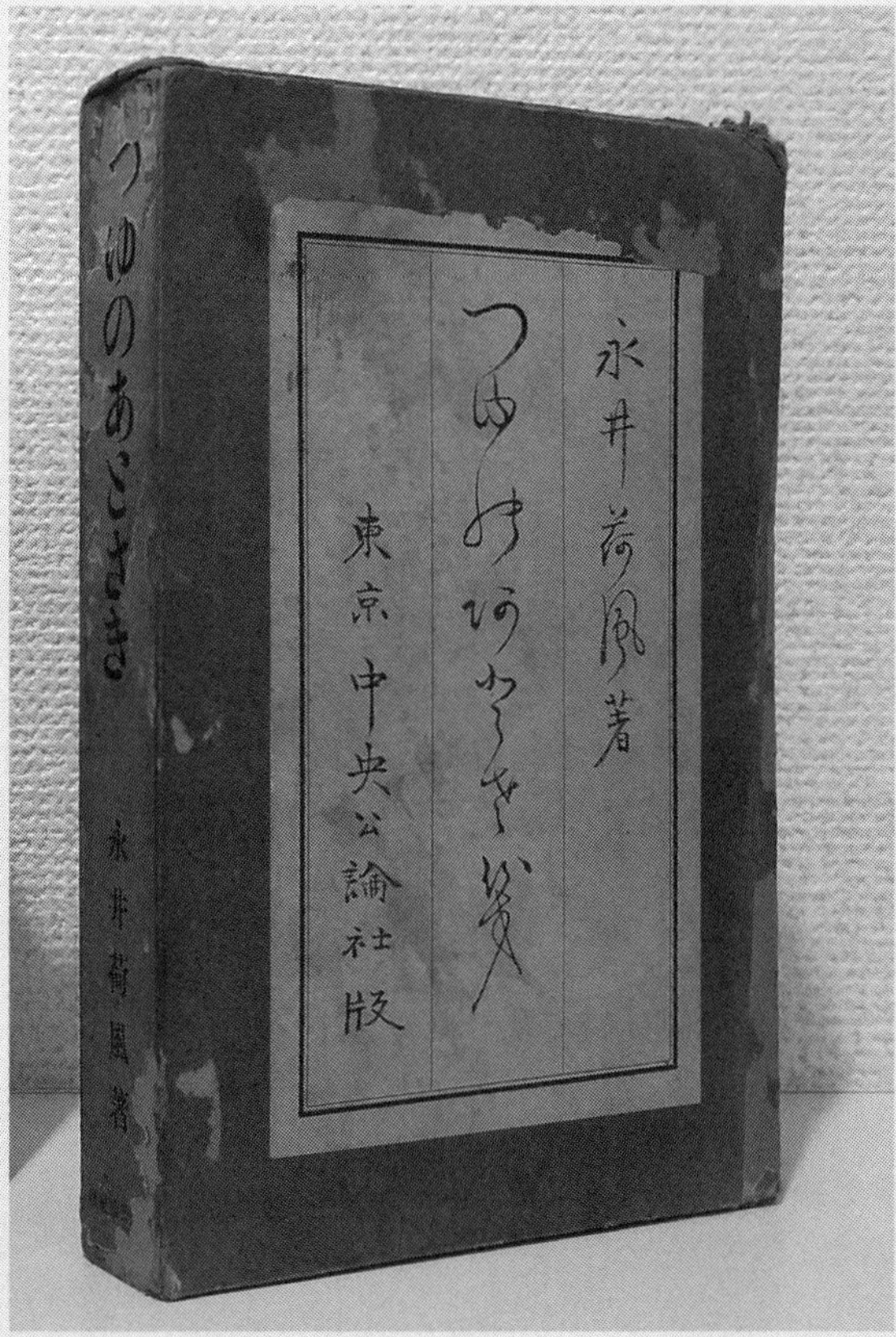

『つゆのあとさき』初版、函、中央公論社、1931年11月

一　「浅薄な作品」――「つゆのあとさき」の同時代評

作家評伝的にまとめると、永井荷風が一九三一（昭和六）年一〇月、雑誌「中央公論」に発表した「つゆのあとさき」といえば、一般的に「永井荷風が長い沈黙の年月を経て文壇に復活するきっかけをなした小説[1]」と、位置づけられている。

物語では銀座のカフェーの女給君江はパトロンの流行作家清岡進がいながら、多くの男性と関係を持つ生活を送っている。清岡はそのような君江を許すことができず、腹心の書生を使って、様々な嫌がらせをする。清岡には、妻鶴子がいる。しかし二人の関係はすでに冷え切っており、鶴子がフランスに外遊することが決まってから、清岡は君江にさらにつらく当たろうとする。ある日やっとのことで清岡から逃れた君江であったが、今度はタクシーの運転手に突き飛ばされて、大けがをしてしまう。自宅で静養していた君江は近所を散策している途中に、昔世話になった川島と再会する。君江は川島と二人で酒を交わすが、彼女が目覚めたときには枕もとに川島の遺書が置かれていた。

そして、この「復活」を語る際に必ず言及されるのが、谷崎潤一郎「永井荷風氏の近業について「つゆのあとさき」を読む」（「改造」一九三二・一二）である。谷崎はこの評で「主観」と「客観」というた、小説の語りの変容を、明治中頃から辿り直しながら、「つゆのあとさき」は「近頃珍しくも純客観的描写を以て一貫された、何んの目的も、何んの主張もそれ自身のうちに含んでゐない冷めたい写実的作品」であるとし、つづけて、「私は何よりも先づ我が敬愛する荷風先生の健在を喜びたい。」と絶賛を送る。

しかし、このような谷崎の「つゆのあとさき」評は、川端康成「一九三一年創作界の印象」（「新潮」一九三一・一二）が当年を回顧しながら「ほかの人々の批評と飛びはなれてゐる」と、記しているように、当時においては、いささか特異な位置づけにあったようだ。事実、同時代評の多くは、荷風の「復活」を言祝ぎつつも、同時に、痛烈な批判を加えていくのである。例えば「つゆのあとさき」について最も早い評である川端康成「永井荷風氏の「つゆのあとさき」」（「東京日日新聞」一九三一・九・二九）は、作品発表そのものについては「喜ばしい興奮を感じさせる」と、一応の評価を与えつつも、「登場人物に対する永井氏の好悪は実に露骨である」として、それゆえに、「芸術的気品は失はれ、やゝ浅薄な作品となつてしまつた」と述べている。つまり川端は、女給の君江や彼女のパトロンである小説家清岡進は、作者から「侮蔑され冷笑」される存在であり、それに対し、清岡進の父熙《あきら》と進の妻鶴子は「同情され賛美」されているといった、単純な人物造形と配置を指摘し、そこに「作者の世相観察がやゝ浅薄」であると批判していくのだ[2]。このような「世相観察」といった、作者の倫理的な側面への批判は、川端ばかりではない。中野重治「文芸界の諸問題」（「読売新聞」一九三一・一〇・四）は、「何らの芸術的感動もなしに綴られた一種の猥雑文」であるとして、「一般にかうした作者が制作についてどうして生きてゐられるのか不思議」と断罪し[3]、また、尾崎士郎「「戯作者的態度」についてそのほか」（「新潮」一九三一・一二）は、「表現はいちぢるしく粗雑で、往年の官能描写とくらべても木版刷の春画を石版にうつし変へたといふ程度の粗悪な印象をうける」と酷評している[4]。

「つゆのあとさき」が、発表当時このように酷評されていたことは、あまり注目されることはない[5]。その理由は、いたって簡単だ。当初は酷評していた正宗白鳥[6]が、その翌年「永井荷風論」（「中央公論」一九三二・四）において、そのトーンを弱めながらも、「荷風氏ほど現代日本の文明を批評したものはなかつた」と賛辞を送り、さらに先述した谷崎の絶賛と合わせて、荷風自身が「正宗谷崎両氏の批評に答ふ」（「古東多万」一九三二・五）で、「わたくしはこの二家の批評を読んで何事よりもまづ感謝の情を禁じ得なかつた。」と、率直に謝辞を述べ、このような応酬の中で、彼らの作家論的コンテクストとともに「復活」を語る、あまりにも理解しやすい文脈を、荷風本人が提供してしまうからだ。それゆえ本章で考えてみたいのは、これまで幾度も繰り返された「荷風先生の健在」を示す「つゆのあとさき」ではなく、現在においては、そのような絶賛によって忘却されている「作者の世相観察がやや浅薄」なことを露呈してしまう「つゆのあとさき」である。結論から言えば、これらの酷評は、ひとえに女給をめぐる言説の布置によって、その回路が浮上すると考えられる。そして、このことを明らかにするために、まずは「つゆのあとさき」の物語構造を確認し、次に、当時の女給の言説を検討する。その上でテクストの同時代的な位置を考えてみたい。

二　断片化されるテクスト——「芝居の序幕」

「つゆのあとさき」を、女給の君江を中心とした物語として読み進めることは、いささか困難な作業といわざるを得ない。物語は途中、彼女のパトロンにあたる小説家清岡進、進の父熙、進の妻鶴子たちの出来事が、時に冗長なまでに挿入され、その度に焦点化される人物が、かなりの頻度で切り替わり、その結果、物語の現在時は幾度も中断されてしまうからだ。それゆえ作品は、ある人物の情報を特権化し、統合のとれた一つの物語というよりは、むしろ各人物のそれぞれの時間軸に沿って断片化された場面が、方向性を定めず偏在している状態にあるといったほうが適当だろう。そして、それらの断片の集積から、テクスト全体を後置的に統括する安定した語りの存在を見出すことは、ほぼ不可能に近い。

このような物語構造の不安定さを生み出す理由として、物語の時間的持続と、それを語る物語言説の著しい不均衡さを挙げることができるだろう。「つゆのあとさき」の時間的持続は、「五月はじめ」(第一章)から「七月十日」(第九章)直後までの、約二ヶ月間を想定することができる。しかし、実際に語られるのは、その持続に点在する、ほんの数日の出来事に過ぎない。例えば冒頭「女給の君江は午後三時から其日は銀座通りのカツフエーへ出ればよいので、」(第一章)から始まる「其日」の出来事は、君江が「売卜者《うらないしゃ》」に「再三気味のわるい事に出遇つてゐた」ことを相談する場面から始まり、その後、彼女が勤めるカフェー「ドン・フワン」の様子（第二章）や、しつこく言い寄る客の矢田と、神楽坂の待合で過ごすことになる「今夜」の描写へと接続され（第三章）、「翌日の朝」「腕時計の針はまだ九時半をさした」頃に、清岡が君江の貸間を訪ねて来る場面（第四章）までの持続を想定することができる。すなわち作品全体として、約二ヶ月の時間的持続、全九章で構成されたこの作品が、冒頭の「其日」を起点とする一日にも満たない出来事に、約半分近くの章立て（第一～四章）の物語言説を費やしているのである。

このような時間的持続と、物語言説量の不自然さは、先述したように、登場人物たちの回想や過去の出来事が、過剰なまでに挿入されることに起因している。例えば、以下の場面を起点として語られる清岡の回想は、この作品中最も大きく、かつ不自然な中断である。

「自分ばかり知れないと思つてゐても、世の中には案外な事があるからね。秘密は却て漏れやすいものさ。」と言ひ終つて清岡は自分から言過ぎたと心付き、急いで煙草を啣へながら君江の顔色を窺ふと、君江の方でも何か言はうとしたのを其のまゝ黙つて、飲みかけた湯呑を口の端に持ち添へたまゝ、ぢろりと清岡の顔を見たので、二人の目はぴつたり出遇つた。清岡は煙草の烟にむせた風をして顔を外向け、

「何でも気にしないのが一番いゝよ。」

「ほんとうねえ。」と君江の方でも心からさう思つてゐるらしく見せかけるために、声まで作つたが、それなり後の言葉が出て来ないので、湯呑の茶をゆつくり飲干して静に下に置いた。（第四章）

君江が「気味のわるい事」について「売卜者」に相談しても判然とせず、その不安を、翌朝彼女の貸間に訪ねてきた清岡に漏らす場面である。ここで注目したいのは、傍線部のように、清岡と君江が同時に焦点化されている点だ。このように、一つの場面で二人の人物を等分に焦点化していく語りはこの作品の大きな特長である。引用箇所を検証してみよう。交わされた会話の中で清岡は、「自分から言過ぎた」と感じており、君江もまた「心からさう思つてゐるらしく見せかけ」ようとしている。そして、この直後には「君江は何か好い折があつたら、清岡とは関係を断つてさつぱりとして、自分の過去の事を少しも知らない新しい恋人を得たい」という、彼女の内面が明確に語られる。それと対比するように、「清岡が君江を識つたのは君江が始めて下谷池の端のサロン・ラックといふ酒場の女給になつた其の第一日の晩からであつた。」以下は、清岡が焦点化され、二人の出会いが語られていく。この場面以降明らかにされるのは、昨年「秋風の立ち初める」頃に清岡が目撃した「この夜の事件」の顚末である。清岡は、君江の貸間付近で、偶然にも彼女と連れだって歩く男を見かけ、二人を尾行する。彼は「桜の木立を楯にして次第々々に進み寄り、君江がどんな話をしてゐるかを窺ひ、同時に相手の男の何者たるかを見定めやうと試み」、事実二人が「崖上のベンチ」で交わす会話はもとより、待合へ向かう路地で交わす会話の詳細な内容なども含めて、強引なまでに清岡が焦点化されていく。「清岡はいかなる作者の探偵小説中にも、この夜の事件ほど探偵に成功したはなしは恐らくあるまい」と、自身で「驚愕」を隠せないようなのだが、物理的に考えて、絶対に聞き取ることのできない君江たちの会話を聞き取ることに「成功」してしまう清岡の描写は、物語構造として破綻しているとしか考えられない。しかしこの場面は、清岡が彼女に対して「平常心の底に蟠つてゐる怨恨」を抱く理由と、さらには、冒頭君江を焦点化し、彼女が「売卜者」に相談した「気味のわるい事」が、全て清岡の企みであったことを明示していく機能を担っている。そして、物語はこのような一年近くにわたる清岡の「怨恨」と因縁の説明に、いささか冗長ともいえる物語言説を費やしながらも、その語りの末尾には、先の引用箇所と照応するように、「今方占者のはなしから、清岡は我知らず言過ぎたと心付き狼狽へて言ひまぎらしたのも、実はかういふ事情からである。」とまとめることで、物語内容における現在の時間軸が、全く経過していないことを示している。つまり「つゆのあとさき」は、このように、登場人物たちの回想や、過去の出来事を挿入していくことで、物語の現在時を大胆なまでに中断し、彼らの断片的な出来事を、いささか過剰に語っていくことで、物語言説を肥大化させていく傾向にあるのだ。

このような、不自然なまでの物語言説の過剰さとその肥大化は、この作品の時間構成と、密接な関係にある。「つゆのあとさき」の時間構成は、「いつも」の習慣的な様子を語る括復的表現と、それによって示された時間的振幅から引き出される、その時その場の一回的な出来事を語る単起的表現との、複雑な交差によって成立している。例えば第六～七章の二章にわたって展開されるのは、君江の前に、偶然にも四人の男がかち合ってしまう「今夜」の出来事である。その約一日の時間的持続は、「いつもカッフエーなどへは来た事のない松崎さんと云ふ老紳士が今夜にかぎつてひよつくり姿を現し」、しかも君江は、「今夜は少し酔ひ過ぎ」てしまい、「今夜にかぎつてどうしてかうも都合が悪るいやうになつた」というように、「いつも」と「今夜」が交差することによって語られている。このような、第六～七章における「今夜」の持続の、ほぼ末尾で語られる以下の場面は、この作品の時間構成の特長をよく示している。

①十七の暮から二十になる今日が日まで、いつも〳〵君江はこの××（戯れ）のいそがしさにのみ追はれて、深刻な恋愛の真情がどんなものかしみ〴〵考へて見る暇がない。②時たま一人貸間の二階に寝ることがないでもないが、③さういふ時には何より先に平素の寝不足を補つて置かうといふ気になる。④それと同時に、やがて疲労の恢復した後おのづから来るべき新しい××（戯れ）を予想し始めるので、いかなる深刻な事実も、一旦睡に陥るや否や、其の印象は睡眠中に見た夢と同じやうに影薄く模糊としてしまふのである。⑤君江は睡からふと覚めて、いづれが現実、いづれが夢であつたかを区別しやうとする、其時の情緒と感覚との混淆ほど快いものはないとしてゐる。
⑥此の日も君江は此の快感に沈湎して、転寝から目を覚した時、もう午後三時近くと知りながら、

猶枕から顔を上る気がしなかつた。（第七章）

ここでの時間構成は、かなり複雑だ。順を追って確認していこう。①「十七の暮から二十になる今日が日まで」の、君江の四年間にわたる持続が、波線部「いつも〳〵」といった、日常的な反復を示す括復的表現によって語られる。その中のある特定の一時点として、②傍線部「時たま一人貸間の二階に寝る」様子が示されるが、それは、③波線部「さういふ時には〜気になる。」というように、括復的表現に示される時間のなかに位置づけられていく。このような時間構成と並置されるように、④は「それと同時に」と導き出され、文末は波線部「模糊としてしまふのである」、続く⑤も「其時の情緒と感覚という一時点を包括するように、波線部「快いものはないとしてゐる」という君江の習慣的な行為が語られていく。そして、①から⑤で示された時間的振幅から、第六〜七章で語られる⑥傍線部「此の日」の出来事が引き出される。しかしこの一文は、文末を「気がしなかつた」と過去形で結ぶことによって、それが一回的な出来事を語る単起的な時間軸に位置することを記しながらも、その一時点もまた「此の日も」というように、同時に括復的な時間軸へ回収されていくことを明示しているのだ。つまり、ここでは、単起的に引き出される特権化された物語の現在時と、物語全体を包括する四年間という持続の中で繰り返されてきた括復的な時間とが、連鎖的に語られることで、第一〜四章で語られる「其日」以前の君江を軸とする四年間という時間を、まさに「此の日」という一時点へ接続することを可能にし、それと同時に、物語の現在時を大胆なまでに中断することを許容していくことになるのだ。[7]

このような時間構成の効果が明らかになるのは、物語の最後、君江が埼玉県の実家を飛び出し、女給になる以前に、友人の京子のもとで世話になった川島金之助と、二年ぶりに再会する場面においてである。君江は川島の姿を見て、「その時分は結城づくめの凝つた身なりに藝人らしく見えた事もあつたが、今は帽子もかぶらず、洗ざらした手拭地の浴衣に兵児帯をしめ素足に安下駄をはいた様子」（第九章）というように感じ、それと同時に、川島もまた、君江の「全身の姿」を眺めながら、「わづか二年見ぬ間に変れば変るものだ」と、驚きを隠せないでいる。ここには確かに、「二年」という時間が、川島と君江の身体的変貌によって、他の場面と同様、相互に等分に焦点化され認識されている。しかし、その経過した時間は君江によって、「何といふわけもなく此の芝居の序幕も、どうやら自然と終りに近づいて来たやうな気がして来る……。」というように認識されているに過ぎない。つまり、この作品は、物語の最後でここに至る時間経過と、物語内容を君江に焦点化し、そこで「終り」という後置的に統轄する場を獲得しながらも、彼女の到達点は具体的に示されることはなく、そればかりかこの物語全体が「芝居の序幕」という断片そのものであったことが、明らかになるのだ。

このように、「つゆのあとさき」は、悉く断片の集積によって構成されたテクストである。物語内容の時間軸がリニアに展開することはない。むしろそれとは逆に、括復的表現と単起的表現の複雑な交差によって、登場人物たちの回想や、出来事の冗長なまでの挿入、頻度の高い焦点化の切り替えが可能となり、そのために物語の現在時への度重なる中断、そして不自然なまでの断片化が保証されることになるのだ。

三　〈女給〉の修辞学――「夜明け」へ

このような物語構造を、当時の女給をめぐる言説の中に位置づけてみよう。[8]　川端康成は、「永井荷風氏の「つゆのあとさき」」（前出）において、「女給小説の氾濫」という同時代的な状況について言及している。当時最も代表的な「女給小説」は、広津和郎「女給」（『婦人公論』一九三〇・八～一九三一・二）であろう。[9]　連載途中でありながら、その前半部分は「つゆのあとさき」が発表される七ヶ月ほど前に『女給小夜子の巻』（中央公論社、一九三一・三）としてまとめられている。この作品は、女給小夜子のパトロンである流行作家吉永薫、彼女への思いを募らせるあまりに、怨恨を抱くことになる相良といった登場人物の設定など、「つゆのあとさき」と多くの一致点を見出すことができる。[10]　しかし、その物語構造は全く対極的だ。主人公である小夜子は冒頭で「女給！　何というイヤな言葉でしょう。一体何処の無神経な人間がこんな不愉快な響の言葉をこしらえたんでしょう。」と語り、聴衆である「みんな」を前にして、自分の子供ばかりでなく、「弟と妹とに学費を送ってやらなければならない」ために、「東京中でも有名な一流の店」である銀座の「カッフェエ・T」で働くことになった自身の悲惨な境遇を、以下のように語り出す。

まあ、わたしに子供があるって聞いて吃驚なすったでしょう。そんな子供見たような顔をしていて、子供があるとは驚いたって？　……而もわたしが子供を産んだのは今から三年前よ。それこそ全く何も知らなかった時分よ。今から思うとまるでねんねえ見たような頃でしたの。

この引用箇所からもわかるように、彼女の口ぶりは明らかに、「みんな」の前で語るという行為そのものを意識化している。このような彼女の行為を保証するのは「全く何も知らな」い「ねんねえ見たような」自分と、この回想を語っている傍線部「今」の自分との間に横たわる、「三年前」という時間的な距離だ。語る「今」と、語られる「今」、といった、単純なまでの時間的遠近法によって、彼女は、自分自身の悲惨な境遇を対象化し、それを一人称「わたし」によって統合された物語として、「みんな」の前で語ることを可能にしているのだ。そればかりではない。物語には、ほんの僅かだが、例えば「(作者註、――ネコはカッフェエ黒猫、トラはカッフェエ・タイガーの略。銀座ボーイの間には、ネコ、トラで通用す。)」というように、聴衆の一人である「作者」の言葉が記されている箇所がある。つまり物語は、このようにメタ・レヴェルの水準を想定することで、小夜子が一人称「わたし」で語る物語言説を、同時に、他ならぬ「作者」が引き受けていることを明らかにしているのだ。ここからは、広津和郎本人が『女給小夜子の巻』の巻頭に付した「作者のことば」のなかで、「自分の眼には一般の婦人の「夜明け」はまだまだ遠い遠い《ママ》という気がする。（中略）一般に婦人の運命は、まだまだ「闇」の中を彷徨しているという気がする」と述べ、「婦人達に向って、「小夜子」が何を叫びかけているかを聞いて貫いたい」と記すように、いかにも広津和郎らしい、啓蒙ともいえる語りの戦略を読み取ることができるだろう。

　もっとも、このような女給をめぐるまなざしは「文学」の領域に留まらない。特に、一九三〇年前後は「エロ・グロ・ナンセンス」の流行を背景に、大阪資本のカフェーが続々と銀座へ進出し、濃厚なサービスによって、一気に店を増やしていった時期だ。その状況を、今和次郎編纂『新版大東京案内』（中央公論社、一九二九・一二）は、「最近の市内外に於けるカフエー、バーの膨張ぶりは実際驚くばかりである。」と述べ、その乱立ぶりを「カフエーの洪水！」と呼んでいる。このような時流の中で、女給もまた、女性が就く職種として認識されていく。前田一『職業婦人物語』（東洋経済出版部、一九二九・五）は、「職業婦人の実情を察知」することを目的とした職種別ガイドブックである。その目次には「ビルデイングの花『事務員』と『タイピスト』」「虚栄の殿堂に働く『女店員』」などの中に「歓楽の渦に漂ふ『エプロン女給』」の項があり、カタログ化された「職業婦人」の一つとして、女給が認識されていたことがわかる。しかし女給は、このように新しい職業としての位置を与えられながらも、同時に「歓楽の渦に漂ふ」ためか、定職が望まれる職種でもなかったようだ。例えば、一九三〇年前後に、カフェーに関するルポルタージュを数多く発表した村嶋歸之《よりゆき》は『歓楽の王宮カフェー』（文化生活研究会、一九二九・一二）の中で、女給を対象とした詳細なアンケート結果を報告している。それらの項目の中には、彼女たちの年齢、出身地、女給になった理由、経済状態、家庭状況などとともに、不思議なことに将来就きたい職種への質問があるのだ[11]。村嶋は同書の中で「女給は何を夢見る」という章をわざわざ割いていることからもわかるように、今現在の女給という境遇は、彼女たちが理想とする未来への時間軸に差し出されることによって、初めて文脈化されることになるのだ。

このような中で注目したいのは、村嶋の記述に、女給たちの手記が数多く引用されている点だ。その文章の多くは、一人称「私」を用いて記されている。客観的であるべき調査報告の中に挟み込まれるこれらの手記は、なるほど、無味乾燥なデータを、彼女たち自身の「私」という一人称で紡ぎ出される語りによって立体的に捉え、さらには、当事者の証言というリアリティを前景化していく視点を提供してはいるだろう[12]。しかし、ここからはむしろ、「筆者が保存してゐる女給さんの手記の中から代表的な叫びをこゝに掲げて、訴ふるを得ない女給さんの叫びを読者に伝へたいと思ふ」という村嶋のイデオロギーの在処――同書冒頭に掲げられた一文「私は「社会と人生の報告者」としての立場に拠つてこれを書いた。」という、彼の使命感ともいえる倫理的なスタンスを確認することができるのである。

つまり、一九三〇年前後における女給は、「職業婦人」としてその位置が認識されながらも[13]、見出されるべき「夜明け」といった未来への到達点を担保とし、自身の悲惨な境遇を、一人称「私」によって

「今・ここ」といった現在を起点に語っていく、という時間的遠近法により、構成されていたといえるだろう。少なくとも広津和郎「女給」は、そのような時間的構成を確実に視野に収めながら創作されている。

永井氏の「つゆのあとさき」は好色本的な荷風流の好みに追随して行ける人には面白かったかも知れないが、自分などには一向面白いものに思えなかった。（中略）作者の眼の狭さ、人生の理解の仕方のこせこせさを感じて、この作が今時評判になるのが、自分には不思議に思われた。[14]

「女給」の連載を終えた広津和郎は、「つゆのあとさき」についてこのような感想を残している。これまで検証してきた女給をめぐる言説に「つゆのあとさき」を位置づける場合、広津和郎が、谷崎潤一郎の絶賛を暗に批判しながら、荷風の「人生の理解の仕方」について、倫理的ともいえる違和感を抱くのはごく自然なことだろう。なぜなら、既に確認したように「つゆのあとさき」は、最後に君江が「二年」という時間を振り返る地点、つまり、物語全体を後置的に統轄する可能性を、その最後の場面に見出しながらも、そこから安定した語りを紡ぎ出し、物語言説を生産することはない。また時間的持続と物語言説の関係も著しく不均衡であり、そもそも、「いつも」といった時間的振幅から切り取られた「今・ここ」を志向する時間構成においては、「芝居の序幕」といった物語の断片化が保証されるばかりで、そのような物語構造によって語られる女給たちは、到底広津和郎が目指すような、見出されるべき未来への到達点＝「夜明け」まで辿り着くことはできないからだ。「つゆのあとさき」では、冒頭で君江が易者の話を聞きながら、自身の身の上を「とう〳〵女給になった」（第一章）と考え、末尾で君江が川島に現在の境遇を説明する場合でも、やはり「とう〳〵女給になつてしまつたのよ。」（第九章）と、語っていることからもわかるように、君江は「夜明け」に辿り着くどころか、いつまでたっても「夢見る」ことすらない自身を、底辺と認識する女給のままなのだ。先述した「作者の世相観察がや丶浅薄だ」といった酷評の多くは、まさしく「つゆのあとさき」の女給と、女給をめぐる同時代的言説との懸隔について、倫理的な違和感を表明したものであると考えられるだろう。

四　永井荷風の「復活」

しかし「つゆのあとさき」の実作者である永井荷風が、このような女給をめぐる同時代的言説を全く知らなかったとは考えにくい。なぜなら、石内徹の周到な調査[15]があるように、一九二六年以降、さらには「つゆのあとさき」発表後も、荷風は頻度の差はあれ銀座のカフェーに通い続け、特に、一九三一年三月六日の『断腸亭日乗』には「黒猫亭に赴き女給小夜子なるものを見る」とあるように、広津和郎『女給小夜子の巻』のモデルを見るために出かけたことが記されているからだ。そして、このような実生活から「つゆのあとさき」に先立ち、そのスケッチともいえる随筆「カツフエー一夕話」（『中央公論』一九二八・二）が発表される。「これは銀座の或カツフヱーで聞いたはなしである。」と書き出されるこの作品は、「わたくし」が、女給「お蔦」の「身の上ばなし」を聞き書きする構成になっており、形式においては、先述した女給をめぐる言説との接点を確認することが、十分に可能なのだ。

それでは、実作者が女給における物語の定型のあり方を知り、既に実践を試みながらも、実際は、それに抗うかのような物語の奇妙な断片化を提示してしまう「つゆのあとさき」とは、一体どのような志向性によって書かれたテクストなのだろうか。荷風は、谷崎潤一郎宛書簡（一九三一年一〇月二二日）で先述した谷崎評への謝辞を述べながら「つゆのあとさき」について、「人物については（その中でも女給の主人公）これは初より心理描写を避け唯表面の行動を写」すことにし、「断片的に唯現れたる事実をのみ列記する」といった物語構造のねらいを明らかにしている。確かに、作者本人によるこの言葉は、谷崎への応答という形であれ、荷風は谷崎評の理論的な根拠――小説創作の際「心理描写」や「意識の描写」といった「近頃の流行」について批判し、場面設定や登場人物などは「筋を弄ぶために勝手にどこへでも置きかへられる将棋の駒に過ぎない。」という主張を認めていることがわかる。

もっとも、当時「心理描写」の流行に違和感を抱いていたのは、彼らばかりではない。小林秀雄「純粋小説といふものについて」（『文学』第七号、一九三一・一二）は、「つゆのあとさき」の同時代評をめぐる批評、というメタ批評の形式をとっているが、その中で小林は、「永井氏の作品に対して己れの感じた面白さに飽くまでも自然に忠実」である谷崎の「批評の態度」を高く評価している。一九三〇〜三一年の文壇の中心的な話題となる「意識するやうに」書く[16]といった、新心理主義文学の提唱に、いささか懐疑的になっていた小林が、「作者自身は常に蔭に隠れてゐて、決して主観を現はさない」ような「純客観的描写」を指摘する谷崎評に賛同するのはごく自然なことだ。そもそも、作品の自律的な価値を「文芸的イリウジヨンの鮮明と、社会的イデオロギイの精確さとは反比例する[17]」と述べる小林にとって、川端たちが主張する「世相観察」などへの倫理的な批判は、さしたる問題ではない。むしろ、そのような「浅薄」な点こそが「面白い」のだ、と考える小林の批評の中に、「つゆのあとさき」の同時代的な位置が示し出されている。このように、永井荷風「つゆのあとさき」は、物語構造的にもまた倫理的にも、「浅薄」と名指される〈反〉の身ぶりゆえに、まさしく文壇的にも〈同〉時代的であると同時に、〈反〉時代的なテクストとしてその位置を獲得していくことになるのだ。

また、その「浅薄」さを作家論的に還元するならば、「つゆのあとさき」で試みられた「断片的に唯現れたる事実をのみ列記する」方法は、荷風自身の祖父にあたる、幕末の漢詩人鷲津毅堂の生涯を、断片的な史料を並置させることで描いた、史伝『下谷叢話』（春陽堂、一九二六・三）と、その遺漏を正すべく、一九二八年一〇月以降続けられた改訂の試み、すなわち「事実」のあり方と語り方を検証する、一連の試みの中に位置づけることができるだろう。[18]その成果は、やがて『改訂　下谷叢話』（冨山房、一九三九・一二）へと結実することになる。また、括復法的表現と単起法的表現の交差による物語の時間構成は、「濹東綺譚」（「東京朝日新聞」「大阪朝日新聞」夕刊一九三七・四・一六～六・一五）でも効果的に用いられ、小説家「わたくし」が、「昭和現代の陋巷」の玉の井を眼前にしながら、そこにごく自然に「三四十年昔に消え去つた過去の幻影」を重ね合わせることで、この作品の基調ともいうべき「わたくし」の郷愁を導き出すことを可能にしてゆくことになる。[19]

つまり、発表当時「浅薄」と酷評された「つゆのあとさき」は、その「浅薄」さゆえに、まさしく、一九三一年の同時代的テクストとして立ち現われ、また同時に、以後の荷風作品の構造的な特長を、既に示し出していた作品と考えられるのだ。このような視点から「つゆのあとさき」を読むとき、荷風はわれわれの前に、これまでとは異なる相貌で「復活」することだろう。

付記　テクストに用いられている伏字（×）は新版『荷風全集第十六巻』［第二次刊行］（岩波書店　二〇〇九・六）巻末所収の中村良衛作成の校異表（四一六～四二六頁）により復元した。

第二章
ヒモと金の〈物語〉——『ひかげの花』と私娼

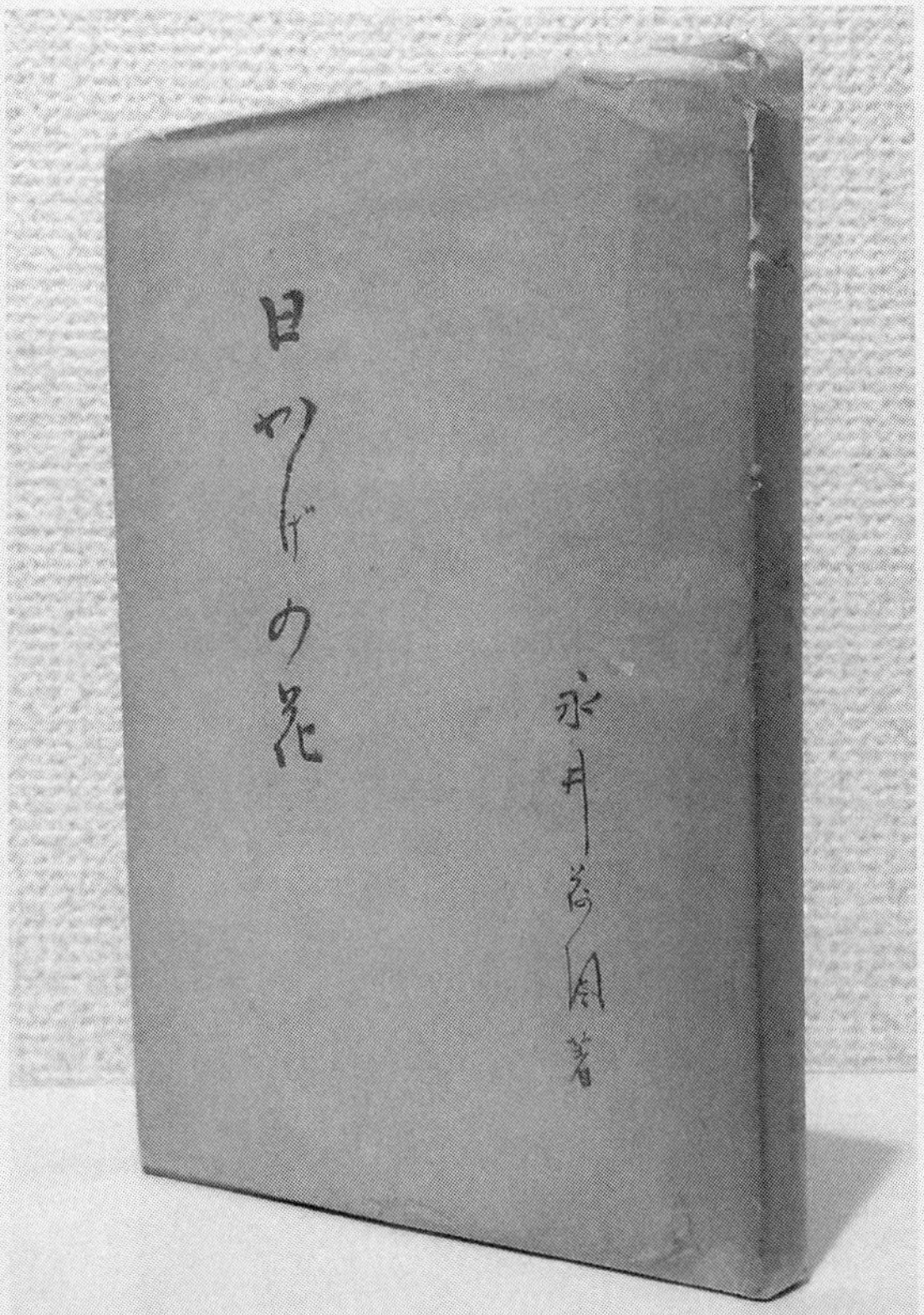

『ひかげの花』初版、中央公論社、1946年9月

一　「客観的描写」の距離感——「ひかげの花」の同時代評

永井荷風が一九三四（昭和九）年八月、雑誌「中央公論」に発表した「ひかげの花」[1]は、前作「つゆのあとさき」（「中央公論」一九三一・一〇）を受け、次作「濹東綺譚」（「東京朝日新聞」「大阪朝日新聞」夕刊一九三七・四・一六～六・一五）へと向かう時期に発表されたため、板垣公一[2]が指摘するように「この三作品を並べてみると、『ひかげの花』にはいろいろな意味で過渡期の主題及び思想が認められそうである」というように捉えられることが多い作品である。[3]

重吉はお千代のヒモである。経済的にお千代に寄生することで日々の生活を送っている。お千代は以前、派出婦（家政婦）であったが、重吉と知り合い、同居をはじめた。それ以後彼女は派出婦から女給、私娼と職を変えながら重吉との生活を営む。一方重吉はまともに職に就くことはなく、絶えずお千代を働かせるように仕向ける。ある日、私娼を取り締まる警察の手入れがあり、二人は住処を転々とする。そのようなか、お千代は産後すぐに生き別れた娘おたみと再会する。おたみもまた私娼として生活していた。おたみは幼い頃に世話になった塚山に手紙を書き、母親としばらく一緒に生活することを告げる。

作家と作品の関係において、小林一郎[4]は、『断腸亭日乗』の詳細な検証を通じて「ひたすら私娼との交渉に没頭した」荷風を「時局に対して抵抗する」作家として評価している。その他、物語内容をめぐって笹淵友一[5]は、私娼を題材とする「たしかに汚らしい世界である」と指摘しながら、同時に「よごれた世界への抒情こそ荷風文学の真髄」であるとし、石内徹[6]もまた「ひかげの花」が持つ反道徳的な物語内容にこそ、「真の人間性を覆い隠した近代的知性の虚飾を剝ぐ力」が潜んでいると、高く評価している。

女の経済力に寄食しながら生活する男をヒモと定義するなら、「ひかげの花」の物語内容は、端的にまとめてしまえば、次々と女をのりかえ、さらには女に売春をさせ、その金で生活する男――ヒモの物語である。よくよく考えてみれば、このような物語に、これまでの研究史で繰り返し指摘されてきた「抒情」や「真の人間性」が潜むことなどあり得ない[7]。しかし、このような評価は、既に確認したように「濹東綺譚」を頂点とし、そこへ到達すべき「過渡期」として「ひかげの花」を事後的に位置づけることによって生まれた、と考えられるだろう。とするならば、これまでの研究史において決定的に欠落していたのは、「ひかげの花」が発表された当時、どのように受容されたのかという考察であろう。つまり、テクストそのものを、同時代の地平に開いてみることが求められている。それゆえ本章では、「つゆのあとさき」と同様に、「ひかげの花」をめぐる同時代評を確認することから始める。

XYZ「スポット・ライト」(「新潮」一九三四・一二)が、一年を回顧しながら「ひかげの花」をめぐって「その題材の頽廃性が、いろいろ問題になつてゐる。菊池寛氏と、正宗白鳥氏なども、「ひかげの花」に関連して、各自の意見を主張してゐるのであるが、菊池氏は貶し、正宗氏は推賞してゐる。」と述べているように、「ひかげの花」の評価は、この二人を中心に二分された観がある。[8]

二人のうち、はじめに「ひかげの花」を批判した菊池寛「下手な荷風」[9]（「文藝放談」一九三四・一〇）は、「荷風も年のせいか、随分下手になつたと思つた。」と辛辣に記し、さらに「警保局がなぜあんな世道人心を害し、しかも芸術的に何の優れたところもない作品」を取り締まらないのか不思議であると述べ、さらに「淫売をして安んじている女、その女の男妾、凡そあの位、傾向のわるい作品はないと思つた。」というように、私娼とヒモといった題材の物語内容を真っ向から否定する。さらに菊池は、中村正常「寛先生に説を聞く」（「文藝」一九三四・一二）といったインタビュー記事においても、「あの作品にはウソが書かれてゐる、あれはこしらへものだよ。」と述べ、「作者がこしらへてゐて、しかもそれが不道徳だからイヤなんだ。文学としてあゝいふ作品はいかんよ。」と、作者の倫理性を繰り返し批判していく。このように、私娼とヒモといった題材を描く物語内容を全否定し、荷風の倫理性を問題化する同時代評は数多い。[10]

このような批判に対して、正宗白鳥「荷風とチェーホフ」（「改造」一九三四・一二）は、冒頭に菊池寛（前出）の批判箇所を引用し、「かういふ境遇にでも「安んじて」生きてゐられる人間心理を、この作者の巧みな観察と描写によつてしるすこと」ができるとし、さらにチェーホフの諸作品を参照としながら「人生の落伍者の生活にも、それ相応に生存の楽みが微かにでもあることを自ら示して」おり、それゆえに「人間の隠れたる味ひを、かういふ小説によつて発見し得られるのである。」と高く評価している。[11]

これらの同時代評は、一見すると真っ向から対立する評価だと考えられる。しかし、注目したいのは「ひかげの花」をめぐって、賛否いずれの評価をするにせよ多くの同時代評が、作品の「客観的描写」といった物語構造に言及している点だ。例えば、村山知義「文芸時評　八月の作家」(「文藝」一九三四・九)は、「どんなに切実な題材をも厳密に客観的に批判的に描くこと」の大切さにふれながら、荷風の「愚昧な題材に対する遊戯的な態度」を批判する。それとは反対に、加能作次郎「荷風氏の大作」(「東京朝日新聞」一九三四・八・二)、は「冷静な興味を以て、その変化に富んだ生涯を傍観」し、「それをそのままはふり出す様に写して見せてゐる」姿勢に、「淡々たる老熟の筆致」と、賞賛を送る。さらに川端康成「文芸時評　評価と理解」(「東京日日新聞」一九三四・七・二八)もまた、「永井荷風氏の力作「ひかげの花」も、その客観の冷さが、実はなまぬるくよごれ、好事的な世の裏小説としか受け取らなかつた。純に遠く、俗に徹せず、裏口の笑ひ声のやうであつた。」と、先に挙げた菊池寛と同様に荷風の倫理性を批判する。その根拠となるのは、物語内容の「好事的な」題材はもとより、それを「客観」描写する際の対象との距離感だ。「ひかげの花」をめぐる同時代評は、私娼とヒモといった題材はもちろんのこと、それを語る距離感こそが大きな評価基準となっていたに違いない。そうであるならば、「ひかげの花」は「好事的」で「愚昧な題材」を、どのような距離感で語った作品なのだろうか。

二　剝奪される思考――「ひかげの花」の物語構造

「ひかげの花」は、お千代と重吉を中心に語られる作品である。しかし途中、二人の過去が物語の現在時を見失うほど大胆に挿入され、また、焦点化される人物も、二人をはじめとして、お千代と関係を持つ杉村、最後に登場する塚山など、かなりの頻度で瞬時に切り替わるため、物語全体を後置的な地点から統括する安定した語りの存在を想定することは、後述する、ごく一部の箇所を除いてほぼ不可能に近い。

このような物語構造の不安定さを生み出す主な理由として、時間構成の不均衡さを挙げることができるだろう。「ひかげの花」の物語の現在時における持続は、一九三一年一一月三〇日から、最後のおたみの手紙の日付が示す、一九三二年二月一六日頃までの約二ヶ月半を想定することができる。しかし、具体的に語られるのは一一月三〇日（第一章）～一二月三日（第十二章）までの、連続する四日間の出来事を中心とし、それ以降は、年が明けた「二月ぢかく」の「或夜」（第十二章）、そして、塚山がおたみからの手紙を受け取る二月一六日以降の「或日」（第十三章）といった、点在する二つの時点から構成されているに過ぎない。

ここで注目したいのは、このような時間的経過をともなった物語の現在時が、重吉とお千代の過去を語る第三～八章によって、大胆なまでに中断される点だ。この中断部分は、全一三章からなる物語言説全体の約半分の分量を占め、物語内容として、重吉とお千代の約二〇年間にわたる過去が一気に語られている。[12] 注目したいのは、第三～五章では重吉、第六～八章ではお千代の過去が、それぞれ全く異なる方法で語られている点だ。重吉の過去は、「実業家某というもの、妾」（第三章）であった種子と同棲し、彼女の経済力に頼って生活した学生時代から、関東大震災によって種子が死に、その葬式で派出婦として来ていたお千代と出会い、今度は、彼女のヒモになるまでの過程が語られている。このような物語内容が、時間構成としては第一章で提示された物語の現在時である「今日」を後置的な時点として、それに向けて、ほぼ直線的な時間軸に沿って語られている。また、このような重吉の過去を語る第三～五章は、この作品の他の箇所と異なり、彼への一元的な焦点化が厳密なまでに守られている。例えば、第五章の冒頭で記されるお千代の来歴を語る場面では、「お千代が語る身の上ばなしをきくと、」という書き出しに続けて、以下、「西船堀在の船宿の娘」として生まれ「高輪の或屋敷へ女中奉公に住込んだ」こと、女の子を出産したこと、「或雑貨商の家へ嫁」に行ったこと、離婚してその子どもを養女にやったこと、そして「屋敷奉公に出歩いた後、派出婦」として働くまでの来歴が語られている。ここではお千代の半生が、彼女を焦点化することなく、あくまで彼女から聞いた「身の上ばなし」として――重吉の言葉として語られているのだ。このように、厳密なまでに重吉を焦点化し、時系列に沿った直線的な時間軸によって語られる第三～五章は、それゆえ先述した他の場面に比して、ひときわ安定した語りを獲得している。

このような安定した語りの中で注目したいのは、彼のヒモとしての自己認識が、過去から現在を通じて巧みな時間構成によって接続されている点だ。重吉は種子との同棲時代において、すでに自身を「淫蕩な妾上りの女に金で買はれてゐる男妾」（第三章）と考え、「曽て覚えたことのない侮辱」すら感じたこともあった。しかし、経済力のない彼は、「屈辱を忍んで現在の境遇に甘んじてさへ居れば、金と女とには不自由せずにゐられる」ことに気づき、「男の持つている廉恥の心を根こそぎ取り棄て丶しまい、さらには、「役人が賄賂を取つて贅沢をする」といった「世間の出来事」と比較することで「努めて良心を麻痺させ廉耻の心を押さへ」ようとしている。このような生活の中で、重吉が「自叙伝めいた小説」を書いたのも、「此等の煩悶を述べて、己の行為に対する辯疏《べんそ》に」するためであった。この「小説」は、「学校を卒業する前後五六年の間」、種子と「同棲してゐた時の事を、殆ど事実そのまゝ書きつらねた」作品である。彼は、自身の時間軸の中で種子と同棲した「五六年の間」という時間を特権化し、彼女のヒモになる過程や、その生活をひとまずは「小説」という形で自身の境遇とその来歴を論理化することで、「煩悶」を解消しようとしている。

このように、重吉が「屈辱」に満ちた自身の境遇を論理的に納得させようとする行為は、お千代のヒモになっても変りはない。物語の現在時において、「自分は一体どうしてこゝまで堕落する事ができたものか」（第一章）というように、重吉は明確に「堕落」という自己認識を持ちながらも、同時に以下のような場面が語られている。

一時は丁寧に浄書までした原稿の五六篇もいつとはなく紙屑にしてしまつたが、その中で、自叙伝めいた一篇だけは、さすがに捨てがたい心持がしたと見えて、今もつて大切に押入の中の古革包にしまつてある。重吉はお千代が外へ泊つて帰つて来ない晩など、折々此の旧作を取出しては読返して見るのである。（第三章）

まず確認したいのは、この箇所の時間構成だ。「紙屑にしてしまつた」「心持がした」というように一回的な過去の出来事を語る単起的表現の直後、「自叙伝めいた一篇」の存在が、傍線部「今もつて」によって第一章で示された「今日」を起点とする物語の現在時に接続されている。同時に、波線部「古革包にしまつてある。」と記すことで、「古革包」といった具体的な物によって示し出される明確な時間の経過と、「てある。」という表現によって、重吉が書いた「自叙伝めいた一篇」が、過去から現在に至るまで、大切に保管され続けた状態が語られる。続く一文では、お千代がいない夜に波線部「折々此の旧作を取出しては読返して見る」という日常的な情景や、習慣的行為を語る括復的表現によって、重吉が自身のヒモとしての来歴を繰り返し回想するという行為が、物語の現在時の中にごく自然に接続されることになる。[13] つまり、種子との「煩悶」に満ちた過去の生活と、その「辯疏」のために書いた「自叙伝」を、重吉は物語の現在時において「折々」読み返すことで「こゝまで堕落」してしまったという今の自己認識と、その起因となった来歴が、時間的に接続され、それによって「堕落」した自身の境遇を納得させる的確な論理構成に裏付けられた「小説」＝〈物語〉を、彼は繰り返し獲得していくことになるのだ。

これに対して第六〜八章は、お千代の過去が中心に語られている。だが、彼女の生い立ちはすでに重吉が彼女の「身の上ばなし」（第五章）を聞くという体裁でまとめられ、同棲生活に至る過程も、また重吉を焦点化した箇所で語られている。それゆえ第六〜八章で語られるのは、二人の同棲生活が開始され、それなりに経過した時点の出来事である。すでに第五章で語られているように「種子の遺産として譲受けた五千円の貯金」は、金融恐慌でなくなってしまい、二人の生活は確実に経済的な破綻へと向かっている。重吉は自身で「日当一円五十銭」の「謄写板で本を写す」内職を探し出しはするものの、その稼ぎの悪さをお千代に漏らすことで、彼女にそれとなく女給になるようにし向けている。彼女は、重吉が予想するよりもあっけなくその頼みを聞き入れてしまう。そしてその直後に描かれた以下の場面は、重吉の過去を語った第三〜五章と、その方法が全く異なっていることに注目したい。

重吉はお千代の返事が少したよりのない程明快過るので念を押して見ないわけには行かなかつた。然しお千代の方では初めから重吉の命ずる事なら何でもして見ようと気軽く考へてゐる。別に重吉のために其身を犠牲にすることを厭はないと云ふやうな堅い決心からではない。何事に限らず其時々の場合に従つて何の思慮もなく盲動するのがつまりこの女の性情である。（中略）女給になる事を二返事で承諾したのも矢張りその通りで、別に反対する理由も知らぬがまゝ承諾したのに過ぎない。それ故女給という職業が自分に適してゐるか否かは少しも考へてゐなかつた。予め考へてから事に従ふのはこの女には出来ない業なのである。（第七章）

ここでは、先述した重吉の過去が厳密なまでに彼を一元的に焦点化していたのとは異なり、引用の冒頭では重吉を、続く一文ではお千代を焦点化している。物語内容の時間経過を考えれば、二人をほぼ同時に焦点化して語られていくが、厄介なのは、この場面に語りの物語言説がまぎれ込んでいる点だ。傍線部「其時々の場合に従つて何の思慮もなく盲動するのがつまりこの女の性情である。」や「予め考へてから事に従ふのはこの女には出来ない業なのである。」などは、お千代や重吉を焦点化するのではなく、語りが客観的な距離から彼女を分析し評価を下している物語言説である。やがて、彼女はなりゆきで私娼となってしまい、そのことが重吉に知れることを不安に思う様子が描かれながらも、同時に彼女には「秘密を保つ方法と、また秘密が訐かれた場合の事とは予め考へる暇がない。それよりは寧考へる能力がないのである。」（第八章）というように、語りは露骨なまでに彼女の無能さを強調していく。

その一方でお千代は、重吉にその「秘密」を打ち明けた後は、「夫の為めに働くのだと云ふことから羞恥の念が薄らいで、心の何処かに誇り」（第八章）を感じ始めるばかりか、「年と共に接触する男の数が多くなる」につれて「自分は男に好かれる何物かを持つてゐる」と考え、「内心ます〳〵得意を感じる」ようになっていく。派出婦から女給、そして私娼へと貧窮する同棲生活を支えるために職を転々とするお千代の経緯は、重吉の「或計画」――彼女を「女給か何かにしたい」（第五章）といった、策略の延長線上にあると考えられる。しかしお千代は、重吉にそのような企みがあるとは思っていないし、実際彼女には、そこまで「考へる能力がない」のである。それゆえ、彼女がなりゆきで私娼になってしまったことも、語りが客観的に「お千代は夜毎に深みへと堕ちて行つた。その代り質屋の利息のみならず滞つた間代も其月の分だけは奇麗に払へるやうになつた。」（第七章）と示すように、「質屋の利息」と、「滞つた間代」が清算されたことだけは実際に見える形で語られるものの、そのような経済の中で、自身が「深み」という境遇に位置しているという自己認識を、彼女は全く持ち得ていない。それればかりか、彼女は「ます〳〵得意を感じ」ながら「唯ふわ〳〵と日を送る」ことが語られるばかりなのだ。

　つまり、語りは重吉に対して自身の「煩悶」に満ちた過去と、「こゝまで堕落」してしまった現在における自己認識について、単起的表現と括復的表現の交差によって二つの時間軸を接続しながら、彼自身が納得できる的確な論理的回路――〈物語〉を与えている。しかし、お千代に対しては「深みへと堕ちて行つた」という自己認識そのものを彼女が持ち得ないために、重吉のように自己の境遇を納得させる回路をはじめから与えていない。いいかえれば、彼女には重吉の場合とは反対に、現在の境遇やそこにまで至る来歴を振り返り、その過程を論理的に構成する〈物語〉が必要とされていないのだ。なぜなら彼女には「考へる能力がない」からである。彼女が語るべき自身の生い立ちが、重吉を焦点化して語られているのも、また、重吉との貧窮した同棲生活が彼女に一元的に焦点化されず、多元焦点化によって語られているのも、彼女が、「其時々の場合に従つて何の思慮もなく盲動する」からである。つまり、彼女の「思慮」は、はじめから語りによって剝奪されており、思考する言葉すら与えられていないのだ。それによって生じるお千代と語りの決定的な距離――遠さこそが、彼女の「思慮」の欠落を饒舌なまでに語っていくことを保証していくことになる。それにしても、なぜここまでお千代の無能さが語られなければならないのだろうか。その疑問を念頭に置きながら、次節では一九三〇年代の私娼をめぐる言説を確認してみよう。

三 「魔の底」の生活――一九三〇年代の私娼

菊池寛（前出）が「淫売をして安んじている女」と批判するお千代のような私娼は、一九三〇年代においてどのような存在だったのだろうか。まずは、一九三〇年前後までの売買春制度の大きな流れから確認してみたい。永井良和[14]が指摘するように、日本は近代以降人身売買には否定的な見解を持ちながら、近世からの遊郭といった名残には手の施しようもなく、結局は、「地方や警察が売買春を監視する」という考えに基づいて、吉原遊郭のように、場所を特定し営業を認める「公認・集娼」といった方向性へ向かっていった。また、一九一〇年代の浅草十二階下や一九三〇年前後から繁栄を極める玉の井といった私娼窟も、特定の地域で「銘酒屋」という看板を掲げて営業をする「黙認・集娼」が適用されていた。注目したいのは「公認」「黙認」を問わず、売買春については、警察が一元的に監視しやすい特定の地域で営業させる「集娼」という方式が採られていたことだ。このような監視システムが、やがて実際に効力を発揮するようになるのは、一九三〇年前後に性病対策を目的として、相次いで法律が制定された以降のことである。一九二八（昭和三）年九月に「花柳病予防法」が施行され、性病を保持すること自体に具体的な罰則が規定され、それを受けて、吉原や玉の井は、定期的に健康診断を行える診療所や、実際に性病治療を目的とする診療所などが設置されるようになる。特に、一九三四年三月には、その環境を強化する目的で警視庁から「接客婦健康診断に関する件」、東京市から「花柳病診療規定」が制定され、「黙認」されていた私娼たちにも、公的な機関によって健康診断、性病の治療が強制的に行なわれていくようになる。このような性病予防という観点から考えてみた場合、「公娼」と「私娼」の区別は、もはや有効性を持ち得ていない。ともかくも、性病を蔓延させないことが第一の目的であり、事後的にみれば、このような性病予防策が、民族発展を根底に置いた優生学と密接な関係にあることは明らかで、地域と警察の連携から始まった監視システムは、やがて一九四〇年五月の「国民優性法」制定といった、国家主義政策へと発展していくことになる。[15]

このような、国家を背景とし、警察と地域の幾重にも交錯する監視・規定のネットワークから、すっぽりと抜け落ちてしまうのが、お千代のような私娼の存在だ。特定の場所に縛られることなく、私娼が出没する「散娼」といった状態は、当然の如く監視が容易ではなく、警察が決められることといえば、実際に現場となることが多い待合の営業区域を定めることしかない。それでも、普通の宿泊を目的とする旅館をはじめとして、特に一九三〇年代になると、急速に円宿とよばれるホテルが東京市内にたちはじめる。[16]これは、一人一円の時間単位で部屋が借りられるシステムで、このようなレンタル・ルームの乱立によって、私娼はいつでも、どこでも活動することが可能になる。それゆえ「街娼《ストリート》」が円タクに乗って円宿へ向かうという、簡便な営業形態が、この時期に成立することになる。このような状況下において、警察が私娼たちを検挙することは、かなり困難であるといわざるを得ない。国家的な性病対策の方針も明確になった一九三〇年代は、それゆえにこのような監視のネットワークから抜け落ちてしまった私娼を対象に、警察の捜査も一段と厳しくなっていった。

この「散娼」の事態を示す格好のルポルタージュが、高橋桂二『現代女いちば』[17]（赤炉閣、一九三二・五）に収められている。吉原周辺で「朦朧車夫」に「素人でとてもいいところがありますから、そこへ御案内したいんですが……」と、誘われるがまま男は車に乗せられ、料理屋らしき場所に連れて行かれる。そこで以下の場面が展開される。

奥まった一間に案内されてすぐキャッシュだ。やがて女がきた。なるほど素人には違いないが、三十を超した年増で、先年亭主に死に別れたという子持ちの後家さんだ。色気の失せた、ぱさぱさした女の皮膚――

「食って行けないものですから、遂い……」

女の寂しい顔に遊びどころか、転た人生の悲しさを刻みつけられて逃げるようにそこを出たというのだが、こうした市場へ出入りする女の群れは、多くは酌婦上りか、私娼の成れのはてか、後家か――いずれは、前身が悲しい業に縁のある女なのである。そして、この種の女と魔窟が市中いたるところに潜在しているのである。（一八三頁）

このルポルタージュが特徴的なのは、「子持ちの後家さん」の「色気の失せた、ぱさぱさした女の皮膚」という近さに保証された詳細な観察が記されながらも、同時にこの話題が、傍線部「というのだが」という伝聞の形式で書かれることによって、執筆者である高橋と対象との遠さが明示されている点だ。高橋は「素人」の「後家さん」が、私娼にまで「転た人生の悲しさ」を、悲惨な「前身」との連続性で語り、さらに彼女を「この種の女」、「こうした市場へ出入りする女の群れ」と記すことで、自身と対象との遠さを明示していく。また、「散娼」の形態を、「魔窟」というように実体化された〈場〉と考え、そこを一つのマーケット――「市場」と想定している。ここで手渡される「キャッシュ」と「食って行けない」彼女の窮状は、あまりにも直接的に接続されていくことになるだろう。「市場」では、何はともあれまずは金なのだ。このような〈場〉が「潜在している」都市状況について、高橋は、さらに言葉を続ける。

都会は人の眼を抜くところ――魔の底、罠、穴――落ちたら命がけ表面こそ、名前こそまじめに世間を繕ってはいるものの、一皮剝いたら恐るべき人肉の市が、そこにもここにも転っているのだ。魔の底だ、罠だ、穴だ。そこへどれほど多くの女が踏み外して血を吸われたことか、命を捨てたことか！（一八五頁）

ここで指摘されているのは、「都会」＝〈表〉と「魔の底」＝〈裏〉の断絶だ。「人肉の市」で取引される私娼たちは、すでに「魔の底」にいるのであり、そこは「踏み外し」て「命を捨て」てしまうような、危険をはらんだ場所であるらしい。そして、このような「恐るべき」〈裏〉の存在が、傍線部「そこにもここにも転っている」というように、「まじめ」な〈表〉との連続によって語られている。つまり、ここでは「都会」における〈表〉と〈裏〉の、決定的な断絶が明示されながらも、先述した、高橋の遠さを担保とする、超越的な水準から、それらを対象化することによって、街は連続として語られていくことになるのだ。[18]

このような私娼たちは、「散娼」という形態ゆえ、実地のインタビューや調査があまり残されていないが[19]、実際に、どのようなまなざしにさらされていたのかは、例えば喜多壮一郎『近代犯罪科学全集9売淫』（武俠社、一九二九・一二）の、以下の記述が明らかにしている。

この種の不健全者は、仕事に対する厭嫌の感情を持つてゐる。即ち怠惰である。これは如何なる運動をも欲しないものであつて、多くの売淫婦に共通する特徴となつてゐる。即ち、規則的の仕事あする事を嫌ひ、ムラ気であり、一定の処に落ちつかないのである。
斯様に売淫婦にいたる原因は、経済的原因の他に前述の貞操観念の不健全と、体質の異常に在る事が、いつの場合にも重要視されなければならないのである。（一八二頁）

先述した高橋のルポルタージュが記すように、私娼となる原因は、確かに経済的な困窮も大きな要因であるだろう。しかし、それと同時に喜多が記すように、彼女たちの「怠惰」な性格も、重要視されていた。喜多はさらに、生育環境や遺伝までも「売淫婦に共通する特徴」である「怠惰」を生む原因に挙げている。つまり私娼は、一度その「穴」に落ちたら、生まれつき「怠惰」なために、あとはひたすら転落していくしかなく、その末路は「正道の人間に帰ることは一種の苦痛ともなり、不可能なこと」であり、「一生この肉を切りうる生地獄を逃れないものが多い。」（一九三頁）というように、絶望的な位置づけとして考えられていたのだ。

一九三〇年代の私娼は、その営業形態も簡便になり、都市との連続が潜在的に認知されながら、それと同時に、「魔の底」といった断絶に位置づけられる背反する距離感によってよって語られていた。そして彼女たちは、「怠惰」な「不健全者」であるために、その距離を超えることができない。それゆえ「不健全」でも「怠惰」でもないわれわれは、その懸隔が大きければ大きいほど、自身の安定した主体を獲得し、さらには、高橋のルポルタージュのように、遠さに位置しながら、近さを装って彼女たちを饒舌に語ることすら可能にしていくのだ。

四　模倣と内面化――おたみの手紙

それでは「ひかげの花」を、このような私娼をめぐる言説の中に、位置づけてみよう。冒頭で、お千代が「芳沢旅館」（第一章）から呼び出されるのも、また、お千代の娘おたみが私娼になったのが「五反田の円宿のマスターに紹介」（第十三章）してもらってからであるのも、明らかに、街が用意した簡便さを、彼女たちが駆使していることがわかる。また、物語後半で、杉村が、人混みの中の銀座でお千代を「街娼《ストリート》」（第九章）と間違え、そのまま待合らしき場所に円タクで連れて行く場面は、まさしく高橋の指摘通り「そこにもここにも転っている」といった、都市の〈表〉と〈裏〉の断絶が連続する瞬間であるといってよい。そして、このような行動の中で、警察の検挙の厳しさが、様々な新聞の記事を通じて語られ、お千代と重吉は、それにおびえて転居を繰り返す。このように、物語内容は一九三〇年代の私娼、特に「散娼」の置かれた状況をなぞるように描かれているといってよいだろう。

また、語りがお千代を一元的に焦点化せず、思考と言葉を剝奪していくその理由は、お千代が「何の思慮もなく盲動する」からで、それは明らかに、喜多の指摘するように、彼女が「怠惰」で「不健全者」あることを前提としている。そして語りが、お千代の現在の境遇を「深みへと堕ちて行つた」と、位置づけるのは、先述した高橋の言及と同じく、私娼の存在について、「魔の底」という認識を持っていると同時に、彼女は、その「深み」から、絶対に抜け出ることができないという、絶望的な遠さこそが、お千代の無能さを饒舌に語っていくことを可能にしている。このように考えてみると、「ひかげの花」は、一九三〇年代の私娼、とりわけ「散娼」形態、及び、それを語る言説の構図に、おおむね当てはまる作品であるといえるだろう。

しかし「ひかげの花」は、このように同時代的な言説をふまえながらも、同時に、その言説をも対象化していく回路を孕んでいる。そのことは、物語の末尾（第十三章）に引用される、お千代の娘おたみの手紙によって明らかにされる。注目したいのは、おたみは実の母お千代と、約一五年ぶりの再会を果たしたにもかかわらず、そこには、いわゆる、母子対面の感激は、微塵も記されていない点だ。「ほんとうの母がわたくしと同じやうなことをしてゐる女」だと知り、「お互に恥かしいと思ふ心持が其場合遠慮なくわたくし達二人を引き寄せてくれた」というように、おたみは考えている。しかし、先述したように、お千代はむしろ「考へる能力」を持ち得ないがために、現在の境遇について「心の何処かに誇り」さえ感じている。それゆえに、二人の自己認識は、最初からすれ違っているといってよい。そして、このような認識の差は、金を媒介としたときに一気に表面化してくる。おたみは、お千代から「将来はどこか屋賃の安い処で連込茶屋でもはじめるつもり」であること、また、重吉からは、そのために「貯金はもう二千円以上になつた」ことを聞き、以下のように塚山への手紙の中で驚きを記す。

わたくしは今まで自分の行末のことなんか一度も考へたことがありませんから、弐千円貯金があると言はれた時、実によくかせいだものだと、覚えず母の顔を見ました。（中略）わたくしがホールにゐた時分にも、やはりお金をためて貸家をたてたダンサアがゐましたが、その人よりも母の方が猶若く見えます。ダンサアで貸家をたてた人は、みんなの噂では少し低能で、男の云ふことは何でもOKで、そして道楽はお金をためるより外に何もない人だと言ふはなしでした。母もやはりさういふ種類の女ではないかと思はれます。一目見ても決してわるい人でない事がわかります。若く見えてきれいですが、どこか締りのないところがあります。人の噂もせず世間話も何もない人のやうです。かういふ人が一心になつてお金をためると、おそろしいものです。（第十三章）

私娼であり、また実の娘であるおたみは、母親であるお千代を、明らかに金を基準として評価している。おたみは自身の境遇について、母親と「同じやうなことをしてゐる女」であると認識しながら、同時に、お千代を「少し低能で、男の云ふことは何でもＯＫ」で「道楽はお金をためるより外に何もない」ような「さういふ種類の女」であると類別し、さらには「かういふ人」と名指すことで、彼女との距離を明示しつつ、自身はお千代とは「種類」の異なる「女」であると認識していく。つまり、おたみは、お千代について、「考へる能力がない」と断言する語りと、ほぼ同じ距離を持ちながら、お千代を語っていることがわかるのだ。確かに、おたみが手紙の末尾で「わたくしの一番幸福な思出は二ツとも水の流れてゐるところです。」と記す件は、この作品の中でも、最も感傷的な場面といえる。しかし、およそ一五年ぶりに再会した母子の対面は、「弐千円」の金を媒介にした瞬間、一気に距離が生じ始めている。そしておたみは、この物語が提示するお千代を語る方法――それはまさしく一九三〇年前後の私娼をめぐる言説であり、それを内面化しながら、お千代を語っていくことになるのだ。当時の私娼の言説を、私娼であるおたみが内面化しながら、私娼である母親との距離を、辛辣なまでに語っていくこと。この作品の特徴の一つは、感傷的な場面を配すと同時に、それを突き放すような距離を生み出す語りを、物語の最後に位置させることで「ひかげの花」における私娼への語りそのものが、当の私娼たちによって模倣され、さらに、内面化＝対象化される点にある。

五　金の前景化――「ひかげの花」を読み直す

「ひかげの花」は、確かに「つゆのあとさき」や「濹東綺譚」と、物語構造、語りの方法、物語の題材など、類似する点を確認することができる。しかし「ひかげの花」が、この二作品と決定的に異なるのは、金への言及が極端なまでに前景化している点だ。「つゆのあとさき」の君江は、「貸間の代と髪結銭さえあれば、強いて男から金を貰ふ必要がない」ばかりか、「金なんぞはだまつてゐても無理やり男の方から置いて行くもの」と考えている。それゆえ、この作品においては、待合などを舞台にして、実際に金が動いているにもかかわらず、その様子が描かれることは、ほとんどない。また「濹東綺譚」の私娼お雪は「それに……身を落とすなら稼ぎいゝ方が結局徳だもの。」という会話から、金と引き替えに自身の悲惨な境遇を認識していることがわかる。しかし、この作品は、彼女を焦点化せず「わたくし」という一人称で語られているため、彼女の経済的窮状が、具体的に描かれることはない。このように考えてみると、「ひかげの花」は、重吉が郵便局で部屋代や電話代など「月末の諸払ひを胸算用して五十円ばかり引出した」（第二章）様子をはじめとして、お千代も、質入れの「利子の幾分でも入れて置きたい」（第六章）と考えるなど、とにかく、金の詳細な動きについて言及されることが多い。そもそも重吉は、冒頭、お千代の容貌を眺めて「まだこの先四五年稼いで行けない事はない」（第一章）というように、彼女を金として換算＝欲望さえしているのだ。そしてお千代が、そのような重吉の思惑によって「深みへと堕ちて行つた」ことと引き替えに得た「弐千円」の貯金は、一五年ぶりに対面した母と娘とを、限りない遠さに引き裂いていくことになる。おたみは手紙の末尾で「暫く母のところに同居することにいたしました。」（第十三章）と記しているが、この二人が「同じ」女として出会うことは、永遠にあり得ないのだ。

「ひかげの花」で描かれているのは、これまでの研究史で繰り返されてきた「抒情」や「真の人間性」といった主題とは正反対の、むしろ、そのような感傷を無残なまでに突き放していくような言葉である。そして、それは、一九三〇年代の都市空間に「魔の底」として位置づけられた私娼の言説をなぞりながら、同時にそれを対象化していく過程で浮上する、金への欲望に貫かれた物語に他ならない。

第三章 『濹東綺譚』の読まれ方——研究史概観

私家版『濹東綺譚』烏有堂、1937 年 4 月

一　永井荷風「濹東綺譚」研究史を検討するために

人は永井荷風「濹東綺譚」（「東京朝日新聞」「大阪朝日新聞」夕刊一九三七・四・一六〜六・一五）のうちに、何を認めることから始めたのだろうか。

荷風の晩年近く、一九五六（昭和三一）年に刊行された雑誌特集「永井荷風読本」[1]は、荷風の代表作や、それまでの重要な同時代評、身近な人たちのエッセイを含む、多角的な構成によって編集されている。その中でも興味深いのは、巻末に掲載された、永井荷風と作品に関するアンケートである。

一、あなたは永井荷風の文学をどう思われますか？
二、永井荷風の作品で何が一番好きですか？
三、永井荷風からあなたの学んだものは？

以上三つの質問に対して、一〇九人にものぼる文学者の回答が掲載されている。二番目の質問に対しては、四六人が「濹東綺譚」を挙げ、以下『おかめ笹』（一四人）、『ふらんす物語』（一一人）を、大きく引き離している。このアンケート結果より、荷風生前から「濹東綺譚」は代表作と見なされていたことがわかるが、それにも増して注目されるのは、「一番好き」な作品は何か、という質問に対して、多くの者が複数の作品を当然のように回答していることである。荷風文学が持つ幅の広さ、名作の多さを物語っていよう。

荷風の作品に対する反応は、時代が違っても余り変化はないようだ。「文学」[2]が、一九九二年に行った「アンケート日本の随筆」では、多くの回答者が、永井荷風の作品を挙げている。その中でも、中野三敏は荷風の作品を五編挙げ、「私小説と随筆の区別をつけること」の困惑と、その魅力について言及している。確かに荷風作品の多くは、小説、随筆といった明確なジャンル分けを拒否するが、その困惑にこそ、荷風文学全般を貫く魅力が存在するといえるだろう。

時代を隔てた二つのアンケート結果からもわかるように、荷風は生前から、また、没後においても常に高く評価されている作家である。その数多い作品の中でも、特に「濹東綺譚」は、多くの人に愛読され、荷風随一の名作であることに違いはない。それでは、「濹東綺譚」を読むことは、一体何を読むことになるのだろうか。

小説家である「わたくし」（大江匡）は、小説『失踪』の背景を考えるべく、また近所から聞こえるラジオの音を避けるように、六月末の夕方に、足の向くまま、私娼街玉の井へと向かう。そこでにわか雨のなか、私娼であるお雪と出会う。やがて「わたくし」はお雪となじみになり、彼女の家に通う。ある日、お雪が「おかみさんにしてくれない」と言いだしたのをきっかけに、「わたくし」は彼女との関係を考えるようになる。季節は九月の半ばから秋の彼岸になって、「わたくし」はお雪と距離を置くようになり、十五夜の日に彼女が病んで入院したことを知る。

このような物語のあとに付された「作後贅言」には、亡くなった友人神代帚葉《こうじろそうよう》の思い出や、当時の銀座の風俗などが描かれている。

「濹東綺譚」が、私家版及び新聞連載、単行本の刊行などによって公にされるのは、一九三七年四月以降のことである。荷風文学における「濹東綺譚」の位置を簡単にまとめてみるならば、以下のようになるだろう。

一九二〇年五月、偏奇館移住以後、世間との交わりを断ち、作品もあまり発表されなくなる枯渇期。昭和初頭の円本ブーム、文芸復興の気運の中、「つゆのあとさき」(「中央公論」一九三一・一〇)の発表によって、荷風は枯渇期から脱出し、そして、復活の手応えをつかむ。一九三七年四月の「濹東綺譚」発表は、この復活の延長線上に位置するだろう。しかし、「濹東綺譚」以後、時代は戦争へと突入する。戦中、荷風は数多くの作品を執筆するが、それらが発表されることはない。荷風が戦中に書きためた数多くの作品は、戦後、一九四六年一月、一挙に発表される。「踊子」(「展望」一九四一・一)、「勲章」(「新生」一九四一・一)。「浮沈」(「中央公論」一九四一・一〜六)……。荷風は再び復活する。「濹東綺譚」は、「つゆのあとさき」による荷風復活の延長線上に位置すると同時に、戦中の沈黙期へと突入する契機となった作品といえるだろう。

また、物語内容からいえば「濹東綺譚」は、私娼を題材とした「貸間の女」（「苦楽」一九二六・七、のち「やどり蟹」と改題）、「ひかげの花」（「中央公論」一九三四・八）、銀座の女給を材とする「つゆのあとさき」（前出）などの小説作品と、「日和下駄」（「三田文学」一九一四・八〜一九一五・六）、「向嶋」（「中央公論」一九二七・六）、「寺じまの記」（「中央公論」一九三六・六）など、街の風景を観察した随筆作品の交点に位置する。「濹東綺譚」は、これら小説・随筆の二つの側面を持ち合わせ、荷風文学の特徴が、最もよく表現された作品といえるだろう。

このような簡単な要約に、文壇からの評価をあわせみてみるならば、「濹東綺譚」は、明らかに「つゆのあとさき」における評価の延長線上にある。谷崎潤一郎[3]、正宗白鳥[4]の「つゆのあとさき」の激賛は、作品のみならず、これ以後の荷風評価を形成してゆく。荷風は、この二つの評に感激し、「正宗谷崎両氏の批評に答ふ」（「古東多万」一九三二・五）という謝辞までも発表している。また、中村光夫[5]は「つゆのあとさき」に表現された江戸趣味が、荷風の単なる享楽主義ではなく、時代状況からの必然と、文学の正当性に基づくことを明らかにした。大家の作品としての受容と文学的正統性を見出す読解は、「濹東綺譚」の同時代評においても、同様に見出すことが可能である。「濹東綺譚」は、発表直後において、時代からの遊離が指摘されたりもしたが、荷風の文学的正統性が、ことさら顕揚された作品でもあった。このように、「つゆのあとさき」で示された評価が、そのまま「濹東綺譚」にも踏襲されていくのである。

以上のことから「濹東綺譚」が、荷風の作品において、どのような位相にあるのかが理解できるだろう。文芸復興期における復活、正統派荷風への評価の転換と確立、小説、随筆作品の合流点。それらは、いずれも「濹東綺譚」が、荷風文学の集大成であることを明らかにしている。「濹東綺譚」を読むことは、作品に流れ込み、絡み合う、このような様々な力線を、一つ一つ確認しながら解いてゆく作業に他ならない。それでは、今日まで積み上げられてきた厖大な「濹東綺譚」論は、これらの数多い力線のうち、何を選択し、何を語ってきたのだろうか。本章では、高橋俊夫[6]が編集した「濹東綺譚」作品論の集大成を参考にしながら、テーマ別に概観を試みたい。

二　永井荷風「濹東綺譚」はどのように読まれてきたのだろうか

荷風の数多い作品の中でも、「濹東綺譚」は、今現在に至るまでに圧倒的な研究史が積み上げられてきた。同時代評における言及、座談会での発言、評伝研究における記述などを含めれば、その数は優に二〇〇本を超える。これだけの厖大な研究史は、「濹東綺譚」のうちに、何を認めてきたのだろうか。三國一朗[7]の言及をみてみよう。ここには「濹東綺譚」研究史をたどるうえで、看過できない重要な問題が提示されている。

昭和十六年に東大へはいってからしばらくの間、私は「濹東綺譚」を玉の井花街の案内書として使った。（……）しかし同様の経験をもつにちがいない多くの同時代者たちが、おそらくはみな痛感したであろうように、この本ほど玉の井の案内書として時代おくれで不完全なものはなかった。ともかく、お雪みたいな女のいそうな家はどこを捜してもなかったのである。

これは「作後贅言」の冒頭にある「見聞記」という言及を信じ込み、実体験によって〈事実〉と〈虚構〉の差異を明らかにしてしまった好例である。しかし、三國のこのような体験は、単なる笑い話ではない。ここには「濹東綺譚」研究史における、一つの側面が確実に言い当てられているのだ。「見聞記」という捉え方は、同時代評においても「「日和下駄」風の浅草見聞記」、「玉の井見聞記」[8]、「玉の井という売笑窟の現地報告」[9]という評を、容易に確認することができる。さらには、「濹東綺譚」を片手に「お雪」のモデル探しも行われた。[10]これらの言及は、いうならばルポルタージュとして受容されたこと、〈事実〉として読まれたことを示しているだろう。

〈事実〉の読み込みは、戦後「濹東綺譚」執筆当時の『断腸亭日乗』が、公表（『荷風全集』第二一巻中央公論社、一九五二・二）されたことにより、二つのテクストの照合作業へと展開していく。はやくは、宮城達郎[11]の示唆に始まり、相磯凌霜[12]、結城信一[13]らが照合作業を始め、高橋俊夫[14]が、両方のテクストを詳細に調べ、その比較を一覧表とともに提示した。そして、大野茂雄[15]をはじめとする「お雪」のモデル探しへと展開してゆく。特徴的な成果として、秋庭太郎[16]による「お雪」のモデル写真の発見を挙げることができるだろう。この発見は、荷風の知人が所持していた私家版の中に、問題の写真が挟み込まれていたことを根拠にしている。しかし、モデル問題がこれだけ騒がれるのは、「濹東綺譚」が、テクスト外部の〈事実〉を、ことさら引き寄せてしまうことに起因するのだろう。さらに、小門勝二[17]、大林清[18]には「お雪」を主人公とする小説がある。「お雪」は、モデル問題とともに様々なイメージが喚起され、「濹東綺譚」の物語内容から離れてゆく。秋庭太郎が発見したモデルの当否はともかく、より重要なのは「濹東綺譚」が、モデル探しという問題を召喚し、テクストが外部と緊密なまでに結合してしまうことである。

このような〈事実〉の読み込みは、「わたくし」という一人称の理解にも関わってくる。はやくは佐藤春夫（前出8）が、「わたくし」に荷風の分身である「大江匡」と「種田順平」の、二つの側面を見出し「形影相隣型」と名付け、それが荷風作品の典型であることを明らかにした。また、萩原朔太郎[19]は、「濹東綺譚」を荷風の「自叙伝」として捉え、そこに精神の漂泊をみる。いずれも「わたくし」は、作者荷風その人を指すことが前提とされている。

戦後、一人称「わたくし」に、新しい側面を見出したのは平野謙[20]である。平野は佐藤が提示したヒューマニストに彩られた荷風像を「ヒイキの引きだおし」として批判し、「濹東綺譚」における「わたくし」の機能を、「私小説的設定」の逆用と考えた。同時期、成瀬正勝[21]は、荷風文学全般に確認できる、登場人物の「やつし」を指摘し、実生活における「やつし」的態度が、作品にも色濃く投影されていることを明らかにした。平野、成瀬の論を受けるかたちで、宮城達郎（前出11）は「わたくし」という一人称を、いかようにも意味内容が変化する装置――「仮面」として捉え、そこに佐藤のいう「形影相隣型」の可能性を確認した。そのほか、「わたくし」に「やつし」を認め、「濹東綺譚」読解の中軸に据えた論考は、吉田精一[22]、高橋俊夫[23]、坂上博一[24]、森安理文[25]などを挙げることができる。成瀬が指摘した「やつし」の概念は「濹東綺譚」研究史において、一つの大きな柱となっていった。

荷風没後、江藤淳[26]は「濹東綺譚」における「わたくし」の操作を指摘した上で、荷風の一生を「遁走者の生涯」と断定し、平野謙との間で、作家論、作品論のあり方をめぐり論争が生じた。[27]このような、平野・江藤の論考を批判的に継承した坂上博一（前出24）は「主人公を強引なまでに作者に結びつけようとする設定」に「様式化したリアリティ」、「変身のトリック」を指摘し、笹淵友一[28]は、さらに「私小説の戯画化」とよんだ。中澤千磨夫[29]はペルソナとしての「わたくし」が「大江匡的「わたくし」」「荷風散人的「わたくし」」の二つに結合してゆく様を指摘した。さらに劉建輝[30]は、これらの構造を実体化して「書くわたくし」「銀座という空間」「玉の井という空間」という三層構造を抽出し、語り論との融合を試みた。真銅正宏[31]は、小林秀雄「私小説論」（「経済往来」一九三五・五〜八）、横光利一「純粋小説論」（「改造」一九三五・四）に目を配りながら、同時代の「わたくし」という一人称＝「社会化した私」に注目し、その政治性を問うた。さらに金子明雄[32]によって、本格的な語り分析が行われ、それとともに「濹東綺譚」が随筆、小説といったジャンルの交差に位置することが、明らかにされた。このように「濹東綺譚」の一人称「わたくし」には、その代名詞の指示内容ばかりではなく、都市論、語り論、ジャンル論など様々な問題が含まれているのだ。また、同時代文学との関連は、ジイドの影響など、比較文学の領域を射程に収めることになるだろう。

　フランス文学、特にジイドとの影響関係は、「濹東綺譚」が発表された当初から指摘されていた。小説内小説の構造については、佐藤春夫（前出[8]）がすでにジイド『パリュード』との関係を指摘しているし、平井程一《ママ》[33]もまた、荷風からの私信を引用するかたちでジイドとの影響関係を決定づけた。戦後、吉田精一[34]は、ジイド『パリュード』との関連を検証し、それによって「濹東綺譚」の構造が単調さから救われていることを指摘した。宮城達郎[35]、磯田光一[36]も同様にジイドとの関係について言及し、赤瀬雅子[37]はピエール・ロティの影響を指摘した。また、ジイド受容とは別に、坂上博一（前出[24]）、重友毅[38]、高橋俊夫[39]、多田蔵人[40]は、近世文学との影響関係を強調している。

　これらの論考が示すように、他領域と比較される場合には、「濹東綺譚」に、インター・テクストの側面を多分に読み込み、様々な文学ジャンルとの交点が指摘されるのである。柘植光彦[41]は、「濹東綺譚」の構造を、「見立て私小説」「見立てジイド」「見立て見聞記」「見立て春水」というように様々なジャンルの「見立て」として捉えるが、柘植がいみじくも指摘しているように、「濹東綺譚」は、そのような構造の様々な引用としても読めてしまうのだ。

時代背景との関連は、一九三七年七月から勃発する日中戦争との関連について言及されることが多い。新聞連載完結が六月一五日、岩波書店版の刊行が八月であることを考えてみれば、「濹東綺譚」は、まさに戦争勃発直前に発表され、直後に単行本化された作品なのである。このような状況を受け、正宗白鳥[42]は、「時代離れ」した作品として「濹東綺譚」を捉え、戦後平野謙（前出[20]）はその発表時期を「危いすべりこみ」と表現した。同様の言及は、小田切進[43]、秋庭太郎[44]にも確認できる。その中でも、桶谷秀昭[45]は、「濹東綺譚」と川端康成『雪国』（創元社、一九三七・六）とを比較しながら、日中戦争前後における精神のあり方をたどり、時代状況との関連性を明らかにした。また筆者[46]は、同時代の戦況報道における「報告文学」といったジャンルと「濹東綺譚」の同時代評について考察をしている。

このような政治的な文脈とは別に、あくまで一九三五年前後における小説の形式に注目したものに、鈴木貞美[47]、曾根博義[48]、安藤宏[49]、中村三春[50]などの論考がある。いずれも、太宰治「道化の華」（「日本浪曼派」一九三五・五）、石川淳「佳人」（「作品」一九三五・五）などに見られるメタ・フィクション構造に注目し、そこにジイドの影響などを加味しながら、当時の文学状況の中に「濹東綺譚」を位置づけようとする試みである。

また都市論は「わたくし」が居住する「麻布」と、「お雪」の住む玉の井の間に、境界を読み込んでゆく。その際、成瀬正勝（前出[21]）が指摘した「やつし」の概念が大いに援用される。つまり、物語構造からいえば「濹東綺譚」は「わたくし」が「やつし」ながら、「麻布」と玉の井の境界を往還する物語、と、まとめられるのである。古屋健三[51]、坂上博一（前出[24]）、石内徹[52]は、ともに玉の井を幻想的な空間をして捉え、さらに、日常／非日常といった境界を強調してゆく。三好文明[53]は、物語に描かれる京成電車跡の「土手」に注目し、物理的な境界の存在を指摘し、真銅正宏[54]は、このような境界の設定が『夢の女』（新声社、一九〇三・五）、「祝盃」（『中央公論』一九〇九・五）など、荷風の他の作品においても確認できる、荷風作品の典型的な物語構造であることを明らかにした。小森陽一[55]も同様に、「想像的な国境」を超越する物語として読んでいる。

このような分析は、必然的に玉の井という街への興味を導き出すだろう。川崎長太郎[56]は、一九三五年前後における玉の井の様相と、そこで実際に荷風を目撃したことを、野口冨士男[57]は、若い頃に通った玉の井の記憶と「濹東綺譚」の描写を比較し〈事実〉との差異について述べている。また、大林清[58]や、前田豊[59]は、玉の井の成立から、戦火による焼失までを、自己の体験を中心にまとめ、「濹東綺譚」だけでは窺い知れない玉の井を提出した。宮城達郎・坂上博一[60]の注釈作業、高橋俊夫[61]の、微に入り細を穿つ詳細な「私注」は、『断腸亭日乗』、「寺じまの記」など、荷風の他作品から玉の井を構築しようとした。

また、「濹東綺譚」で表現された玉の井や荷風の他作品ばかりからではなく、同時代の言表から、作品を再検討する動きも見られた。島村輝[62]は、新聞連載時の挿画、私家版の写真に注目し、「濹東綺譚」に描かれた、玉の井の文化的コードを示した。また、石阪幹将[63]は、文学散歩の水準を超え、同時代の交通機関、当時の地図を参照しながら「濹東綺譚」「寺じまの記」などに描かれた、「わたくし」がたどる道筋を再現している。さらに、川本三郎[64]は、同時代の玉の井をめぐる資料を駆使して、私娼たちが、当時どのような条件で働かされていたのか、客はどのようなシステムで私娼と関係を持つことになるのか、といった、街自体の実態的な調査をまとめようとした。同じく塩崎文雄[65]は、玉の井までの交通手段、上下水道、周辺の道路計画、都市計画、隅田川周辺の変遷など玉の井」を取り巻く環境を、多角的に調査、分析を試みている。筆者[66]は、これらの先行研究に目を配りながら、玉の井を政治学的な空間と捉え、総合的に分析しようと試みている。

これらの実証的な研究は、カルチュラル・スタディーズの方法論を多分に意識したものであるが、これまで、「陋巷」「下町」というように、漠然としたイメージのみでしか語られることのなかった玉の井を、具体的な空間として構築できるようになったことは、「濹東綺譚」研究史全体から考えても、大きな収穫といえるだろう。今後は、これらの資料分析をさらに進め、荷風及び「濹東綺譚」の描いた玉の井が、同時代における玉の井の表象と、どのような関係を持ち得たのかについて、分析することが必要となってくるだろう。

三　荷風イメージの変遷――これからの「濹東綺譚」研究のために

荷風は絶えず読み返される。その作家像についても、絶えず読み直しが迫られている。作品を「濹東綺譚」に絞ってみても、松本哉[67]や、中村良衛[68]が、「お雪」をめぐる女性像の描き方を『断腸亭日乗』や、荷風の作品から位置づけ、荷風の女性観を考察しようとしている。また、二〇〇五年前後から目立つようになるのは、荷風のライフスタイルに注目し、その中に「濹東綺譚」を位置づけていく論考である。これらの論考は、主に研究論文というスタイルではなく、広範な読者を想定したエッセイという体裁で発表されている。そもそもは、松本哉[69]が始めたスタイルだが、持田叙子[70]の一連の著作が、その方向性を決定づけている。また、持田叙子監修による展覧会『永井荷風のシングル・シンプルライフ』の開催[71]や、高山修一[72]も、この延長線上にある。このような荷風のイメージと「濹東綺譚」が見事に重ねられて表現されているのは、倉科遼（原作）ケン月影（作画）の漫画作品[73]であろう。荷風の実人生と、作品を敢えて混淆させながら描いたこの作品は、副題の「不良老人指南」からも理解できるように、荷風をモデルとした、大胆なまでのライフスタイル改革を、読者に提案している。「濹東綺譚」はそのなかで、性的な衰えを感じつつも、「お雪」と恋愛を展開する「不良老人」の物語として描かれている。ケン月影の官能的な描線もあって、人気を博しているこの漫画作品の受容こそが、現在の〈荷風〉像、そして「濹東綺譚」の読まれ方なのだ。他メディアに波及しながら、様々な読まれ方が実践される永井荷風「濹東綺譚」。この作品の魅力は、まさにこの横断的な広がりにあるのかもしれない。

第四章
玉の井への道程——『断腸亭日乗』と『寺じまの記』を読む

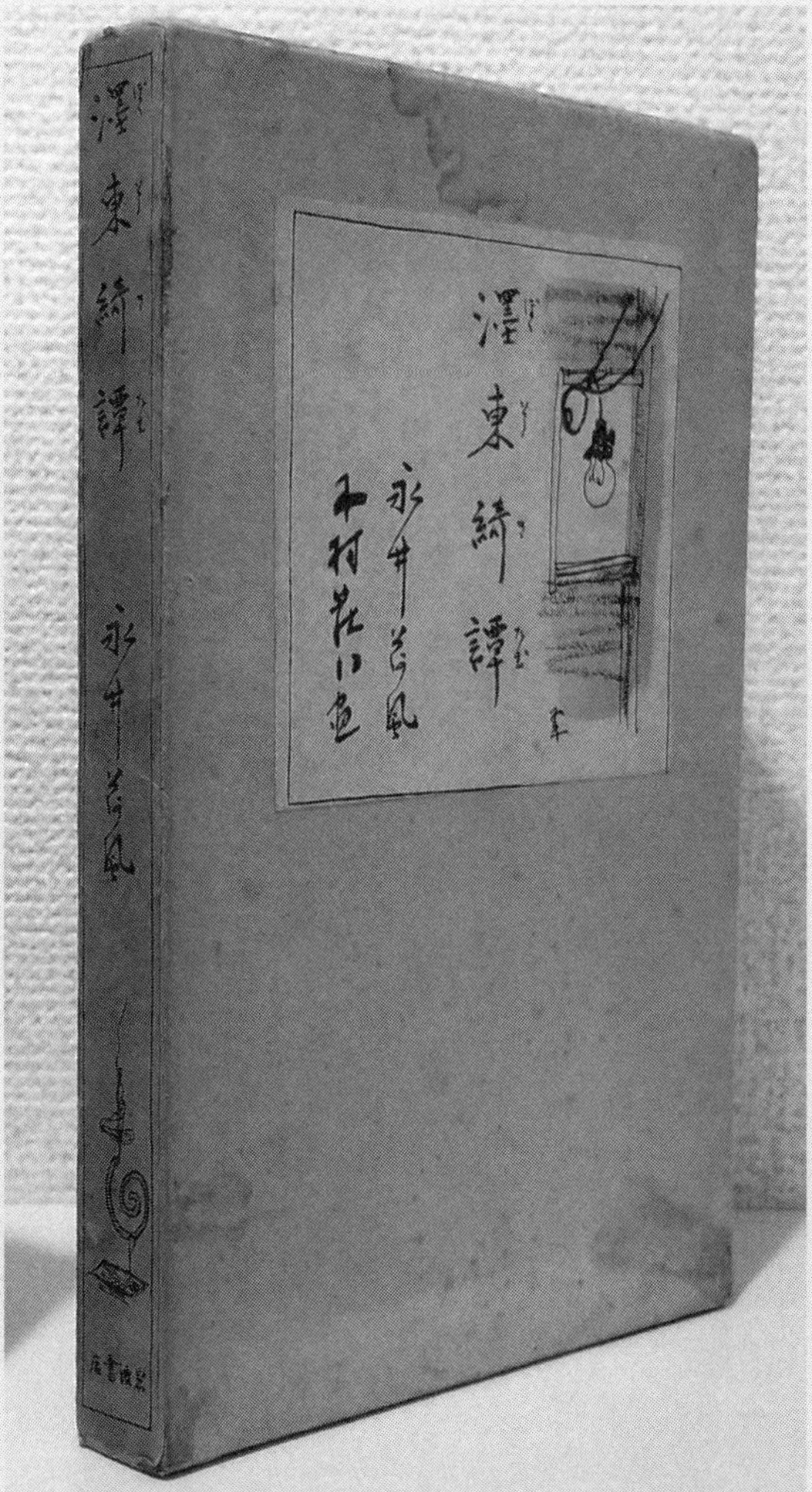

『濹東綺譚』初版、函、岩波書店、1937年8月

一　荷風と玉の井

荷風が初めて玉の井に足を向けたのは、一九三二年一月二二日夕方のことである。

その日の午後、日頃より通院していた、中洲病院からの帰りに「処定めず散策することに」決めた荷風は、清洲橋の袂より、バスで浅草、吉原、小塚原をまわり、堀切にまで足を延ばす。荒川放水路の堤を「枯蘆の景色を見」ながら歩くうち、空には月が懸り、荷風は玉の井へと歩を進めていた。荷風が偶然にも発見した街玉の井は、「江東の新開町にて玉の井最繁華なりと見ゆ」と自身が記すように、この頃、既に東京でも有数の私娼街としてその名を馳せていた。当時、東京市内から玉の井へ向かう場合は、浅草からバス、または東武電車を利用するのが一般的だった。のちに発表する「寺じまの記」[1]と、「濹東綺譚」[2]は、その行程によって玉の井へ向かっている。しかし、この日の荷風は浅草から北上するルートではなく、堀切方面から南下する、逆方向から玉の井へと向かっていた。荷風の気ままな散策の様子がうかがえる。また荷風は、玉の井を眺めながら「売笑婦の家はむかし浅草公園裏に在りし時の状況と更に変わるところなし」と、明治期に浅草十二階下と呼ばれた私娼街を回想している。

このように、『断腸亭日乗』によれば、一九三二年に荷風が玉の井へ足を向けたのは、この日一回だけであった。荷風が再び玉の井を訪れるのは四年後、一九三六年三月三一日のことである。この日以降の度重なる玉の井への訪問は、荷風の創作意欲を大いに刺激していった。その後、玉の井通いは戦時中、一九四四年一〇月二三日まで続く。ある時は「この町の光景も今は目に馴れて平々凡々興を催すものなきに至りぬ。」（一九三七年七月一五日）と、決別を表明したかと思えば、ある時は「玉の井の光景この夜ほどわが心を動したることは無し。」（一九三八年一一月二七日）と、限りない賛辞を送る。『断腸亭日乗』に書かれている玉の井は、時代状況や荷風のその日の気分によって、全く異なる街に見える。荷風にとって玉の井は、単なる私娼街ではなく、戦中という、息苦しい時代状況の中で、唯一安息できる、心のよりどころでもあったのだろう。

一九三六年三月三一日から再開された玉の井通いは、四〜五月と連日のように続けられ、ここでの体験は、のちに随筆「寺じまの記」として発表されることになる。[3]この時期の『断腸亭日乗』には、玉の井の地勢や女性たちの生活が、手書きの地図や家の間取り図とともに、詳細に記されている。そして、このような幾度にもわたる踏査ののち、同年九月二〇日から「濹東綺譚」の執筆が始まる。起稿当初は、小説の題名すら定まってはいなかったが、一〇月七日「濹東綺譚」と決定、同月二五日に脱稿。「濹東綺譚」は約一ヶ月で書き上げられている。しかし荷風は、「濹東綺譚」を執筆するために偏奇館に閉じこもっていたわけではない。執筆中にもかかわらず、玉の井へは何度も足を運び、踏査が並行して行われているのだ。「濹東綺譚」に描かれた玉の井は、このように荷風の執拗なまでの踏査が結実しているのである。

「濹東綺譚」が執筆されたこともあって、一九三六年の『断腸亭日乗』と同年に発表された「寺じまの記」は、従来「濹東綺譚」創作の舞台裏や、モデル探しといった注釈的な読解にさらされ、その表現が直視されたことは、ほとんどなかった。[4] それゆえ、本論では、一九三六年の『断腸亭日乗』と、「寺じまの記」を、一つの独立したテクストとして、その表現の特徴に迫ってみたいと思う。そして荷風が、玉の井という街をどのように認識していたのかを確認してみたい。

二　「いつもの家」にて――『断腸亭日乗』の玉の井

以下は一九三六年の『断腸亭日乗』からの引用である。

七月二十日。（中略）電車にて浅草に到りそれより円タクを傭ひ、玉の井を見歩き、銀座に出づ。

九月十九日。朝来秋雨蕭々《しょうしょう》。午後雨歇《や》めば忽むし暑し。燈刻銀座食堂に飰《はん》す。鱧の松茸蒸を出す。味頗佳し。電車にて向嶋秋葉神社前終点に至りそれより雨中徒歩玉の井に行きいつもの家を訪ふ。横濱ちやぶ屋にゐたりしと云ふ女一人新に加りたり。

十月六日。（中略）家に在らばまたもや訪問記者の来襲を蒙るべしと思ひ倉皇《そうこう》洋傘を携へ浅草に行く。白髯橋をわたり木母寺《もくぼじ》を訪ふ。一直線に広き道路をつくり目下セメントの工事中なり。（中略）碑碣《ひけつ》も見ること能はされば来路を歩み、白髯橋東畔より京成バスに乗りて玉の井なるいつもの家を訪ふ。日は早く暮れたり。家には三ツ輪のやうなる髷結ひし二十一二才の女新に来り、また雇婆も来り、茶の間にて夕餉を食し居たり。主人も来りたればこの土地のはなしきゝて、七時頃車にて銀座に行き銀座食堂に飰して麻布に帰る。

十一月二十日。快晴雲翳なし。午後本所五ノ橋自性院に往き境内の景を撮影して後大島町の大通を歩む。日は忽ち晡《ゆうがた》なり。白髯三ノ輪行のバスを見たれば之に乗りて寺嶋町に至りいつものの家に小憩し、銀座に飯して家にかへる。

十二月卅一日。微雨。午後に霽《は》れてまた曇る。春水の教訓二筋道を読む。昏黒《こんこく》銀座不二氷菓店に飰してさくら家に少憩す。萬本歌川の二氏在り。街上酔漢多ければ地下鉄道にて浅草雷門に往く。明月中天に現はれ風寒からず。仲店広小路到処雑沓せり。東武電車にて玉の井に往きいつものの家に一茶す。

波線部は、玉の井への交通手段を示した箇所である。日によって出発地が「銀座」「大島町」と、まちまちではあるが、円タク、バス、電車など様々な交通機関を駆使して玉の井へ向かっていることがわかるだろう。まるで、震災復興後の交通機関の発達が羅列されているかのような記述である。

荷風がここで利用している交通機関の多くは、震災復興後、急速に発展したものである。一九三六年の「各機関別乗車客数並乗車料収入指数」[5]によれば、一九二六年を一〇〇（東京における地下鉄の開通は一九二七年一二月三〇日上野〜浅草間なので一九二八年を基準とする）とした場合、一九三六年における乗客数の増加は、乗合自動車（現在のバス）＝五一五、タクシー＝一、一〇九、地下鉄＝三五〇を示している。特にタクシーは、円タクの登場もあって一〇倍以上の増加を示している。東京の交通機関は、震災復興後「足の時代」から「ギアソリンの時代」へ、さらに「速度《スピード》の時代へ、機械の時代へ」と転換していったのである。[6]そして、このような「ギアソリン（ガソリン）」を中心とする交通の発展を支えたのは、新たな道路建設だった。一〇月六日、荷風が二重傍線部「目下セメントの工事中なり」と記した「広き道路」は、環状五号線（現明治通り）である。[7]その半年前の四月四日にも、亀有付近を散策の際に、「工事中の大道路あり」という記述が残されていることからもわかるように、荷風は、震災復興後急速に発展する多くの交通機関を、ただ漫然と利用していたのではなく、その発展を支えた道路工事の様子までも、しっかりと観察している。荷風が都市観察者として優れているのは、乗り物といった表面的な変化や流行ばかりでなく、その裏側を支えた道路工事に至るまで、しっかり見据える力を持っていたからである。

そして、玉の井へ到着した荷風は、習慣のように「いつもの家」を訪ねる。ここで特徴的なのは、女性の名を全く記さずに「いつもの家」と書き記す点だ。先の引用の他にも「いつも憩む家に立ち寄るに、」（一九三六年九月一三日）、「いつもの家にて女供と白玉を食す。」（同年九月一五日）、「三時過雨中昼間の玉の井を観察せむとていつもの家を訪ふ。」（同年九月二一日）、「いつもの家に小憩し日の暮れ果てしころ去りて銀座に飰す。」（同年九月二二日）というように、数多く記されている。そして、そのどれにも具体的な女性の名前が記されることは、ない。

荷風のこのような姿勢は、一九三六年九月七日の記述に、よく表現されている。この日荷風が訪ねた女性は、「もと洲崎の某楼の娼妓なりし由。年は二十四五。上州辺の訛あれど丸顔にて眼大きく口もと締まりたる容貌、こんな処でかせがずともと思はるゝ程なり。」と記されており、従来の研究史において「濹東綺譚」のヒロインである「お雪」のモデルと推測された人物である。[8] この他にも、「濹東綺譚」との照合によって多くの一致点を確認することが可能なのだが、ここでは、あくまでこの日の『断腸亭日乗』の表現そのものについて注目してみたい。

この女性と荷風がかなりの馴染みであったことは、彼女が、他の客と外出する際、荷風に留守番を頼んでいることからも理解できる。彼女は「向嶋の待合」へ行き、「「ノゾキ」の相手に使はれ」たらしいが、一人になった荷風はその間「安心して腰を据え、退屈まぎれに簞笥戸棚の中を調べて」いる。同日に記載された手書きによる一・二階の間取り図は、この時の荷風の観察が、いかに細部に渡っていたのかを示すものだろう。[9] 荷風はその後、何度も彼女の家に通っているが、欄外に「九月晦日」の日付で、「女の名詳ならず自分では秋田の生なりといへど是亦詳ならず」と記されており、相当親しくなっても、荷風は女性の名前や素性にほとんど関心を寄せていないことがわかる。彼女はその後、九月一九日の傍線部「横濱ちやぶ屋」の女性、一〇月六日の傍線部「三ツ輪」の女性（彼女たちの名もまた記されることはない）と入れ替わりに、その家から去っていったと考えられるが、彼女がいなくなった事情や、その後の消息が記されることはない。かなり親しくなったと推測できる女性がいなくなっても、荷風は彼女のあとを追うどころか、消息すら気にすることなく、依然として「いつもの家」に足を運び続けている。つまり荷風は、女性たちよりも「いつもの家」という場所にこそ、関心があったことがわかる。

　このような荷風の玉の井をめぐる認識は、一九三六年一一月九日「一部に属する路地に入り鎌田花といふ表札出したる家を訪ひ」、一六日「玉ノ井鎌田お花といふ家に立ち寄り」、一八日「鎌田方に小憩し」といった記述にも、同様に確認することができる。また、『断腸亭日乗』に記載された、玉の井のまとまった観察記録である「玉の井見物の記」（一九三六年五月一六日）には、「七丁目四十八番地高橋方まり子」「七丁目七十三番地田中方ゆかり」「七丁目五七番地千里方智慧子」「七丁目五十四番地工藤方妙子」というように、珍しく女性たちの名が表記されているが、番地表示や家の表札名が頭に付されており、荷風があくまで、番地表示を中心に女性たちの存在を認識していたことがわかる。同日に付せられた荷風作成の玉の井の地図である「略図」には、夥しい番地表示が欄外にまであふれかえっており、荷風の認識のありかを明確に知ることができるだろう。[10]

また一九三九年五月三日には、「帰途新橋にて電車を乗換へむとする時去冬玉の井にて知りたる女に逢ふ（一部山形といふ家の女）」という記述がある。荷風が新橋で出会ったその女性は、既に玉の井とは関係ないと思われるが、荷風は「（一部山形といふ家の女）」とわざわざ括弧で付記することからもわかるように、あくまでも玉の井を基準として彼女を認識している。以前に交際があった芸者や女給などの女性たちを、荷風は、しっかりと名前によって記述していることを考えてみれば[11]、玉の井の女性たちについての記述方法は、その基準が徹底しているといっていいだろう。

「いつもの家」に通い続ける荷風。その時、荷風のまなざしは、女性たちよりもまさに玉の井という場所にこそ、熱く注がれていたのである。それでは、玉の井に対し、情熱を傾ける荷風は、実際に公表した作品において、一体どのような玉の井を書いてゆくのだろうか。次に、「寺じまの記」における玉の井の描写について検討してみよう。

三　玉の井への道行――「寺じまの記」の玉の井

「雷門といつても門はない。」――「寺じまの記」冒頭の一文である。「濹東綺譚」前年に発表されたこの随筆には、荷風が玉の井を何度も踏査した結果が結実している。一九三六年の『断腸亭日乗』と同様に「濹東綺譚」のスケッチとしてしか読まれることのないこの作品を、ここでは、敢えて独立した一つの作品として読んでみたい。

「寺じまの記」は、この冒頭の一文からも明らかなように、玉の井以外の場所――「雷門」のある浅草から書き始められている。荷風（本文では「わたくし」と記されている）は浅草から「京成乗合自動車」に乗り、玉の井へと向かう。その間、荷風は「女車掌」の停留所を知らせるアナウンスに耳を傾け、窓外の風景を眺めている。

　車は吾妻橋をわたつて、広い新道路を、向嶋行の電車と前後して北へ曲り、源森橋をわたる。両側とも商店が並んでゐるが、源森川を渡つた事から考へて、わたくしはむかしならば小梅あたりを行くのだらうと思つてゐる中、車掌が次は須崎町、お降りは御在ませんかと云つた。降る人も、乗る人もない。車は電車通から急に左へ曲り、すぐ又右へ折れると、町の光景は一変して、両側ともに料理屋待合茶屋の並んだ薄暗い一本道である。下駄の音と、女の声が聞える。

（中略）

女車掌が突然、「次は局前、郵便局前。」と云ふのに驚いて、あたりを見ると、右に灰色した大きな建物、左に大菩薩峠の幟を翻す活動小屋が立つてゐて、煌々と灯をかゞやかす両側の商店から、ラヂオと蓄音機の歌が聞える。（中略）車掌が、「劇場前」と呼ぶので、わたくしは燈火や彩旗の見える片方を見返ると、絵看板の間に向嶋劇場と云ふ金文字が輝いてゐて、これも矢張活動小屋であつた。

荷風がここで、傍線部「広い新道路」と記しているのは、震災復興事業として敷設された、放射一三号線（現水戸街道）である。バスはその道路から左折、右折を繰り返し、現在の墨堤通りを北上してゆく。波線部「吾妻橋」「源森橋」「源森川」「小梅」「須崎町」といった具体的な地名、「須崎町」「弘福寺前」「大倉別邸前」「小松嶋」「地蔵阪」「郵便局前」「劇場前」「玉の井車庫前」といった停留所がバスの進行とともに逐一記される。荷風は、この停留所ごとに窓外の風景を見渡し、自分が位置する場所を確認してゆくのである。

一九三二年当時の京成バス路線図（図①）によれば[12]、この方面には、京成バスの運行路線として、玉ノ井線と、鐘ヶ淵線の、二つの路線が存在していた。玉ノ井線が三分毎、鐘ヶ淵線が一〇分毎の運転間隔である。玉ノ井線は浅草を出発し、「白鬚」から「玉ノ井」を経由して、荒川放水路を渡り「四ツ木駅前」から「本田町澁江」（現在の四ツ木駅と京成立石駅の中間地点）までを結ぶ路線である。主に、浅草から玉の井を経由して荒川放水路東側の京成線四ツ木駅を結ぶ路線と考えていいだろう。鐘ヶ淵線は、

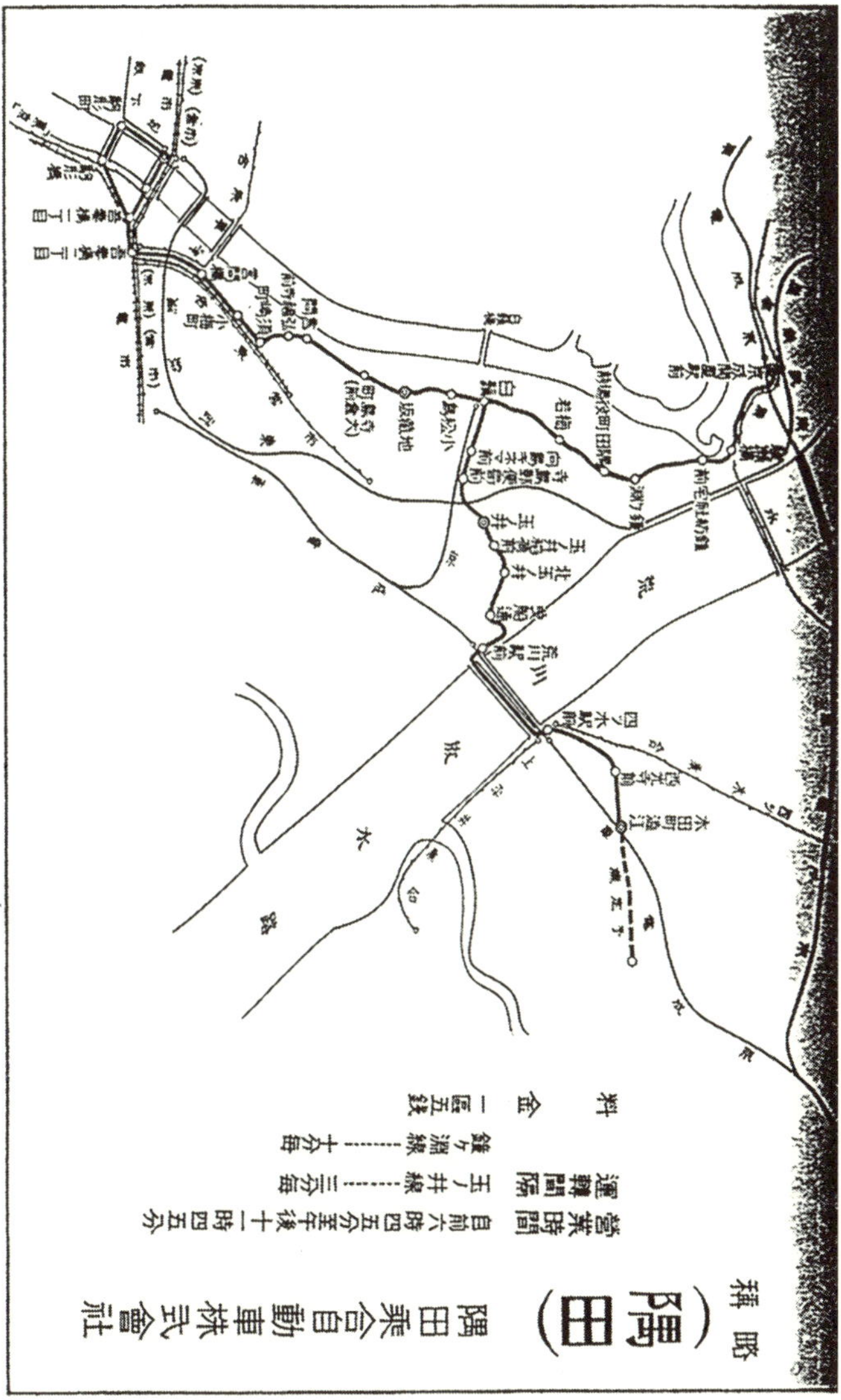

図①　高谷義重『交通詳解　大東京案内』（平凡社、1932・11）「付図第四十七図」

浅草を出発し「白鬚」を直進し「紡績社宅前」を経由して「京成関屋駅前」を結ぶ路線で、主に鐘ヶ淵紡績工場への通勤手段として利用されていたと推測できる。この二つの路線を比較すれば、約三倍のバスを増発していた玉ノ井線を、京成バスがいかに重要視していたのかがわかる。つまり浅草から玉の井へ出掛ける路線は、浅草から鐘淵紡績工場へ通勤する路線よりも、断然にニーズが高かったのである。

荷風が利用するのは、この二路線のうち玉ノ井線であるが、「寺じまの記」で降車する「玉の井車庫前」停留所（図①には「玉ノ井」と表記されている）までの経路を、路線図に従ってたどってゆくと、破線部のように「須崎町」から左折したのちに、隅田川沿いに右折していることがわかる。「寺じまの記」に書き込まれた停留所も、順序や名称は少しばかり異なるものの、ほぼ正確であり、荷風の描写の正確さが理解できる。

このような道行を経て玉の井へ到着した荷風は、どこへ行くともなく、街を散策する。「食料品、雑貨店などの中で、薬屋が多く、次は下駄屋と水菓子屋が目につく」こと、「玉の井館と云ふ寄席」「満願稲荷とかいた祠」があることなど、荷風は街を詳細に観察している。そして荷風は「呼ばれるがまゝ」「勧められるがまゝ」ある「家」に立ち寄り、その家の様子を調度品をはじめとして、詳細に書き留めている（この荷風のまなざしについては第五章参照）。

しかし不思議なのは、この家の女性についての具体的な描写がほとんどされていない点である。彼女の名前はもとより、容貌の特徴などは、ほとんど記されていない。詳細な部屋の描写に反するように、女性は一貫してただ「女」と記されるだけなのだ。それゆえ、後半で展開される荷風と「女」との会話場面は、具体的な情景を想像することが難しく、詳細に描写された部屋の様子のみが前景化してくるのである。

「女」と会話を交わした後、荷風は「バスへ乗る近道をきゝながら」家の外へ出る。「改正道路」（先の「広い新道路」と同じ、現水戸街道）から今度は市営バスに乗る。「曳舟通り」、「市営電車向嶋の終点」を過ぎ「吾妻橋」を渡る。

「河向に聳えた松屋の屋根の時計を見ると、丁度九時……。」――「寺じまの記」末尾の一文である。浅草「雷門」からはじまった荷風の散策は同じく浅草「松屋の屋根の時計」で終わりを告げる。「三四十年むかしに逆戻りした」夢、「追憶の情」から目覚める瞬間である。また、浅草を首尾に配置しその道行を記す構造は、〈外〉から玉の井を訪れて、再び〈外〉へ戻っていく伝統的な探訪譚であるといえるだろう。このように〈外〉の存在を前提として、玉の井を認識する方法は「濹東綺譚」においても指摘することができる。「濹東綺譚」の「わたくし」も、また〈外〉である「麻布区御箪笥町」と玉の井を往復するのである。[13] このように、同一の物語構造が反復されることを考えてみれば、「寺じまの記」には、短文の随筆ゆえにより、荷風の玉の井の認識が表出されているといえるだろう。

『断腸亭日乗』で確認できた番地表示や「いつもの家」といった表記は、荷風が徹底して、玉の井を基準に、その場所を認識していたことを明らかにしている。また、「寺じまの記」で確認できた物語構造——〈外〉を前提とした探訪譚には、「濹東綺譚」で確認できる物語構造が、わかりやすく表現されている。この二つの文章から、すでに荷風が玉の井に限りない興味関心を傾けていたことがわかるだろう。そして、荷風の玉の井への認識は「濹東綺譚」ばかりでなく、『断腸亭日乗』と「寺じまの記」を、同一の水準で再読することで、初めて理解することができるのである。

第五章
玉の井の政治学——消えたラビリンス

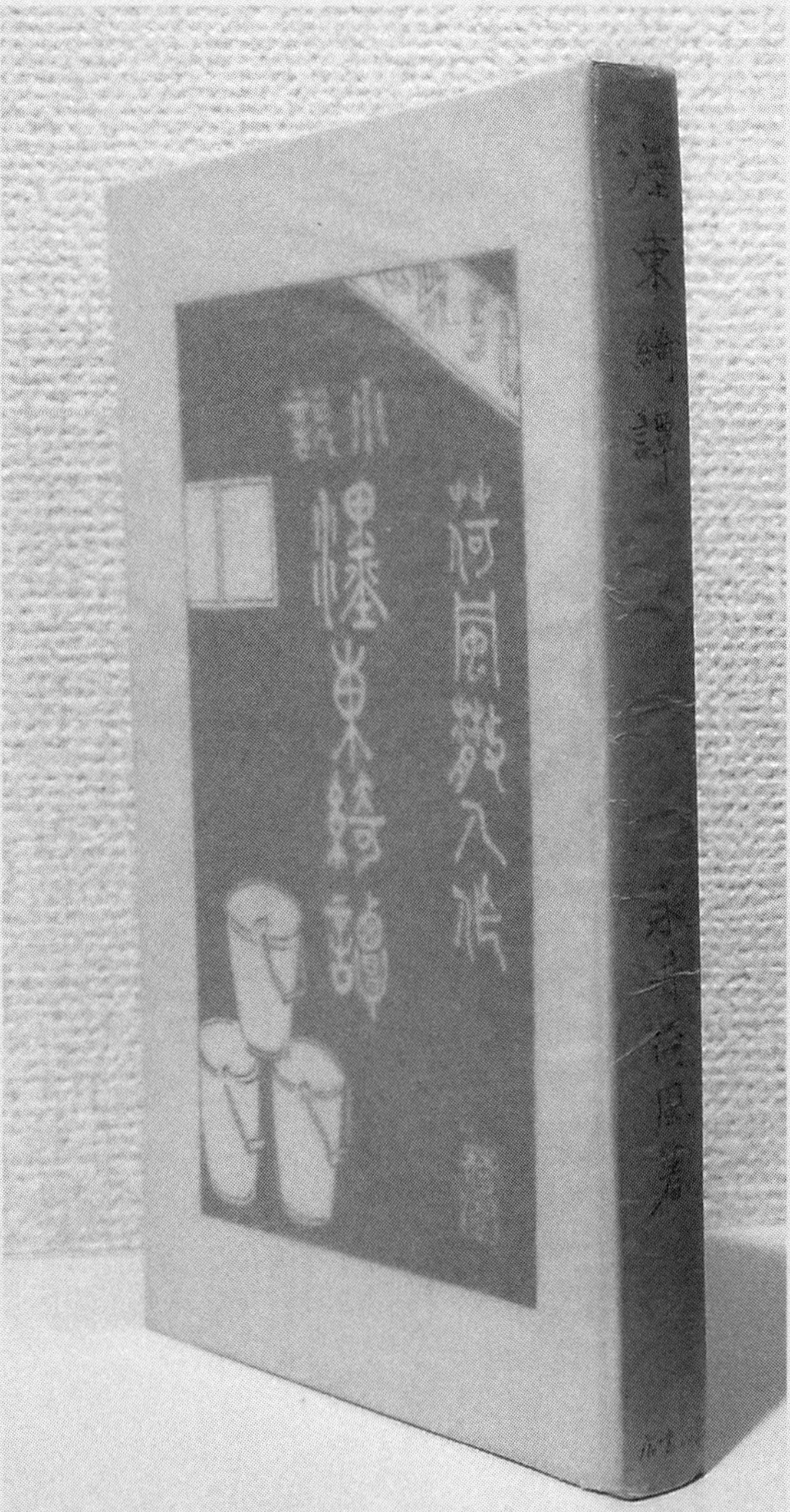

『濹東綺譚』初版、岩波書店、1937 年 8 月

一　この町のさまを観察せん——近さと遠さ

男が女を見つめている。

男はその日、今度執筆する小説の舞台を探しながら「足の向く方へ行つて見るつもりで」電車やバスを乗り継ぎ、この街にやって来たのだが、驟雨のために、偶然その女と出会った。男は女に誘われるがまま家に上がり、そして「リボンの簾越しに」女を見つめている。

> 年は二十四五にはなつてゐるであらう。なか〳〵いゝ容貌である。鼻筋の通つた円顔は白粉焼がしてゐるが、結立の島田の生際もまだ抜上つてはゐない。黒目勝の眼の中も曇つてゐず脣《くちびる》や歯ぐきの血色を見ても、其健康はまださして破壊されても居ないやうに思はれた。（第三章）

「濹東綺譚」[1]には、このように語り手である「わたくし」が、「お雪」を間近で直接見つめる場面が多い。「わたくし」は、このような間近で受ける「最初の印象」から、彼女が以前は「吉原か洲崎あたりの左程わるくない家にゐた女らしい」（第八章）と考え、その上言葉に「少しも地方の訛りがない」（第八章）こと、「顔立と全身の皮膚の綺麗なこと」（第八章）から、「遠い地方から東京に移住した人達の間に生れた娘」（第八章）であろうと、彼女の経歴までも推測するに至る。つまり、「お雪」との実態的な近さが「わたくし」のこのような観察を可能にしている。

しかし、この近さは、「わたくし」が玉の井の巡査に「こんな処へ来る人ではない」（第七章）といわれた体験から「襟の返る縞のホワイトシヤツの襟元のぼたんをはづして襟飾をつけない事」（第八章）、「ヅボンは成るべく膝や尻の摺り切れたくらゐな古いものに穿替る事」（第八章）など、「庭掃除や煤払の時」（第八章）のような「不様な身なり」（第八章）で玉の井へ出掛けることによって獲得されている。ここからは明らかに「わたくし」が、日頃は「不様な身なり」をしていないという、卓越化した水準に主体を定めていること、そして、主体と街との間にはある距離＝遠さが存在していることを確認することができる。「濹東綺譚」は、このような近さと遠さによって玉の井を、そして「お雪」を描いてゆくことになる。

しかし、このような近さと遠さで構成されるまなざしは、「濹東綺譚」ばかりではなく、『断腸亭日乗』からも同様に確認することができる。『断腸亭日乗』に玉の井の名が頻繁に登場するようになるのは、一九三六年三月三一日以降のことである。その中でも特に興味深いのは、一九三六年五月一六日に「略図」（第七章図⑦参照）付きで掲載された「玉の井見物の記」（以下「見物の記」と記す）である。この文章の特徴は、「見物の記」という表題とは裏腹に、玉の井の具体的な情景などはほとんど描かれることなく、「一時間」の値段や「警察にて検梅をなす日取り」「入院料」「前借」の相場など数字を中心とするデータが、無味乾燥なまでに羅列されていることである。また「畧図」中央上に「魔窟路地ノ内ハ迷宮ニテ地図ニ作り難シ」と記された地図作成の労苦は、図上に記された精緻な番地表示と、欄外にまで溢れかえった偏執的とも思える路地のスケッチが雄弁に物語ってくれることだろう。この「畧図」の作成は、「見物の記」にも「道不案内にてどの辺が一部やら二部やら方角更にわからざりしが、先月来屢散歩し備忘のため」と記されているように、荷風の個人的な使途を目的とするに至って、実用的な側面が強く、確かにこのような記述からは、荷風が玉の井の街を実地に、そして、詳細に観察したという近さが明確に示されてはいるだろう。

しかし、この「見物の記」に限らず『断腸亭日乗』に記された玉の井をめぐる記述は、あまりにもその近さが過剰に書き込まれているのだ。例えば、同年四月二一日には「稍陋巷迷路の形勢を知り得たり。然れども未精通するに至らざるなり。」と「路地」への興味が端的に語られ、同月二三日「道順その他の事につき再調」、同日には「ぬけられます」の看板が印象的なスケッチ「玉の井路地真景」（第六章図②参照）が残されている。その後、購入したばかりの写真機を携えて「二階の物干より路地を撮影すること五六回なり。」（一一月九日）、「午後玉の井に往きて路地の光景を撮影す。」（一一月三〇日）というように、「路地」を中心に繰り返し撮影が試みられている。さらに九月七日には、「女」の留守中に家の詳細な間取り図（第六章図④参照）までが作成されているのだ。

このような近さに裏付けされた「見物」や「観察」が、いずれは「濹東綺譚」の創作に生かされるのは明らかなことである。その前に荷風は、玉の井のスケッチともいうべき随筆「寺じまの記」(「中央公論」一九三六・六)を執筆している。荷風と思しき「わたくし」が、浅草雷門前からバスに乗り、玉の井をめぐって再び浅草まで戻ってくる過程を描いた随筆である。そこで「呼ばれるがまゝ」上がった「女」の家の様子は、以下のように記されている。

わたくしは梯子段を上りかけた時、そつと奥の間をのぞいて見ると、簞笥、茶ぶ台、鏡台、長火鉢、三味線掛などの据置かれた様子。左程貧苦の家とも見えず、またそれ程取散らされてもゐない。二階は三畳の間が二間、四畳半が一間、それから八畳か十畳ほどの広い座敷には、寝台、椅子、卓子を据ゑ、壁には壁紙、窓には窓掛、畳には敷物を敷き、天井の電燈にも装飾を施し、テーブルの上にはマッチ灰皿の外に、スタアといふ雑誌のよごれたのが一冊載せてあつた。

荷風は、このように眼前に展開される「女」の持ち物や調度品から、彼女の「趣味」を表現しようとしている。そしてその考現学的[2]ともいえるまなざしには、明らかに対象との近さが前提となっている。しかし、これら近さをめぐる記述に共通していることは、荷風が明らかに「調査」「観察」「見物」の対象として玉の井をまなざしていることだ。そもそも「畧図」といった玉の井の地図作成そのものが、若林幹夫[3]のいうように「局所的空間」から「全域的空間」への、そして、個人的なレベルから全体性を指向する「超越的で想像的な位相」を前提としていることを踏まえるならば、これら近さをめぐる記述は、既に荷風の玉の井に対するある超越的な水準からの対象化といえるだろう。つまり近さは遠さによって保証され、と同時に近さによって〝発見〟される玉の井の「魔窟」は、遠さの追認に機能してゆくことになるのだ。

このようなまなざしの様態について、わかりやすい例を挙げれば、〈外〉から玉の井を訪れ、そしてまた、〈外〉へ戻っていくという伝統的な探訪譚ともいうべき物語構造に説明を求めることができるだろう。「濹東綺譚」の「わたくし」は、「麻布区御箪笥町」と玉の井の「同じ道を往復」する。また「寺じまの記」の「わたくし」も、浅草雷門前から玉の井を巡り、再び浅草松屋の時計台へ戻って来る。つまり、荷風の玉の井をめぐる言説はこのような〈外〉の存在が前提となり、それが玉の井の〈内〉を「観察」「調査」「見物」することを保証している。「玉の井見物の記」に記された、無味乾燥ともいえるデータの列挙や「略図」に記された夥しい番地表示、複雑な「路地」などは、荷風のこのような特権的ともいえる位置から俯瞰された玉の井の姿に他ならない。

〈外〉から玉の井を訪れること、「魔窟」を調査すること、そして「玉の井見物の記」を記すこと。荷風のこれら一連の行動は、玉の井とまなざす主体との実際的な近さが強調されていながら、それと並行して、ことさらに遠さが透かし見えるという、いささか奇妙な関係にあるといわざるを得ない。このようなまなざしによって、玉の井や女性たちは〝発見〟され、まなざす主体の特権的な位置が構築されていくことになるだろう。

しかし問題は、そのようなまなざしの様態を、永井荷風が書いた「濹東綺譚」という既に評価の定まった作品として「文学」の特権性による超越的な位置から事後的に確認することではなく、そのまなざしの構成に機能する権力の微分的な作用を、できる限り同時代のコンテクストを参照しながら検証してゆくことにある。「すべてのイメージはものの見方を具体化する」といった、ジョン・バージャの定義を参照するならば[4]、イメージとしての玉の井は、それを書き(描き)記す主体のまなざしを、具体的に示し出したものといえるだろう。とするならば、本章で見る/見られるといった、あまりにも素朴な主客二元論を取るのは、それ故にこそ、まなざしの政治性が明確に浮上してくると考えたからである。以上のことを踏まえた上で、ひとまずは、玉の井の成立から、街が殷賑を極めるようになる一九三五年前後までの街の変遷と、そこに蝟集するまなざしを検証してみることにしよう。

二　ひとつ今夜はキング・ポイントへ探検に出掛けやうか——玉の井の成立/一九二〇〜三〇年前後

一九三〇年前後に夥しく出版されたモダン語辞典の一つ、小島徳弥『分類式モダン語新用語辞典』(教文社、一九三二・三)には、玉の井の隠語である「キング・ポイント」について、以下のような記述がある[5]。

キング・ポイント　東京東郊にある玉の井の魔窟のことである。玉の井の「玉」といふ字を分解すれば「王」と「、」になる。そこで、トランプの札の「キング」に「ポイント」であると、かく呼ぶのである。【例】「ひとつ今夜はキング・ポイントへ探検に出掛けやうか」、「よせよせ危険だ危険だ。」

ここに記されている「キング・ポイント」という隠語は、単に私娼街としての実態的な玉の井をその意味内容に持つばかりではない。

「キング・ポイント」と名指されるその街は、この辞典が出版された約四ヶ月後には、大東京成立に伴い向島区に編入されることになる。にもかかわらず「東京東郊」に位置する「魔窟」と呼ばれ、それゆえ例文に挙げられているように「探検」が必要なほど「危険」な街であるらしい。これらの記述は、明らかに〈外〉から街を訪れ、調査の対象としてまなざすことが前提となっており、それらは、前節で確認した荷風の場合も、ほぼ同一といえる。それでは一九三〇年前後、このように一般的な意識として捉えられた玉の井という街——隠語が用いられ、さらには「探検」が必要なほど「危険」な「魔窟」は、どのように成立したのだろうか。そして、実態的な街の変容はこのようなまなざしの成立にどのように機能してゆくのだろうか。

玉の井が私娼街としてめまぐるしく発展を遂げるようになるのは、一九二〇年前後のこと。[6] その直接的な契機となるのは、一九一六年六月に東京市が行った徹底的な私娼撲滅運動である。道家齋一郎『売春婦論考』（史誌出版社、一九三八・六）によれば、当時「鬼の橋爪に涙があれば暗い闇夜に花が咲く」と小唄に歌われたほどの厳しい取締りは、殷賑を極めていた浅草十二階下に住む多くの私娼たちを市内から追放し、やがて彼女たちは、亀戸や隅田川を渡った玉の井といった市外にその拠点を移したと伝えている。しかし、一九一四年五月には、その隅田川を渡す白鬚橋が完成、一九一九年頃には、玉の井を突っ切る大正道路が開通し、玉の井と市内は既にアクセス可能な状況にあった。[7]

一九二〇年代初頭、つまり玉の井の成立期の様子については、草間八十雄「東京における私娼抬頭の概観」（「社会事業」一九二二・九）に詳しい。草間はこの街を「醜陋面を蔽う玉の井新地」と紹介し、「数年以前までは泥田や蓮の沼地であったこの辺」が「突然別天地の如くに輪郭を造」ってしまったことに驚きを隠せないでいる。ただの「泥田や蓮の沼地」であった場所が、先述した一九一六年の取締りを機に、一九二〇年前後には「夏の夜は暁に近い午前三時頃まで人の往来が絶えぬ」ほどの活況を呈する街へと激変してしまったのだ。街へは「彼の隅田川上流白鬚橋を渡りて浅草方面から」「わざわざ歩をまぐる嫖児が少なからず」いることが記されているのだが、一応は、市内と連絡する道路が開通していたとはいえ、玉の井は、事実、草間自身も京成線向島駅で下車して、玉の井までかなりの道のりを歩いているように、「わざわざ」と形容されるほど「交通不便にして市内と隔離せる土地」であったようだ。このように、玉の井は実態的にも「わざわざ」行かねばならぬほど遠い街であったのだが、むしろ他ならぬ遠い場所に突如街が形成され、人々が集い始めたという事実こそが、当時東京市役所社会局勤務であった草間に、実際の「郊外私娼窟の踏査」や「視察」といった近さを要請したといえるのだ。

しかし、このように「わざわざ」行かねばならぬほど「交通不便」であった街は、一九二三年九月関東大震災の復興を契機に殷賑を極めるようになる。まず、東武線が玉ノ井駅を開業（一九二四年一〇月）、さらに翌年には、隅田乗合が大正道路に浅草―玉ノ井間で営業（バス）を開始。一九二八年四月には京成白鬚線が開業し、向島・長浦・玉ノ井・白鬚の四駅が設置される。[8] 一九三〇年前後には、都心部と郊外を結ぶ放射一三号線（現水戸街道）が完成、一九三一年四月には、市営バスが営業を開始する。さらには、整備された道路上を円タク（タクシー）が駆けめぐる。やがて一九三二年七月、大東京成立に伴い、玉の井が位置する寺島町は、向島区の一部として編入されるに至る。草間が「郊外」と呼び、「わざわざ」足を踏み入れた玉の井は、その一〇年後、誰しもが行く気にさえなれば、様々な交通手段を使って足を踏み入れることが可能な街となったのだ。事実『断腸亭日乗』を読む限り、第四章で述べたように、荷風が初めて玉の井を訪れたのも一九三二年一月二二日の夕方のことで、その日「処定めず散策すること」に決めた荷風は「乗合自働車」（バス）を乗り継ぎ、荒川放水路へ出、その帰りに偶然といった様子で玉の井に立ち寄っている。そこには草間が「わざわざ」と形容した交通の不便さは微塵も感じられない。つまり荷風は、玉の井への交通網が整備されたあと、街に足を踏み入れていたのだ。

下村千秋「天国の記録——彼等はかうして、その血と肉とを搾り尽された——」（「中央公論」一九三〇・七）は、このように都心との交通が至便になり近くなった一九三〇年前後の玉の井を舞台にした小説である。物語は信州上田の遊廓から逃げ出した主人公「おきみ」が、病弱な夫「周三」と上野で落ち合い、その後「新宿旭町の宿」から、誘拐同然に玉の井と思しき「T私娼街」へ連れてこられる場面から始まり、以後、そのおどろおどろしい副題が示すように「彼等」の悲惨な境遇が執拗なまでに展開されてゆく。確かに、先述した交通の発達を示すかのように、「彼等」が「T私娼街」からの逃亡先に決めたのは「新宿旭町の宿」であり、彼女を捜すため、夫「周三」は「千住の木賃宿」に泊まっている様子が記されてはいる。しかし、物語構造から考えてみれば、この二人を「彼等」と三人称で呼び、その「彼等」が玉の井から脱出することが重要な行為項として設定されていることからも明らかなように、玉の井は、これら〈外〉に位置する街との実態的な近さとは正反対に、逆に脱出できない遙かな距離としての遠さが、「彼等」の救いのない悲惨さを伴いながら描かれることになるのだ。下村千秋「天国の記録」における、このような玉の井の〈内—外〉といった境界の存在は、例えば以下のような街の描写からも明らかだろう。

一ト月して、春も過ぎた。この中では、春が来て、その春も過ぎたことを、花が咲き、花が散り、木の葉が繁り出したことで知るのではなかつた。この中を縦横に流れてゐる溝の水が、温気でぶつ

〱と煮え出し、その中にボーフラが行列をつくり出し、それが一つ一つ羽を生やして露次から露次、部屋から部屋へ、ワン〱と群がり出したことでそれと知るのであつた。

傍線部「この中」といった指示語で語られる街の〈内〉は、「溝」から発生する「ボーフラ」が「露次」に群がり出すという、不潔この上ない描写によって特徴づけられている。そして「この中」といった近さは、不潔でない〈外〉といった遠さとの距離によって成立し、物語は絶えずこの〈内―外〉の差異を示しながら、その境界の超越をめぐって展開されることになるだろう。一九二〇～三〇年にかけて、玉の井は確かに実態的には近くなったのだが、街を語る言葉はその近さを描くことよりも、このように強固な境界を設定しながら、反対に街を遙かな遠さへと位置づけてしまうといった、逆説的な関係を示し出すことになるのだ[9]。

しかし、このような街をめぐる境界設定と、その侵犯の構造に限っていえば、これらは、なにも玉の井だけに確認できる特徴ではない。先述した浅草十二階下は、一九一〇年前後には既に私娼街としてその名を馳せていたのだが、例えば市場鴨村『売笑婦研究』（巌松堂書店、一九二二・二）では「現在浅草千束町某銘酒店の私娼となりつゝあるもの」への聞き書きといった、実態的な近さが示されながら、「浅草千束町附近の魔窟に集団しつゝある彼の私娼となるもの、生涯が如何に放肆にして淫逸なるか」を強調し、「社会の暗黒面に就いての研究」「社会政策」という名目の下、結局は「彼等醜類が軒を並べて良家の児女に接触しつゝあるは危険此の上もなきこと」といった、あからさまな遠さが示されることになるのだ[10]。同じく、浅草十二階下を舞台にした室生犀星「蒼白き巣窟[11]」(『雄辯』一九二〇・九)もまた、削除された冒頭部分には、「私」がいつも行く「路地」の風景が「暗い穴のやうな通り抜けや、墨汁のやうな泥濘の小路」「いつもじめじめしてゐる溝ぎわ」そして「かういう巣窟にありがちな家々の藍ばんだ何だが埃つぽい薄暗さ」といった陰惨さが近さに裏付けられるように語られながら、以下のような遠さがあまりにも具体的に示される。

どういふ卑しい商人、官吏、夜学校の生徒までが、すべてこの階級の女等をひやかすときは、自分よりずつと数段下等な動物を見下ろすやうな目や態度をしてゐるのであつた。此等の群衆の大半は、この巣窟を訪ずれることによつて、殆んど自分が上等な人類でもあるやうに反り身になつて、紙巻きを咥へながらわめき立てたりして歩いたりしてゐるのであつた。

浅草十二階下もまた、玉の井同様に陰惨な「巣窟」に住む「下等」な「女等」を目の当たりにする近さから、主体の「上等」さ――遠さが追認される空間であった。これらの記述は、「路地」「溝」を中心とする描写は、街の名を伏せてしまえば、浅草十二階下と玉の井のどちらの街を指し示しているのか、区別が付かぬほど交換可能な記号から成立している。ここで重要なのは、両者のこのような相同性を子細に確認することよりも、むしろ殷賑を極めた時期が雄に二〇年以上も隔たり、かつ、場所も近くこそあれ異なるふたつの街に、あたかもその懸隔や相違がなかったかのように、同一のまなざしが強固に再生産されている点である。このことは、室生犀星、下村千秋、永井荷風らの「文学」作品も例外ではない。特に玉の井は、市外へ追放された私娼たちが集い、当初は「交通不便にして市内と隔離せる土地」であった成立経緯と、一九二〇年代後半から一九三〇年代前半にかけては、後述するように様々な規則によって街全体が管理されていたことを考え合わせれば、このような実態的な街の変容が、「東京東郊」の「魔窟」という、〈内―外〉の境界を伴った探訪譚を、強固なまでに再生産する大きな要因となったことは想像に難くない。

一九二〇年前後、ただの「泥田や蓮の沼地」といった遠さに位置した場所は、約一〇年で「玉の井の魔窟」と呼ばれ「キング・ポイント」と、隠語で名指されるほどの私娼街へと変貌を遂げる。街はいつしか「ひとつ今夜はキング・ポイントへ探検に出掛けやうか」というように、軽い気持ちで「出掛け」られる程に近くなる。そして同時にその近さによって〝発見〟されることになるだろう「危険」な「魔窟」は、主体と街との遠さを、事後的に確認することに機能してゆくことになるのだ。本節冒頭にみた『分類式モダン語新用語辞典』の「玉の井の魔窟」とは、このように近さと遠さが、互いに互いを引きつけあうまなざしのせめぎあいを示す記号に他ならない。

三　はの字忘れていろばかり——玉の井の規律／一九三〇年代

　そして玉の井は、このように「危険」な「魔窟」である遠さゆえに、国家や警察が性病対策を中心に、本格的に街の管理を開始するようになるのだ。その様子は、一九三〇年に玉の井を実際に「調査」した高野六郎「昼間の玉の井・亀戸」（「体性」一九三〇・一〇）に詳しい。この文章は、冒頭「玉の井と亀戸は、東京に取つて特殊の存在である。」と述べ、街を遠さに位置づけた上で「両地見聞録を披露する」という体裁を取っている。高野は自身を「見学団」と呼んでいることからわかるように、ここでも街は〈外〉といった、まなざす主体の遠さに保証されながら「観察」の対象とされている。医学博士である高野には「玉の井、亀戸を見ずして現代の性病予防を談ずることは出来ない。」という認識が根底にあるからなのか、ここでは「不完全な路溝から汚水の臭気を発散してるし、其の内側には便所の汲取口が往来に面して歴然と並らむで居るのが見渡される。」といった街の不潔な様子が近さによる詳細な報告によって強調されている。

　実際、高野が一九三〇年に玉の井の観察にのりだしたのは、彼自身も触れている性病対策が大きく関係している。[12]一九三〇年前後の性病予防を考える上で重要な法律は、一九二八年九月に施行された「花柳病予防法」である。この法律の主眼は、密売淫はもとより、性病を保持すること自体に、初めて具体的な罰則が規定された点にある。[13] また、これと並行して、診療所の強制的な設置が述べられ、性病を治療する環境も同時に整えられていった。[14] やがて、一九三四年三月には、その環境を強化する目的で、警視庁から「接客婦健康診断に関する件」、東京市から「花柳病診療規定」が制定され、私娼への健康診断、性病の治療は強制的に行われるようになった。ことを玉の井に限定してみるならば、「花柳病予防法」の制定を受けて、一九二八年一一月より月二回の健康診断を実施、一九三四年六月には、これらの法律の制定を受けて、警視庁健康診断所が設置され、それに先立つ形で、同年三月より週一回の健康診断が実施される。そして、このような国家的なレベルでの管理で、性病予防政策が展開されるほぼ同時期、一九三四年六月に、寺島警察署によって玉の井の監視を目的とする、以下のような全二八項目の示達が配付されている。[15]

示　達

玉ノ井組合関係者一般左記事項遵守セラルベシ

右示達候也

昭和九年六月十一日

寺島署長岡島英城

一、現在ノ営業地域（別紙図面通リ）以外ニ拡張セザルコト
二、営業家屋ハ現在ノ戸数四百七十七戸ニ限リ且ツ他ノ家屋ニ移転ト雖モ絶対ニ之レヲ為サザルコト
三、客室又ハ居室ノ拡張ト雖も一切之レヲ為サザルコト
四、家屋ニ対シテハ「ネオンサイン」其他人目を惹ク如キ装飾ヲ為サザルコト
五、三階家屋並ビニ二階ヲ含ム以上ノ建物ヲ設ケザルコト
六、屋内ハ道路其他外部ヨリ見透シ得ザル様設備スルコト
七、家屋ノ出入口ハ常ニ閉鎖シ置クコト
八、呼込客ハ一戸一個所以下トシ且ツ主要ノ道路其他若シクハ公衆ノ目ニ触ル場所ニハ之レヲ見セザルコト
九、十八歳未満ノ出方ヲ使用セザルコト
十、出方ニ非ラザル十四歳以上四十歳未満ノ雇女ヲ置カサルコト
十一、通勤ノ出方ハ之レヲ使用セザルコト
十二、出方ハ必ズ健康診断書ヲ携帯スベキコト
十三、出方ハ必ズ健康診断指定日時ニ出頭スベキコト
十四、濫リニ店頭又ハ街道ニ彷徨停立セザルコト

十五、歩行者ニ対シ引止ノ勧誘ヲ為サザルコト
十六、遊客ノ帽子ステツキ等ヲ奪取セザルコト
十七、卑猥又ハ虚偽ノ言辞ヲ弄シ遊興勧誘セザルコト
十八、約束以外ニ金銭ヲ要求セザルコト
十九、屋内ト雖モ特ニ公安風俗ヲ紊ス行為ヲ為サザルコト
二十、出方ハ遊客ト同伴外出セザルコト
廿一、学生未成年者ニ対シ遊興ヲ為サザルコト
廿二、方法ノ如何ヲ問ハズ広告宣伝ニワタル行為ヲナサザルコト
廿三、稼業時間ハ午前二時ヲ以て限度トナスコト
廿四、地域外ニ於テハ絶対ニ稼業ヲ為サヾルコト
廿五、婦女を誘拐誘惑其他不正手段ニ依リ雇入レセザルコト
廿六、出方ノ違反ニ対シテハ雇主ニ於テ共ニ其責ヲ負担スベキコト
廿七、出方雇主ハ出方ニ対シ冷酷ナル待遇ヲ為サヾルコト
廿八、出方ノ員数制限ニ違反セザルコト

以　上

これらの示達が、実際にどれほど遵守されていたのかは、定かではないが、警察がどのように玉の井を管理しようとしていたのか、その一端を窺い知ることは可能だろう。この示達からは、基本的に二つの傾向を確認することが可能である。一点目は、十二・十三のように健康診断を徹底させることである。これは同時期に制定された「接客婦健康診断に関する件」「花柳病診療規定」を女性たちに厳守させる目的があった。二点目は、八・十四・廿四のように、玉の井を「公衆」と隔離した場所として位置づけることである。このように区域を限定することによって、警察の徹底した監視が可能となる。そして、これら二つの傾向は、いずれも警察が、性病対策を地理的に一元化させ監視してゆく方針を、相互に支える機能を果たしてゆくことになるのだ。

さらに警察は、玉の井の監視を徹底するべく、一九三四年一一月に、これまで親睦を目的として結成されていた組合を解散させ、新に、性病予防及び組合員の規律統制を図る目的で保険組合を組織させている。以後、この保険組合と警察が連携を図る形で玉の井の監視が行われてゆくのだ。実際、警視庁はこのネットワークを利用し、一九三五年六月には「私娼の根本対策」の一環として、玉の井や亀戸を中心に精密な調査を行い、その結果を「売笑婦の社会衛生問題（一）（二）」（「医事衛生」六巻二一・二二号、一九三六・五・二七、六・三）として公にしている。その内容は、「接客婦就業直前の職業」「接客婦就業後の年数」「接客婦の学歴」など、「接客婦」関連だけでも全一一項目にわたる、驚くほど詳細な調査項目で、そこからは、警察の徹底した街の監視ぶりがわかる。[16] 事後的に見れば、このような性病予防策が、民族発展を根底においた優生学と密接な関係にあることは明らかで、ひいては「国民優生法」成立（一九四〇・五）へと発展してゆく。このような国家主義政策の中で玉の井は、性病予防を一元的に集約させるために隔離した空間として想定され、そこで従事する女性たちの身体もまた、定期的な健康診断という国家的なシステムの中で管理されてゆくのだ。

無署名「玉の井・吉原・本牧の女のメンタルテスト――彼女たちの常識は相当なもの――」（「話」一九三五・九）は、このような国家的なシステムの中で幾重にも監視され、日常生活を規制されていた女性たちが、実践の水準ではどのようなまなざしにさらされていたのかを端的に語ってくれる格好の雑誌記事である。その副題からもわかるように、いわゆる私娼街で働く「彼女たち」の「常識」を検証する企画で、具体的には、玉の井、吉原、本牧といった街に働く女性たちに「記者」が直接会い、「日本の人口は幾らか」「東京の人口は幾らか」「東京市長は誰か」「大臣の名を一人々々出来るだけ挙げる」といった、いわゆる、社会「常識」問題を問いかけるものである。それと同時に、「出生地、学歴、年齢、趣味、信仰等」を質問して、彼女たちの生活環境を把握し、先の質問の解答状況と照合しながら「彼女たちの知識程度や考へ方の一端を知」ろうというねらいがある。つまり、彼女たちになぜ「媚を売る女」となったのか、と直接的に問いただすのではなく、このような境遇に至るまでの生活環境、学歴などを尋ねることによって、彼女たちのこれまでの経歴が、そのまま現在の「興味深い」――「悲惨」な境遇が生み出されるに至った過程として捉えられるのだ。[17]

例えば、玉の井の「河口（仮名）の林三重子さん（仮名）」は「額に大きな疵のある、かうした世界のあくに骨の髄まで染み切つた脂粉の匂ひのする女だ。」と、容貌の特徴がことさら強調された後、彼女の口から栃木県出身二五才、実家は農家で七人兄弟といった家庭環境、彼女自身も二人の妹と同様に女学校出身であることが告げられる。しかし、先の「常識」問題に全く答えられなかった彼女を「記者」は、「飛んだ女学校出があつたもんだと感心しちまつた。おもふに、「はの字忘れていろばかり」教へる女学校の卒業生らしい。」（傍点原文ママ）と口調すら変えながら侮蔑する。ここで「記者」は、彼女たちへの質問の解答を示すことは一切ないのだが、自身はその解答を知っているという、明らかな前提がある。そして、この記事の読者もまた、実際に解答を知っているか否かにかかわらず「記者」とこの前提を共有することによって、既にわれわれには「常識」として存在する知識が、彼女たちには根本的に欠落している、といった、卓越化した位置に主体を置くようにしむけられる。これはあくまで、言説上の戦略であるわけだが、このような遠さは、実際に彼女たちに接した「記者」の近さから〝発見〟された欠落によって、追認、確保されることになるだろう。

そして、このようなスキャンダラスな興味があらわな「記者」の「質問」は、事実、警察もまた健康診断を行いながら「接客婦就業直前の職業」「接客婦就業後の年数」「接客婦の学歴」といった「彼女たち」の生活環境を「調査」していることからもわかるように、その内容に多少の差こそあれ、いかにも厳めしい、片仮名混じりで書かれた法令が示す国家的なレベルでの管理体制と、見事なまでに一致してしまう。そして、これらのまなざしによって、彼女たちの身体や生活状況、はては経歴や「知識程度や考へ方」までもが、実際の近さによる「調査」「質問」から導き出され、そこで〝発見〟される「悲惨」さや「常識」の欠落が、遠さを共有する、卓越化した位置に、われわれを定めてゆくことになるのだ。下村千秋「天国の記録」の「おきみ」が、稼ぎの強奪やリンチ、病気による衰弱、そして縊死と、ひたすら「悲惨」に描かれるのも、永井荷風「濹東綺譚」の「お雪」が、最後には「病んで入院」してしまうのも、すべてこのわれわれを定位させるために獲得された遠さが、その「悲惨」さを要請してゆくことに起因する。そもそも、浅草十二階下の時代から、室生犀星「蒼白き巣窟」の「おすゑ」もまた「駄目な人間になつてしまった」彼女の運命が「もう少女時代から切り苛まれてゐる」と述べられていることを考え合わせれば、ここでもまた、時を隔てて同一の物語が「文学」においても強固に再生産されていることがわかるだろう。どうやら「悲惨」でも「自駄落」でもなく、おまけに「常識」すら有するわれわれは、対象との遠さが、大きければ大きいほど彼女たちに興味を抱き、饒舌な言葉で語りたくなるようなのだ。

　永井荷風もまた、玉の井の女性たちをこのような形で饒舌に語ってしまうわれわれと、同じ存在に他ならない。

四　何も彼もそのまゝだ――玉の井と「文学」／「文学」と玉の井

しかし、このようにわれわれと同じ存在である永井荷風の「濹東綺譚」が、玉の井を描いた「文学」作品として、現在に至るまで特権化されて語られてきた背景には、永井荷風「濹東綺譚」は、名作であるからだ、といった、ほとんど解答にもなっていない「文学」史おきまりの記述が、その前提として存在しているだろうことは、容易に推測がつく。ただ注意したいのは、このような前提が既に「濹東綺譚」発表当初に存在したこと――「大家」である永井荷風の「名作」として迎えられたという事実である。[18] 例えば「濹東綺譚」連載途中に発表された、矢田津世子「「濹東綺譚」にふれて」（「三田新聞」一九三七・六・一五）は、森鷗外との比較から「作品には、作家としての由緒の正しさがその気品ある匂ひの裡に感じとられる」と述べていることからもわかるように、「濹東綺譚」は、予め「文学」的正統性が保証された作品として受容された側面があったことがわかる。[19] このような受容には、「濹東綺譚」本文に「依田学海の墨水二十四景記を携へて行つた」こと、「鶴屋南北の狂言」を例に挙げ玉の井に漂う「過去の夜の裏淋しい情味」を語ること、さらには『紅楼夢』、「ピヱールロッチの名著阿菊さん」といった「文学」作品が、あるときは実際にその一節が引用されながら、いささか衒学的に「文学」を引き合いに出すことで、街の情景や「お雪」が語られていることも要因として考えられるだろう。そしてこのように「文学」を引き合いに出す姿勢を、今度は「濹東綺譚」の読者が忠実に反復してしまうのだ。

例えば、無署名「濹東綺譚の〝お雪〟を探る」（『日本読書新聞』一九三七・九・五）もまた「濹東綺譚」を「毅然高邁の文学精神を天衣無縫の偏奇館文章に包んでまさにその妙を発揮した稀代の名作」と、その「文学」性を絶賛し、さらに「お雪さんのモデルは果たしてどんな女だらうか」という興味から、「記者」は「濹東綺譚」を片手に「これ又原作の通りである」「何も彼もそのまゝだ」と実際に「濹東綺譚」本文を引用しながら玉の井を「探訪」してしまう。まさに、眼前の玉の井と「毅然高邁の文学精神」とが結びついてしまう瞬間でもある。それゆえなのか、これまで「自駄落」「悲惨」といった言葉で表象されてきた女性たちは、ここでは「モデル線上に描出された二人の〝純情〟女」とさえ語られるようになるのだ。「濹東綺譚」の「わたくし」が、様々な「文学」テクストを引用して、街をそして「お雪」を語ったその姿勢を、今度は「濹東綺譚」の読者が、「文学」的正統性が予め認められているこの作品を引用することで、忠実に反復してしまうのである。そしてこのような「文学」性を担保にして、玉の井は単なる私娼街ではなく、「濹東綺譚」を媒介にして新たに〝発見〟されてゆくことになるのだ。[20]

そして事態をさらに複雑にしているのは、この〝発見〟に〈郷愁〉が加わる点である。「活動写真」という「むかしの廃語」を頑なに用い、自身を「時運に取り残された身」と認識する「わたくし」が、「世間から見捨てられ」、そして「大正開拓期の盛時を想起させる」街を「安息処」と呼ぶのは当然といえば当然である。そのような「わたくし」は、「いつも島田か丸髷にしか結つてゐないお雪の姿」から

「三、四十年むかしに消え去つた過去の幻影」を見てしまい、さらには「青春のころ狎《な》れ暱《した》しんだ女たちの姿やその住居のさま」を想起するばかりか、「友達の女の事まで」思い出してしまう。「消え去つた過去」をことさらに懐かしむ「わたくし」のこのような身振りは、当時の永井荷風の現代を等閑視する「戯作者」といったイメージ[21]と結びつき、その時代的な遠さが、今度は〈郷愁〉と結びつくことになる。

　例えば萩原朔太郎「漂泊者の文学」（「文藝」一九三七・一二）は「濹東綺譚」を横光利一「旅愁」（「東京日日新聞」「大阪毎日新聞」一九三七・四・一三〜八・五）と比較しながら、「共に家郷を喪失してゐるところの、寂しい漂泊者」が失われた「日本的なもの」を求める物語と評し、さらには荷風が「江戸文化のイメーヂを心に書き、それの幻影を追つて向島や浅草の裏街を徘徊してゐる」と述べている。片岡良一「「濹東綺譚」と「雪国」と「冬の宿」」（「法政大学新聞」一九三七・一〇）もまた、三作品の構造的な類似を指摘しながら「もののあわれ追求の態度」を強調している。そしてこれらの評には、明らかに日本浪曼派の思潮や、一九三七年初頭に多く見られる「日本的なもの」をめぐる言説、例えば佐藤春夫「日本文学の伝統を思ふ」（「中央公論」一九三七・一）が岡崎義恵『日本文藝学』[22]（岩波書店、一九三〇・一二）を引用しながら強調する「芸術」における「民族性の自覚」を呼びかける論調が透かし見える。また、同年七月に日中戦争が勃発したことを考えてみれば「日本的なもの」をめぐる〈郷愁〉は、国民国家形成のイデオローグとして機能していったことは明らかなことだ[23]。いずれにせよ、「濹東綺譚」の「わたくし」の「消え去つた過去」をことさらに懐かしむといった、至ってとらえどころのない物語に、読者は同時代の失われた「日本的なもの」「もののあわれ」を求める物語を接続することで、玉の井を〈郷愁〉の対象として〝発見〟するまなざしが用意されていくのだ。

「濹東綺譚」の同時代評は、「文学」を引用して街を語る姿勢、そして「消え去つた過去」を懐かしむ〈郷愁〉といった物語そのものを反復するかのように構成され、玉の井もまた、「濹東綺譚」から〝発見〟されることで、「文学」性を担保にした〈郷愁〉の街として変貌を遂げていくことになるのだ。

五　消えたラビリンス――玉の井の政治学／「文学」の政治学

しかしその後、玉の井は一九四五年三月の東京大空襲によって、跡形もなく焼失してしまう。戦後玉の井は、どうにか私娼街として再建を図るのだが、街の中心は、東武線をはさんで西側の鳩の街へと移り、以前の繁栄は見る影もなくなってしまう。そして、一九五八年四月売春防止法施行を機に、街は事実上消滅してしまった。誰もが、その近さから気軽に「探検に出掛け」ることができたその街は、実態的に消滅してしまうことで、近さそれ自体が消失してしまったのだ。そして、対象への近さ自体ももはや不可能であるが故に、今度は近さを持ち得たことが〈郷愁〉の対象へと組み込まれてゆくことになる。

例えば、映画『濹東綺譚』（監督＝豊田四郎）が公開されたのはその売春防止法施行二年後の一九六〇年だが、その反響を記した「変貌した『濹東綺譚』のふるさと」（「週刊現代」一九六〇・九・二五）には既に「昔の〝玉の井〟を知る人たちの郷愁を誘ったのも好評の一因だろう。」と記されており、「昔の〝玉の井〟を知」っているといった、実態的な近さを持ち得た事実が〈郷愁〉と結びつけられて語られている。その他、高見順『いやな感じ』(文藝春秋社、一九六二・八)もまた、冒頭自称「アナーキスト」の「俺」が、玉の井を回想する場面から始まり、街の不潔な様子が描かれはするのだが、結局「思へば、淫売窟華やかなりし頃だつたのである。」と〈郷愁〉に包み込まれてしまう。また無署名「SEX最前線に生きた女たち」(「週刊アサヒ芸能」一九六九・四・三)では、その一節を「濹東巷談」と題し、「濹東綺譚」本文の模倣をしながら「昔語りになってしまった」往時の玉の井を、〈郷愁〉をこめて語っている。これらのことからもわかるように、既に焼失して存在すらしない玉の井という街が、「濹東綺譚」を媒介にして語られていることは、もとより、ここでも「濹東綺譚」の物語そのままに「消え去つた過去」へ、思いを馳せるかのように〈郷愁〉の街として語られるようになる。玉の井の焼失により、近さもまた消失してしまった。そして今度は過去に近さを持ち得た事実や、国家や警察の管理の対象であり「魔窟」であったこと自体が「濹東綺譚」の物語を反復するかのように、〈郷愁〉の対象として立ち上げられてゆくのだ[24]。「濹東綺譚」だけが玉の井を語った文学作品として特権化されるその理由は、「文学」を担保に街が語られ、「消え去つた過去」の〈郷愁〉が導かれるといった物語が、実際に焼失してしまった玉の井という街を語るとき、忠実なまでに重ね合わされるからに他ならないのだ。

このような「濹東綺譚」の物語から逃れ出ることができないのは、玉の井焼失後七〇年以上を経た今現在も変わりがないようだ。いわゆる「文学」散歩に必ずといってよいほど登場する東向島は、その昔、この地に玉の井と呼ばれる私娼街があったこと、そして、当時の面影を偲ぶために現在も残る複雑な路地のグラビア写真、「消えたラビリンス」といったキャプションが、その歴史に〈郷愁〉を纏わせ[25]、そして必ず、永井荷風「濹東綺譚」を引き合いに出すといったお決まりの紹介は「濹東綺譚」の物語に、今現在も強く囚われていることを示しているだろう。このような紹介の中で、街はいつしか時を遡り、以下のように語られることになる。

紅灯の煌めきが増し戸口から漏れる嬌声が一段と大きくなる宵闇時、ひっそりと静まり眠っているかのような白昼、足音も絶え蚊の鳴く音のみが聞こえる雨の午後。[26]

体言止めの連鎖によって詩情深く、「文学」的に語られるこの街が、その昔「不潔」な「魔窟」と呼ばれ、「悲惨」で「自駄落」な女性たちが生活していたとは、誰が想像できよう。一九二〇～三〇年代にかけて、その昔の浅草十二階下そのままに、玉の井へのまなざしを強固に再生産してきたのは、法律などの実態的な政治と、「文学」であった。しかし、永井荷風という作者名に寄りかかりながら、「濹東綺譚」の物語を反復するかのように「濹東綺譚」が受容される時、玉の井は、「濹東綺譚」から新たに〝発見〟されるようになる。やがて街は焼失するが、戦後になると、今度は玉の井にまとわりついていた政治性をも〈郷愁〉に組み込みながら街を強固に再生産してゆく。そして現在、「文学」散歩といえば必ず取り上げられるこの街は、その政治性があたかもなかったかのように、「文学」と強固に結びつきながら、「消え去つた過去」の〈郷愁〉を導くといった「濹東綺譚」の物語を、倦むことなく反復することで、饒舌なまでに語られている。

永井荷風の名作「濹東綺譚」。それを名作たらしめた「文学」こそが、玉の井の政治性を隠蔽することに機能しているといえるだろう。今問われるべきは、あるひとつの街の歴史と、そこで繰り広げられたまなざしの政治学を完全に隠蔽してしまった「文学」そのものの政治学ではないだろうか。

第六章
玉の井の図像学――「ぬけられます」からぬけでるために

秋庭太郎『考證永井荷風』写真73、荷風撮影（岩波書店、1966年9月）より

一　ぬけられます――ある街の〈歴史〉

墨田区の歴史について写真を中心に構成した『墨田の今昔　写真カタログ』（墨田区立緑図書館叢書2、一九八一・三）には、玉の井の歴史を物語る幾つかの写真が収められている。そのうちの一枚である、図①「旧玉の井銘酒屋街」と題された写真は、一九三五（昭和一〇）年頃の玉の井の様子を撮影したものである。この写真の構図は、見てわかるように中央に記された「ぬけられます」の看板と、向かって右下の、こちらに笑みを浮かべている女性を、明らかに同一の画面に収めようとしているようだ。

図①　撮影者不明「旧玉の井銘酒屋街」1935年頃（『墨田の今昔』所収、墨田区立緑図書館、1981・3）

そして写真の左横には、「関東大震災をさかいに、玉ノ井駅近くに出来だした酒場から、浅草十二階下の私娼街が移って来て、いわゆる「玉ノ井」を形成した。永井荷風「濹東綺譚」の舞台になる。」（同書九五頁）というキャプションが付せられている。それにしても、墨田区立の公共図書館編集による公の〈歴史〉を記したこの本の構成は、明らかに玉の井という街を「ぬけられます」の看板で代表させ、さらに、街の〈歴史〉そのものを、永井荷風「濹東綺譚」という、文学史的に既に評価が定まっている作品を付言することで、ことさらに「文学」の領域へと手繰りよせているようにもみえる。

それでは、このような写真に代表させて街の〈歴史〉を叙述するその語り方には、どのような欲望が潜み、そして、このような図像はどのようなまなざしによって構成されることになるのだろうか。本章の目的は、この一枚の写真を出発点にして、玉の井に蝟集するまなざしについて、図像を手がかりとしながら読み解いてゆくことにある。

二　オモテ／ウラ——永井荷風と木村荘八

まずは、永井荷風「濹東綺譚」の「わたくし」が、「お雪」の家を後にし、玉の井を散策する、新聞連載第二七回（一九三七・五・二八）の本文からみていくことにしよう。

ポストの立つてゐる賑《にぎやか》な小道も呉服屋のあるあたりを明い絶頂にして、それから先は次第にさむしく、米屋、八百屋、蒲鉾屋などが目に立つて、遂に材木屋の材木が立掛けてあるあたりまで来ると、幾度となく来馴れたわたくしの歩みは、意識を待たず、すぐさま自転車預り所と金物屋との

第六章

玉の井の図像学――「ぬけられます」からぬけでるために

秋庭太郎『考證永井荷風』写真73、荷風撮影（岩波書店、1966年9月）より

間の路地口に向けられるのである。

この路地の中にはすぐ伏見稲荷の汚れた幟が見えるが、素見《すけん》ぞめきの客は気がつかないらしく、人の出入は他の路地口に比べると至つて少ない。これを幸に、わたくしはいつも此路地口から忍び入り、表通の家の裏手に無花果《いちじく》の茂つてゐるのと、溝際の柵に葡萄のからんでゐるのを、あたりに似合はぬ風景と見返りながら、お雪の家の窓口を覗く事にしてゐるのである。

二階にはまだ客があると見えて、カーテンに灯影が映り、下の窓はあけたまゝであつた。表のラデイオも今しがた歇《や》んだやうなので、わたくしは縁日の植木鉢をそつと窓から中に入れて、其夜はそのまゝ白髯橋の方へ歩みを運んだ。（第八章）

「わたくし」の歩みを示すこの箇所は、街の情景があまりにも詳細に記されている。伏見稲荷への「路地口」を示すのに、「ポスト」をはじめとして「呉服屋」「米屋、八百屋、蒲鉾屋」「材木屋」「自転車預り所」「金物屋」などの店を、徹底して逐一数え上げていく。また、このような街の情景描写とともに注目したいのは、時間構成である。引用した箇所の前半は、「わたくし」の「いつも」の習慣になっている行動が、複数回の出来事を一回で語る括復的表現によって示している。具体的にいえば、波線部「幾度となく」玉の井へと歩を進めるうちに「わたくし」の足はほとんど無意識に「路地口に向けられるのである」し、そして波線部「いつも」この「路地口」から「お雪の家の窓口を覗くことにしてゐるのである」、というように、文末詞「る」を重ねることで「わたくし」の習慣的行為を括復的に語る。しかし、それに続く引用後半の箇所では、傍線部「今しがた」「其夜」というように物語内容のその時、その場を指示子[1]によって示し、その時制にあわせる形で「あけたままであつた。」「歩みを運んだ。」というように「わたくし」の過去の一時点の一回的な行為を文末詞「た」を中心とする単起的な表現によって語る。つまり、ここでの時間的構成はかなり複雑で、「わたくし」の「いつも」の習慣的行為を括復的表現（波線部）によって記し、それによって時間的振幅が示された後、今度は「今しがた」「其夜」といった特定の一時点が、その時その場の一回的な出来事を語る、単起的表現（傍線部）によって引き出して語る構造になっているのだ。このような括復的表現と単起的表現の連鎖による時間構成は、「濹東綺譚」全体を統括する語りの特徴といえる。[2]そして、このような語りを採用することで、昔から変わらぬ「いつも」の光景と、眼前に繰り広げられた「今・ここ」の光景がごく自然に接続されることになるのだ。それゆえ「わたくし」は、眼前の「お雪」から「明治年間の娼妓」（第三章）や、「三四十年むかしに消え去つた過去の幻影」（第六章）を連想し、「群り鳴く蚊の声」（第六章）から、「昭和現代の陋巷《ろうこう》ではなくして、鶴屋南北の狂言などから感じられる過去の世の裏淋しい情味」（第六章）を感じ取ってしまうのだ。「濹東綺譚」が〈郷愁〉といったコードで読解されてしまう原因は、ひとえにそこにある。

　詳細な街の情景描写、複雑な時間構成。「濹東綺譚」本文から確認できるこれらの特徴は、実は、荷

図②　「玉の井路地眞景」（『断腸亭日乗』1936・4・23）

風が実際に玉の井を散策していた一九三六年の記述からも同様に知ることができる。『断腸亭日乗』に玉の井が頻繁に登場するようになるのは一九三六年四月以降のこと。すでに第五章で確認したように、荷風は自身の散策を「調査」「観察」「見物」と称しながら、その中でいくつかの街のスケッチを残している。例えば一九三六年四月二三日には「ぬけられます」の看板が上部中央に描かれた図②「玉の井路地眞景」が残されている。このスケッチはその表題から明らかなように、玉の井の「路地」はもちろんのこと、その時切り取られる図像が、「ぬけられます」の看板や「おでん」といった行燈、そして特徴的な娼家の小窓であることに注意をしたい。私家版『濹東綺譚』（烏有堂、一九三七・四）にも、同様に看板を中心とする写真（図③）が収められていることを考えてみ

図③　私家版『濹東綺譚』（烏有堂、1937・4）挿入写真、荷風の撮影による。

れば、荷風がこれらの存在に注目して、玉の井を描き出そうとしたことが明らかになるだろう。これらは後述するように「濹東綺譚」の挿画を担当した木村荘八も好んで描いた画像だ。

「ぬけられます」ばかりではない。荷風はその後『断腸亭日乗』（一九三六・五・一六）に「玉の井見物の記」を記し、そこには番地表示がことさらに強調され、街の複雑な路地が記された玉の井の「略図」（第七章図⑦参照）を残しており、さらにその約四ヶ月後の九月七日には、馴染みになった家の「女」の留守中に「退屈まぎれに箪笥戸棚などの中を調べて見」たり、「留守中に書きしこの家の間取り」として一、二階の間取り図（図④）が描かれるに至る。このようにみていくと荷風は「ぬけられます」の図像を抜き取ることはもとより、間取り図といった超越的な位置に主体を定め、そこから「調査」「観察」「見物」といったまなざしを投げかけていたことがわかるだろう。「濹東綺譚」本文に記される詳細な街の情景は、このようなまなざしのうちに構成されている。

それでは次に、荷風が玉の井を描く際の文体について検証してみよう。荷風が「濹東綺譚」を発表する前年に書いた、同じく玉の井を題材とする随筆「寺じまの記」（『中央公論』一九三六・六）の、以下の箇所をみてみよう。

窓の女は人の跫音《あしおと》がすると、姿の見えない中から、チヨイト〳〵旦那。チヨイト〳〵眼鏡のおぢさんとか云つて呼ぶのが、チイト、チイートと妙な節がついてゐるやうに聞える。この妙な声は、わたくしが二十歳の頃、吉原の羅生門横町、洲崎のケコロ、又は浅草公園の裏手などで聞き馴れたものと、少しも変りがない。時代は忽然三四十年むかしに逆戻りしたやうな心持をさせたが、さう

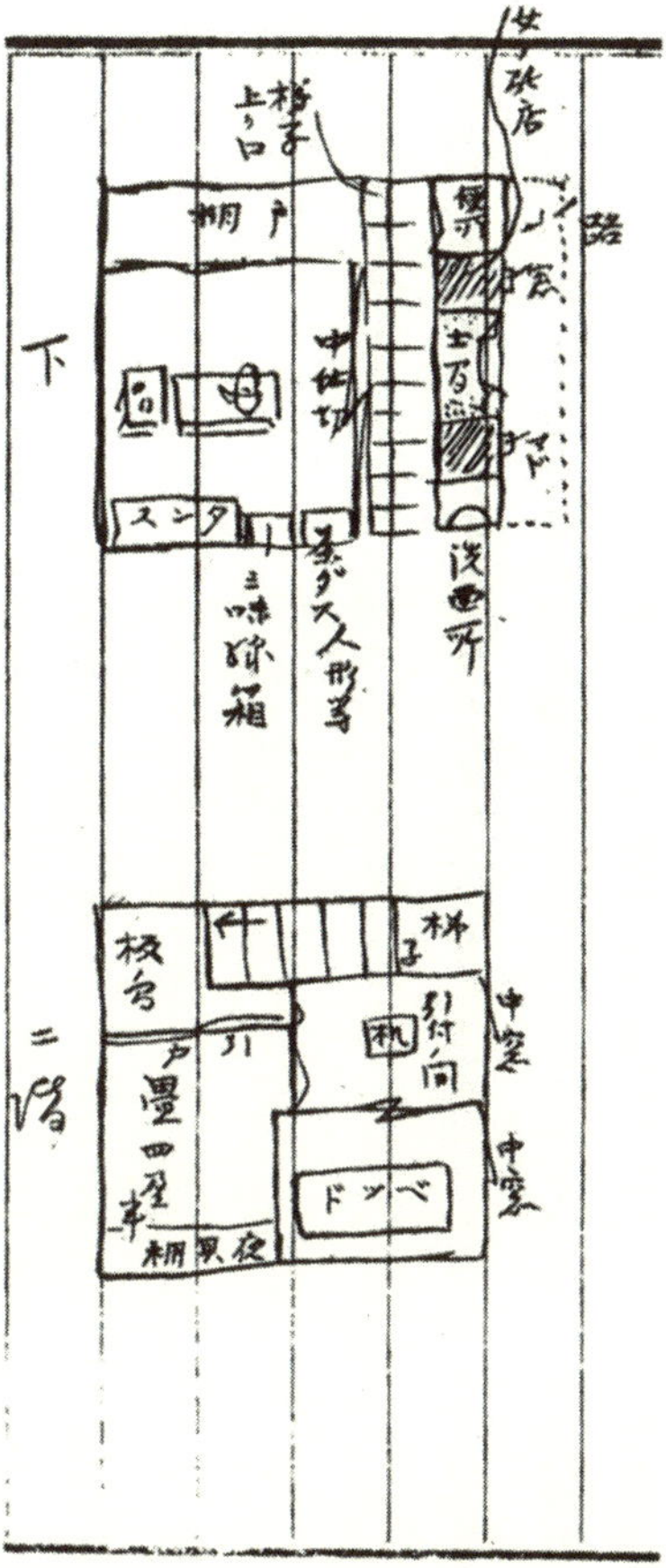

図④「この家の間取り」（『断腸亭日乗』1936・9・7）

云へば溝の水の流れもせず、泡立つたまゝ沈滞してゐるさまも、わたくしには鉄漿溝《おはぐろどぶ》の埋められなかつた昔の吉原を思出させる。

わたくしは我ながら意外なる追憶の情に打たれざるを得ない。

この箇所の時間構成を一言でまとめれば、荷風は眼前の「今」から連続する「昔」を〝発見〟していくといえるだろう。ここでもやはり、「濹東綺譚」本文と同様に、文末詞「る」と「た」が交互に用いられ、括復的表現と単起的表現の交差によって、文体は構成されている。それゆえに「わたくし」は、眼前の「窓の女」が発する「妙な声」を縁に「時代は忽然三四十年むかしに逆戻り」し、眼前の不潔な「溝の水」の情景からは「昔の吉原」を想起し、「追憶の情に打たれ」てしまうのだ。

そもそも「濹東綺譚」の「わたくし」が、「活動写真」（第一章）という「むかしの廃語」（第一章）を敢えて口にするような「時運に取り残された身」（第六章）でありながらも、「今の人」（第一章）が「何の話をしてゐるのかと云ふくらゐの事は分るやうにして置きたい」（第一章）といった関心を寄せるといった、二律背反的な時間意識の表現は、このような二つの時間意識（括復法と単起法）に裏付けられた文体の構成によってこそ可能になるのだ。

それでは、このような時間構成によって記された街の描写と、実際に木村荘八が玉の井の情景を描いた新聞連載第二四回（一九三七・五・二五）の挿画（図⑤）を比較してみよう。この回は「或夜」（第七

図⑤　木村荘八挿画『濹東綺譚』連載第24回（「東京朝日新聞」1937・5・25）

章）に「わたくし」が巡査に止められて円タクに押し込まれ「止むことを得ず自動車に乗り改正道路から環状線」を回り、その後「伏見稲荷の路地口」で降りた体験が述べられていることから、先に検討した、新聞連載第二七回の本文と同一の地点が描写の対象となっていることがわかる。挿画は中央やや向かって右寄りに「わたくし」らしき人物を描いていることからも、明らかに「或夜」における出来事の単起的な表現に注目し、挿画が描かれたことがわかる。また、街の描写を、連載回は異なるものの、先の本文と対照させてみると、挿画の両端には本文に記された破線部「金物屋」（挿画向かって左）と、破線部「自転車預り所」（挿画向かって右に自転車の存在と看板に「所」の文字が記されている）が描かれ、さらには破線部「伏見稲荷の汚れた幟」も描かれている。しかし、本文には記述されていない「ワンタン」の提灯が掲げられた居酒屋が描かれ、どうやら「金物屋」と、この「ワンタン」の間に、伏見稲荷に通じる「路地口」があるらしいことがわかる。そしてこの「路地口」には、これもまた本文に記述を確認することができない、あの「ぬけられます」の看板が、ほぼ画面中央に位置するように描かれている。「ぬけられます」の看板は、その他にも新聞連載の題字右に二種、都合七回掲載され[3]（図⑥ⅰ・ⅱ）、木村の関心ぶりがうかがえる。このように、本文を中心にみた場合、挿画はその記述以上に、街の情景を、真偽はともあれ、饒舌に語ってしまう傾向にあるようだ。

図⑥ⅱ　左下に「吉田謙吉」の名前を確認することができる。

図⑥ⅰ

　このような挿画の饒舌さを理解するためには、木村荘八「濹東挿画余談」（『改造』一九三七・七、以下「余談」と略記）が参考になる。「濹東綺譚」挿画作成の苦心談を延々と綴ったこの文章の中で、木村は新聞連載小説には珍しく「予めテキストは初めから終わり迄ぞっくりと揃って」いたために、逆に「挿絵のファイン・プレー」が要求され、そのために徹底的に「テキストに通暁」することが要求されたと告白している。

それでは木村は「濹東綺譚」にどのように「通暁」したのだろうか。具体的に検討してみよう。「余談」によれば、「濹東綺譚全三十五回を新聞社から渡されるや否や直ぐに貪り読んで、その日の中に、亀井戸から玉ノ井と一通り「材料」を歩」き、さらには「前後十回ばかり」にわたり「小説全編に渉って判明する固有名詞を残らず歩い」て「材料のプルミエル・クーランからケンキュウ」したという。そして「亀井戸」の「ショーバイの家の構造を入口から、内所、二階、戸棚から便所の中まで帳面にぎっしりと一冊に写生したのが、最初の仕事」であったと述べている。本文に記された内容を、木村が一つ一つ分解しながら細部にわたり徹底的に調査したことがわかる。そして「余談」には、このときの所産なのか、それとも後に幾度も行われる玉の井の取材を通してのものなのかは判然としないのだが、彼の手によるスケッチが数多く併載されている。例えば、「初めて観察して面白く感じたのは、図の如く、ああいう家の入口」であったと感想を述べ、そしてこのような入口の構造を、まずは正面から描き、次に「入口玄関図」としてその間取り図を描き、記号を用いながら多角的に家の構造の図解を試みている（図⑦）。確かにこれらのスケッチからは、木村が徹底的に街を調査したことがわかる。しかし注目したいのは木村がどのようなまなざしを街に投げかけていたのかということである。そのような角度から考えてみると、これら残されたスケッチからわかるのは、木村が実際にその家で生活する女性たちの視点からこれらを描いてはいないこと、そして、間取りというアングルが象徴的に示すように、あくまで全

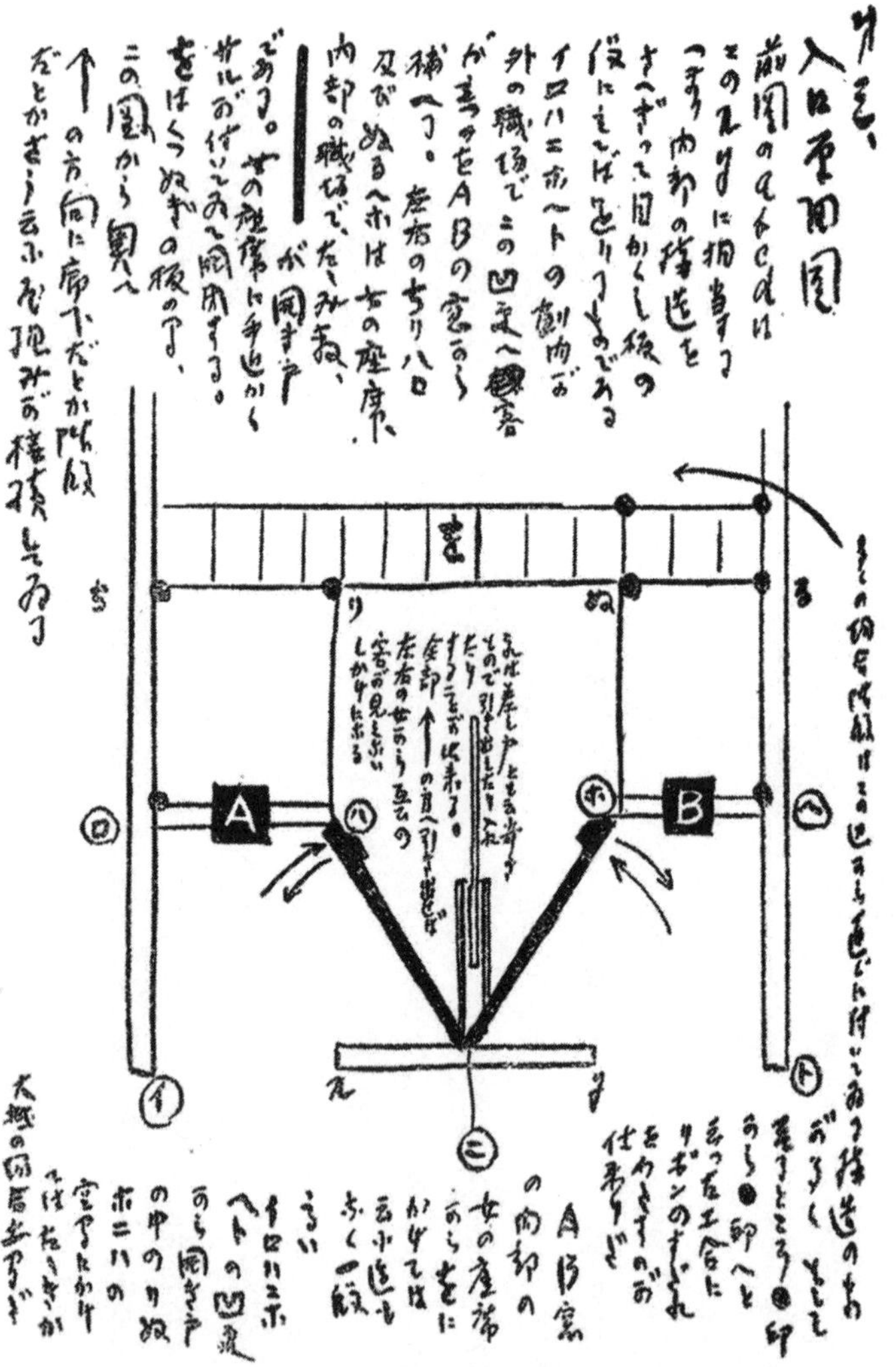

図⑦　木村荘八「第三、入口玄関図」（同「濹東挿画余談」（『改造』1937・7）

体を超越的に俯瞰する立場に主体を位置づけた上で、「ケンキュウ」や「観察」が行われたことである。このようにみていくと、挿画の「ぬけられます」といった看板をはじめとして、娼家の正面図や間取り図といった抜き取られる図像は、先述した荷風のそれ（図④）と同一のアングルであるばかりか、「ケンキュウ」「観察」といった言葉から看取される、超越的な主体化の過程もまた、彼らは同一の軌跡をなぞっているようにもみえる。

しかし、両者には決定的な相違がある。それは両者の時間意識である。木村のこのような主体化の過程で看過できぬ不可思議な点は、玉の井が舞台であるにもかかわらず、そして後に玉の井へ何度も取材に行くとはいえ、彼が「最初の仕事」として「亀井戸」を歩き回りスケッチをしたという事実である。確かに木村はその理由について「亀井戸で玉の井と同じような娼家をやつてゐる者に遠廻しの知縁ながらつてが一軒」あったことを挙げている。しかし、それ以上に注目するべきは、以下のような理由である。

> 昔のものが亀井戸には大体昔のままに在るので、その為めに、そんな気（引用者注——亀井戸を取材すること）になつたのでせう。玉の井は、これに反してよしあすこで少年時代を過したとしても、今俄かに行つては何も想ひ出さない程近年の中に、すつかり旧様を改めてゐる土地です。或ひは何から彼まですつかり新規に成立つた土地です。

荷風が、眼前の「今」から連続する「昔」の情景を〝発見〟していったとすれば、木村は、全く逆に「昔」の亀井戸を参照項としながら「新規に成立つた」玉の井を描いていく。亀井戸の「昔」を確認することで、玉の井の「今」を認識していくというべきか。そこには、玉の井と亀井戸の間に明らかに時間的な切断が入れられている。「濹東綺譚」の本文が、括復的表現と単起的表現の交差によって、「いつも」と「今・ここ」の光景が重ねられ、それによって「わたくし」が、現在から「過去の幻影」を求めて遡るといった、連続する時間意識が示されるのとは対照的に、挿画は、その単起的表現に注目して、眼前の「今・ここ」を中心に、室内の調度品や街の様子を、「ぬけられます」を中心にことさら詳細に描写してしまうのは、木村がこのようにして玉の井を〝発見〟したことに、大きな理由があるのだろう。[4]

これまでみてきたように、永井荷風と木村荘八は玉の井をめぐって、たとえるならば、硬貨のオモテ／ウラの関係にある。時間意識から考えれば、両者は正反対である。荷風は、「今」を縁に連続する「昔」へと逢着し、木村は、「昔」と「今」に切断を入れながら「今」を構築していく。しかし、彼らが同一の硬貨であったことは、共に玉の井に対してメタ・レベルに主体を位置づけ、そして「ケンキュウ」や「調査」といったまなざしによって、「ぬけられます」や娼家の間取り図を描いてしまう点から理解できる。確かに彼らが玉の井に足を踏み入れた時期、つまり、一九三〇年代後半は玉の井にとっても性病を中心に監視網が張り巡らされていた時期であり、実態的にも「調査」「探訪」といったまなざしが生成する条件が整っていた時期ではある。[5] しかし問題は、このような「調査」「探訪」といったまなざしが蝟集する中で、「ぬけられます」をはじめとする数々の看板や娼家の間取り図といったお決まりの構図が好んで切り取られ、図像化されてしまう事態である。

三　文明人／未開人——考現学と玉の井

しかしこの時期、玉の井へ熱い視線を投げかけていたのは木村や荷風ばかりではなかった。第五章で確認したように一九三〇年代には「調査」「探訪」といったまなざしが生成され、数多くの玉の井をめぐる「探訪記」なるものが書かれている。その中でも特筆すべきは、新井泉男「東京某暗黒街分析《ママ》」（今和次郎・吉田謙吉編著『考現学採集（モデルノロヂオ）』所収、建設社、一九三一・一一）である。冒頭新井は「都会の集団的・暗黒街（準遊廓式）に於ける私娼の実生活を我々の立場から調物的に採集分析の材料とし、若干の曝露を試みた」と、自己の調査対象と分析方法について述べている。

新井がここでいう「採集分析」を特徴とする「我々の立場」というのは、所収本のタイトルにも含まれている「考現学」のことに他ならない。[6] 考現学の調査意識については、その創始者でもある今和次郎の「考現学とは何か」（今和次郎・吉田謙吉編『モデルノロヂオ（考現学）』所収、春陽堂、一九三〇・七）における以下の箇所に詳しい。

現代文化人の生活振り、その集団の表面に現はる丶世相風俗、現在のそれを分析考査するのには、その主体と客体との間に、即ち研究者と、被研究者との間に、恰かも未開人に対する文明人のそれのやうに、われ〳〵（調査者）が一般人のもつ伝統的なる生活をはなれて、常に客観的な立場で生活してゐるのであるとの自覚がなかつたならば、余りにさみしい事のやうな気がするのだ。

ここから、考現学がもつまなざしの特徴を、三点確認することができる。第一点は、「分析考査」対象が「現在」の「世相風俗」であるということ。そこでは調査対象がもつ歴史的なコンテクストは全て括弧に括られ、とにかく今現在の「集団の表面」こそが問題化されている。第二点は、常に対象に対してメタ・レベルの視点から「分析考査」が行われること。観察者は、「一般人のもつ伝統的なる生活をはなれて、常に客観的な立場」、つまり常に対象よりメタ・レベルに主体を定位させることが要求されている。第三点は、その主体と調査対象の間に「文明人」（見る）と「未開人」（見られる）といった権力関係が、前提として存在している点である。つまり考現学とは、メタ・レベルに立った「現在」の「文明人」である「われわれ」が、「未開人」（といっても「モダン生活」を営んでいる）の生み出す「現在」の「世相風俗」を、「分析考査」する学問である、とまとめられる。そして、これらの意識を基礎としてどのような調査方法が用いられるかといえば、今和次郎自身が「現前の風俗に直接ぶつかり、それの観察、筆記、スケッチ、写真などで材料の採集をやり、それらを蒐集する事から出発」する、と述べているように、とにかく「現前の風俗」を「集団の表面」に出現した記号として捉え、それらを対象の関連性や、採集者のスタンスは一切無視し、とにかく片っ端から、いささか偏執的に「採集」し、その結果得られた統計を、洒脱さに満ちたイラストによって記号化し、無味乾燥なグラフとは違った、なじみやすい分類図表によって示していく。要は「採集」できれば、対象は何でもよいのである。[7]

しかし、新井泉男「東京某暗黒街分析」(前出)は、このような態度とは明らかに異なる、ある目的を遂行しようとしていた。「分析は凄惨なる私娼達の現実を、具体的な姿として採集し、正しき認識への意識的な出発とする」というように、明確に目的が述べられ、いかにも本所柳島の帝大セツルメント活動(貧しい人を支援する社会活動)と密接に結びついていた新井の政治的意識が理解できる。

それでは、具体的に新井の「分析」をみていくことにしよう。「私娼街を造形的に浮かび上らせてレポする」ために示された図⑧は、「採集」した新井自身が「戦雲を思はせる帝国主義末期の宣伝風景か！」と驚きを隠せないでいる。そして、これら夥しい看板――「ぬけられます」や避妊具の看板、さらには、ゴミ箱の中までもが細大漏らさず一つ一つ分解して「採集」されている。タイトルには「某暗黒街」と匿名性をもって記されるこの街が、他ならぬ玉の井であるとわかるのは、それらの看板の中に「玉ノ井」「玉乃井」といった文字が記されていることはもとより、「ぬけられます」の看板を「採集」するという行為それ自体が「某暗黒街」＝玉の井といった等号を成立させていくからに他ならない。[8]

▶図⑥ii参照

図⑧　新井泉男「東京某暗黒街分柝《ママ》」（今和次郎・吉田謙吉編著『考現学採集（モデルノロヂオ）』所収、建設社、1931・11）より

これらの「採集」は、いずれも先述した考現学の特徴が確認できる。それと同時に、新井の明瞭な意識――「凄惨なる私娼達の現実」の「曝露を試み」、「正しい認識への意識的な出発」を目指すもくろみが裏付けされているといえるだろう。

しかし、そこには明らかな転倒がある。それは「凄惨なる私娼達の現実」についての「分析」でありながら、彼女達への聴き取りや経済状況などは一切調査されることはなく、彼女たちもまた同様に「女の風俗」（図⑨）として、服装、所持品、髪に結んだリボンの色に至るまで徹底的に分解され、街の情景と何ら変わらない手法で「採集」の対象とされていることだ。新井はこれらを「我々の立場

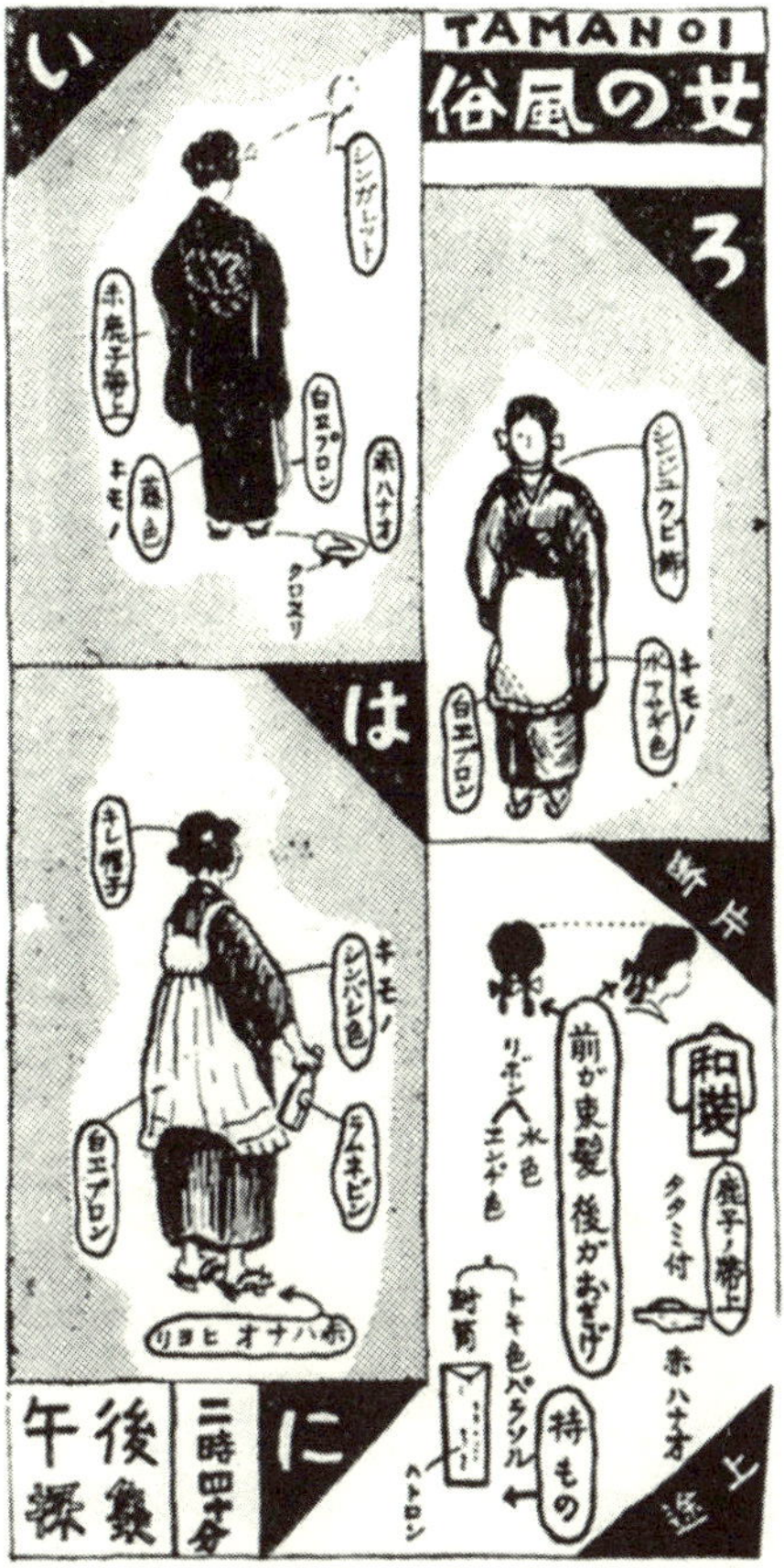

図⑨　新井泉男「東京某暗黒街分析《ママ》」（今和次郎・吉田謙吉編著『考現学採集（モデルノロヂオ）』所収、建設社、1931・11）より

からは彼等の所謂、闇の花の情調も、現実をかくす詩にはならない。」と、やはりここでも自己の政治性を表明するが、それは彼自身の政治性とは裏腹にあくまで「我々の立場」からの観察――考現学のまなざしの在処とともに、実は「私娼達」の立場から街の「具体的な姿」をみていないことを明らかにしている。そこには、明らかに「採集」の結果から、「暗黒街」の現状を導き出すのではなく、彼女たちを含めた街をはじめに「暗黒街」といった認識で捉え、その上でメタ・レベルから街を「採集」をしているといった転倒がある。このことは、そもそもが「採集」「分析」「曝露」といった言葉自体から、逆に看取できるが、このようなまなざしで街を見つめたとき、「採集」されるのは、「ぬけられます」を中心とする数々の看板であり、「私娼達」もまた、これらの看板と等価な存在として並置されてしまうのだ。考現学が、その後一つの学問領域として確立し得なかった理由の一端は、このように無目的なまでに、しかし徹底的な「採集」が、洒脱なスケッチと相俟って、ディレッタンティズムに陥り、ことごとく政治性を捨象した（ようにみえてしまった）ことにあるといえるだろう。[9]

このような考現学による玉の井へのまなざしのまとめとして、吉田謙吉撮影「新東京暗黒街」（『犯罪公論』一九三二・四）をみてみよう。一九三〇年代の代表的なエロ・グロ雑誌である「犯罪公論」に発表されたこの「探訪」は、吉原、洲崎、新宿、玉の井の四つの街を吉田自身が撮影した写真をコラージュして構成したものである。末尾に掲げられた玉の井のコラージュ写真（図⑩）には、あの「ぬけられます」という看板の文字が「暗黒街の合言葉」として何度も繰り返され、そして女性達が生活する娼家

図⑩　吉田謙吉撮影「新東京暗黒街」(「犯罪公論」1932・4)

の印象的な窓の扉に、「だが、われわれは見る　ぬけられぬもの　を!!!」と印象的に記される。つまり、このコラージュ写真もまた、「ぬけられます」という言葉を中心に街を構成し、女性たちを「ぬけられぬもの」と位置づけることによって、「露路から露路へ」と「ぬけられ」るまなざす主体である「われわれ」は、超越的な位置を獲得しながら、街を「探訪」「調査」「分析」「採集」するようになっていくのだ。玉の井の風景を示すのに抜き取られるお決まりの「ぬけられます」とは、単なる看板に記された六つの文字の連なりではなく、まさに、このようなメタ・レベルに位置する「われわれ」を獲得するために記されてしまう記号であり、さらに、そこには「ぬけられぬもの」としての女性たちの存在が前提となっていたといえるのだ。

　このような視点から考えてみるならば、ともに「ぬけられます」や娼家の間取り図を描いてしまう永井荷風と木村荘八は、確かにこのような「われわれ」と、何ら変わりのない存在といえる。特に、木村の場合、図⑥iiと全く同じカットが図⑧左下にあり、また、図⑥ii左下に「吉田謙吉君」といった小さなメモ書きが確認できることを考えてみれば、彼がこのような考現学の人々と、実態的に通底していたことがわかるだろう。

　しかし、荷風と木村の玉の井が考現学のそれと決定的に違うのは、街をまなざす際の時間意識にある。考現学は、今和次郎が「現代文化人の生活振り、その集団の表面に現はるゝ世相風俗、現在のそれを分析考査」と述べるように、あくまで歴史的なコンテクストを無視して、調査対象の「現代」に注目していた。それに対して、先述したように荷風は、単起的表現と括復的表現の交差によって「今」と「昔」の時間を連続性のうちに重ね合わせ、〈郷愁〉を導き出し、木村は、切断された「昔」の亀井戸を参照項にして「今」の玉の井を描く。確かに、荷風と木村の時間意識はオモテ／ウラである。しかし、考現学が無視した「今」と「昔」という歴史的コンテクストを、彼らはともに調査対象の中に見出していくのだ。

　そして、このような玉の井を前にした時間意識をめぐる考現学と「濹東綺譚」に関わった二人のまなざしのズレは、当時、武田麟太郎「東にはいつも何かある」（「改造」一九三八・八）によって「あの玉の井は嘘ですね。描かれてゐる風情にはどこか大正琴の伴奏が聞えて来る。」と、指摘されたりもする。しかし一〇年も経たぬ間に、それが「嘘」とはいえぬ事態が招来する。[10]

四　連続／切断／反復——戦後の玉の井

「ぬけられます」が「暗黒街の合言葉」として通用するほど殷賑を極めた玉の井は、一九四五年三月一〇日の東京大空襲によって完全に焼失し、戦後は一応の再建を図るものの、やがて、街の中心は東武線をはさんで西側にできた新興の鳩の街へと移っていく。トウメン・ツアン撮影・文「鳩の街」(「アベック」一九四九・四)は、このように成立した、戦後間もない鳩の街の様子を、数多くの写真によって紹介しながら、以下の説明を加えている。

どんなに細い露路にも曲り角にも「ぬけられます」とか「近道」とかという矢印が明るい街燈の下に立つていて、日本一親切な行届いた町として表彰する価値があらうというもの。それにしても、昔の玉の井の溝臭く小さい店構えを知る者には今の鳩の街の近代的な明るい店構えにはこれはと驚くであらうが、その「営業」の実質には何の変りもないから御安心頂きたい。(中略)昔の玉の井には何か陰惨な影があつた。鳩の街の女たちには最早暗いじめじめした影は見当らない。明るく近代的で何んの屈託もなさそうだ。(中略)昔は彼女たちは「籠の鳥」と形容されたものである。今や彼女たちは「籠の鳥」ではない。

「昔の玉の井」は、「溝臭く小さい店構え」で「陰惨な影」があったのに対して、「今の鳩の街」は、「近代的な明るい店構え」で、おまけに女性達も「暗いじめじめした影は見当ら」ず、「明るく近代的で何の屈託もな」いらしい……。このように「今の鳩の街」は、「昔の玉の井」を参照項としながら、それとの対立によって立ち上げられていく。それゆえ、ここで多用される「近代的」という言葉は、ただひたすらに「昔の玉の井」と、「今の鳩の街」との通時的な表象の切断を示すことに機能しているだろう。およそ一〇年ほど前に、木村が「昔のものが大体昔のままに在る」亀井戸を参照項とし、時間的切断を入れながら、「何から彼まですつかり新規に成立つた土地」であった玉の井を描いたその姿勢を反復するように、戦後の鳩の街もまた、切断された「昔の玉の井」を参照項とすることで表象されていくのだ。

しかし鳩の街は、このような切断を示しながら、その実、「その「営業」の実質には何の変りもない」と同時に連続も示していく。事実、誌面には、人差し指に「ぬけられます」と記された看板の写真が掲載され（図⑪）、「昔の玉の井」の表象を反復することによって、実態的に街が構築されていく。また鳩の街自体も「昔の玉の井」と同じく、考現学のまなざしと同様に「ぬけられます」を切り抜くことによって街が表象されていく。そして、このような連続もまた、荷風が単起的表現と括復的表現の交差によって「今」と「昔」を重ね合わせて、眼前の玉の井から「昔の吉原」を〝発見〟したのと同様に、戦後の「近代的な」鳩の街から、今度は「昔の玉の井」が〝発見〟されていく。戦後の鳩の街は、実態的にも「ぬけられます」を継承しながら、荷風と木村のオモテ／ウラの時間構成を同時に反復していくといった、いささかねじれた形で表象されていくのだ。[11]

そして、事態をさらに厄介にしているのは、戦後、当の木村荘八が玉の井について雄弁に語り出すことである。「玉の井の窓」（同『現代風俗帖』所収、東峰書房、一九五二・二）では、「濹東綺譚」の挿画について、街が戦災で「影を留めずに壊滅して了った」ために、それらが「「文献」となってしま」ったと述べ、さらに「窓＝私娼窟建築考」（同前）では「ぬけられます」のスケッチ（図⑫）を紹介している。このスケッチは、右下に「昭和十二年、玉ノ井」と日付が入っていることから、「濹東綺譚」の挿画を担当した際に描いたと推測できる。しかし重要なのは、前節で確認したように、考現学と寸分違わぬまなざし――「未開人に対する文明人」のまなざしによって切り取られ

図⑪　トウメン・ツアン撮影「鳩の街」（「アベック」1949・9）

図⑫　木村荘八「窓＝私娼窟建築考」（同『現代風俗帖』所収、東峰書房、1952・2）

た「暗黒街の合言葉」＝「ぬけられます」が、およそ一五年後にはそのようなまなざしの政治性は完全に隠蔽され、あたかもこの「ぬけられます」が「昔の玉の井」の実態を示し出す「文献」として位置づけられていることである。「ぬけられます」は単に「昔の玉の井」の存在を示す記号となっていったのだ。

その後、一九五八（昭和三三）年四月に売春防止法が施行され、玉の井も鳩の街も事実上は消滅するのだが、そうなると今度は、今はなき私娼街そのものへの〈郷愁〉が重ねられていく。かなり時代は下るが、このような〈郷愁〉をあまりにも見事に図像化したのは、滝田ゆう『寺島町奇譚』（青林堂、一九八〇・四）であった。「今はなき東京下町の情景や人びとが鮮やかに再現された名作[12]」の誉れ高きこの作品において、「暗黒街の合言葉」であった看板の文字は、既に子供の遊び道具として滝田独特の温かな描線によって描かれることになるだろう（図⑬）。やがて、玉の井という街の名は一九八七年に東武線が玉ノ井駅から東向島駅へと駅名変更して以降、完全になくなってしまうことになるが、「旧来の駅名を惜しむ

図⑬　滝田ゆう「花あらしの頃」（同『寺島町奇譚』所収、青林堂、1980・4）

声も多く[13]」今現在でも駅名表示には「東向島」の隣に、小さく「（旧玉ノ井）」と記されている。

永井荷風が連続によって、木村荘八が切断によって描き出した玉の井という街は、既にそれが実在しなくなった後でも、彼らの物語を反復することによって、今現在も実態的に構築され続けているのだ。

五　「ぬけられます」からぬけでるために

前田豊『玉の井という街があった』（立風書房、一九八六・一二）という本がある。一九三〇年代、「新劇ボーイ」として生活を送った前田は、当時足繁く通った玉の井の追想をまとめるに際し、「見知らぬ世界に対する幻影」「そこはかとない郷愁」「言い知れぬ感慨」に包まれる自己の感情を述べ、さらに「すぎし世の物語」として「「玉の井」という女の街が存在した事実をありのままに記録する」といった目的を掲げている。そして、これらの言葉をまとめるかのように、本の表紙（図⑭）には冒頭（図①）でみたあの「ぬけられます」の写真が使用されている。

図⑭　前田豊『玉の井という街があった』（立風書房、1986・12）

「郷愁」「幻影」「感慨」……。切断と連続を倦むことなく反復することによって記され、描かれ、引用される「ぬけられます」は、既に「暗黒街の合言葉」ではなく、このような情緒的な言葉と結びつくことで、ある一つの街の「事実」＝〈歴史〉を語ることになる。その時、「ぬけられます」をめぐるまなざしの政治学と、「ぬけられぬ」女性達の存在——こちらに笑みを浮かべる彼女の存在はこれらの情緒的な言葉に彩られて完全に隠蔽されていくことになるだろう。今一度、われわれは、ある一つの街の〈歴史〉を語るその語り口に自覚的になる必要があるのではないだろうか。その時こそ「ぬけられます」からぬけでる方法が見つかるはずである。

第七章
玉の井の地政学――永井荷風と地図

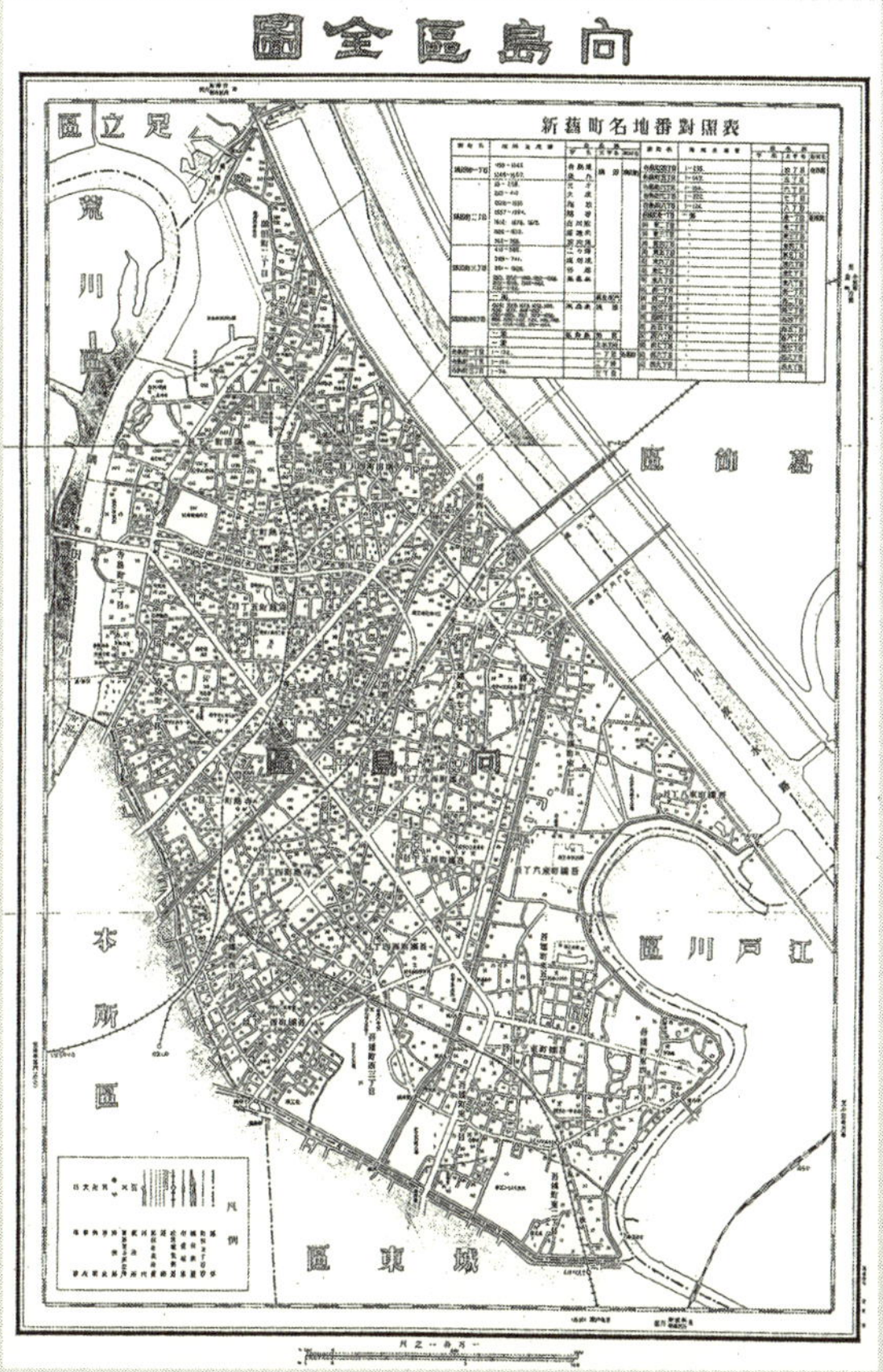

「向島区全図」(『東京市向島区勢要覧昭和十一年度』、1936年11月)

一　郷愁の街——玉の井のイメージ

永井荷風「濹東綺譚」の舞台は玉の井[1]である。その玉の井は戦災によって焼失してしまったが、それゆえに、荷風の作品の中だけで生き続ける幻の街として、現在に至るまで様々なイメージを喚起しながら語り継がれている。

例えば、第六章で検討した滝田ゆう『寺島町奇譚』は、玉の井で生まれ育った滝田の自伝的漫画作品である。主人公の少年キヨシの目から見た玉の井が、滝田独特の温かな描線で描かれ、「今はなき東京下町の情景や人びとが鮮やかに再現された名作[2]」と考えられている。このような「今はなき」ノスタルジーに彩られた玉の井といったイメージは、文学の領域において、以下のようなパターンで表現されることが多い。

高見順のような若い世代には「魔窟」でしかなかった玉の井が、江戸文化に親しみを覚える荷風には、場末の遊び場所というより、江戸の香りを残す遊興の地と見立てることができた。

だから荷風は玉の井を「魔窟」ではなく詩的に「迷宮《ラビラント》」と呼び、路地に、そして、お雪に、江戸の残り香を見ようとした。[3]

高見順といった「若い世代」と荷風を対比させたとき、玉の井は傍線部のように、ノスタルジーあふれる江戸情緒であり同時に「詩的」な存在なのである。[4] このようなイメージは、「濹東綺譚」発表後から数多く現れ、特に戦災によって街が焼失してからは、玉の井を代表する作品といえば永井荷風「濹東綺譚」ということになり、詩情とノスタルジーがあふれる街として、今現在も語られることが多い。

「濹東綺譚」と玉の井をめぐる研究史においても、多くは向島という風土から、玉の井の江戸的情緒を接続するほか、[5] 荷風の日記である『断腸亭日乗』や、随筆「寺じまの記」と細かく照合するといった基本的な作業。[6] あるいは、自身の記憶にある玉の井を「濹東綺譚」を縁に語り出すエッセイなど、[7] 多様な方法で玉の井という街を語ろうとしてきた。

このような玉の井研究史に一石を投じたのが、一九九〇年代に発表された塩崎文雄の一連の論考である。[8] 荷風のテクストと、玉の井を中心とする膨大な同時代資料を接続させることで、作品そのものからは見えてこない、関東大震災後の文学として、また、震災復興後の文学としての位相を浮上させた。この研究と前後して、『断腸亭日乗』を中心に、荷風のテクストを同時代の文脈に位置づけようとした川本三郎の論考は、[9] その精緻な読解によって、以後、都市と荷風の距離を新たに考察する契機を与えることになった。

このような荷風のテクストと、玉の井をめぐる研究史[10] のなかで、本章が目指したいのは、以下の五点である。一点目は、一九二〇～三〇年前後の東京の都市計画の中で、実際の玉の井の位置づけを確認することである。そのうえで、二点目は、「濹東綺譚」を中心に語り手である「わたくし」が、どのように玉の井を認識していくのかを明らかにする。三点目は、荷風の玉の井をめぐる認識を、『断腸亭日乗』に記した地図をもとに検証し、荷風のまなざしのありかを明らかにする。そして四点目として、荷風の玉の井へのまなざしを、当時の地図をもとにしながら同時代の中へ位置づけてみる。五点目は、これらの過程における文学〈研究〉の機能、また、文学を欲望してしまう荷風の文体のあり方を検証していきたい。

以上の考察を経て、玉の井の地政学的な布置の中で、荷風がどのようなまなざしで玉の井を捉えていたのかを、明らかにしたいと思う。

二　玉の井の成立——東京の都市計画

玉の井の成立から、戦災による焼失までを、荷風の活動と合わせて年表にしてみると、以下のようになる。

玉の井成立年表（筆者作成）

一九一六年　六月～東京市が私娼撲滅運動を開始
＊この頃、玉の井私娼街発生か？
一九一九年　＊この頃、大正道路建設か？
一九二一年　五月　放射一三号線、環状五号線建設決定
一九二三年　九月　関東大震災
一九二四年一〇月　東武線玉ノ井駅開業
一九二五年　五月　隅田乗合営業開始
＊この頃バス隅田乗合玉ノ井線（雷門～玉ノ井間）開通か？
一九二六年　七月　東京に円タク登場
一九二八年　四月　京成白鬚線（向島～玉ノ井～白鬚間）開通
一九三〇年　五月　放射一三号線建設のため玉の井銘酒屋九九戸が立ち退き
＊この頃、放射一三号線完成か？
一九三二年　一月二二日　荷風、玉の井を初めて訪れる
三月七日　玉の井バラバラ殺人事件発生
四月一日　寺島町字名改正、以後番地表示となる

市営バス寺島線（玉ノ井〜上野間）開通
一〇月　大東京成立、寺島町は向島区の一部として編入
一九三六年　二月　京成白鬚線廃止
三月三一日　荷風、再び玉の井を訪れる
六月　荷風「寺じまの記」（『中央公論』）
九月二〇日　荷風「濹東綺譚」執筆開始
一九三七年　四月　私家版『濹東綺譚』（烏有堂）
四月一六日「濹東綺譚」連載開始（「東京朝日新聞」〜六月一五日）
八月『濹東綺譚』（岩波書店）
一九四四年一〇月二三日　荷風、最後の玉の井訪問
一九四五年　三月一〇日　東京大空襲により玉の井焼失

玉の井は、成立から焼失まで約三〇年の歴史がある街であった。そして、この歴史の中で街が変容していく大きな出来事は、一九二三（大正一二）年九月の関東大震災後の道路建設と、その延長線上にある、一九三二（昭和七）年一〇月の大東京編入にむけて、街が整備されていく過程である。それでは、都市計画において重要な道路計画から確認していこう。

玉の井に最初に道路が建設されるのは、一九一九年頃のこと。大正道路（通称いろは通り）とよばれるこの道路は、無署名「売笑婦の社会衛生問題（二）玉之井・亀戸の調査」（「医事衛生」第六巻第二一号、一九三六・五・二七）にも「玉之井の沿革◇私娼の発端」として「大正八年東京府はこの田圃に道路を開鑿《かいさく》するや、地主中の某は、土地発展策に小料理店を開業し、妙齢の婦女を雇入れて、顧客に媚を呈せしめたるに始る。」というように記されている。一九一六年六月に東京市が行った私娼撲滅運動の余波を受け、一九一九年頃建設された大正道路に、私娼街は自然発生したようだ。以後、一九二一年五月に玉の井周辺を走る放射一三号線（現水戸街道）と、環状五号線（現明治通り）の建設が決定する。これらは一九二三年九月の関東大震災を経て、震災復興事業へと受け継がれていく。やがて、東武線玉の井駅の開業、バスの開通、完成した道路に円タクが輻輳し、一九三〇年代になると、玉の井へのアクセスは格段によくなっていく。街が最も殷賑を極めたのも、ちょうどこの頃である。

これらの道路の中でも、一九三二年一〇月の大東京編入を視野に入れた場合、放射一三号線と環状五号線の建設が、街を最も大きく変容させていった出来事である。まず、それらの位置から確認していこう。図①「向島区全図」（部分）の北東から、南西に走る大きな道路が放射一三号線、北西から南東に走る道路が環状五号線である。放射一三号線は、「本道路は専ら都心と外部地方との交通を円滑ならしめることを主眼[11]」として建設され、環状五号線は、「幹線環状道路は各放射線を連絡し都市計画区域内各地方の交通を便利ならしむるを目的として計画[12]」された道路である。この二本の道路は、寺島町内に

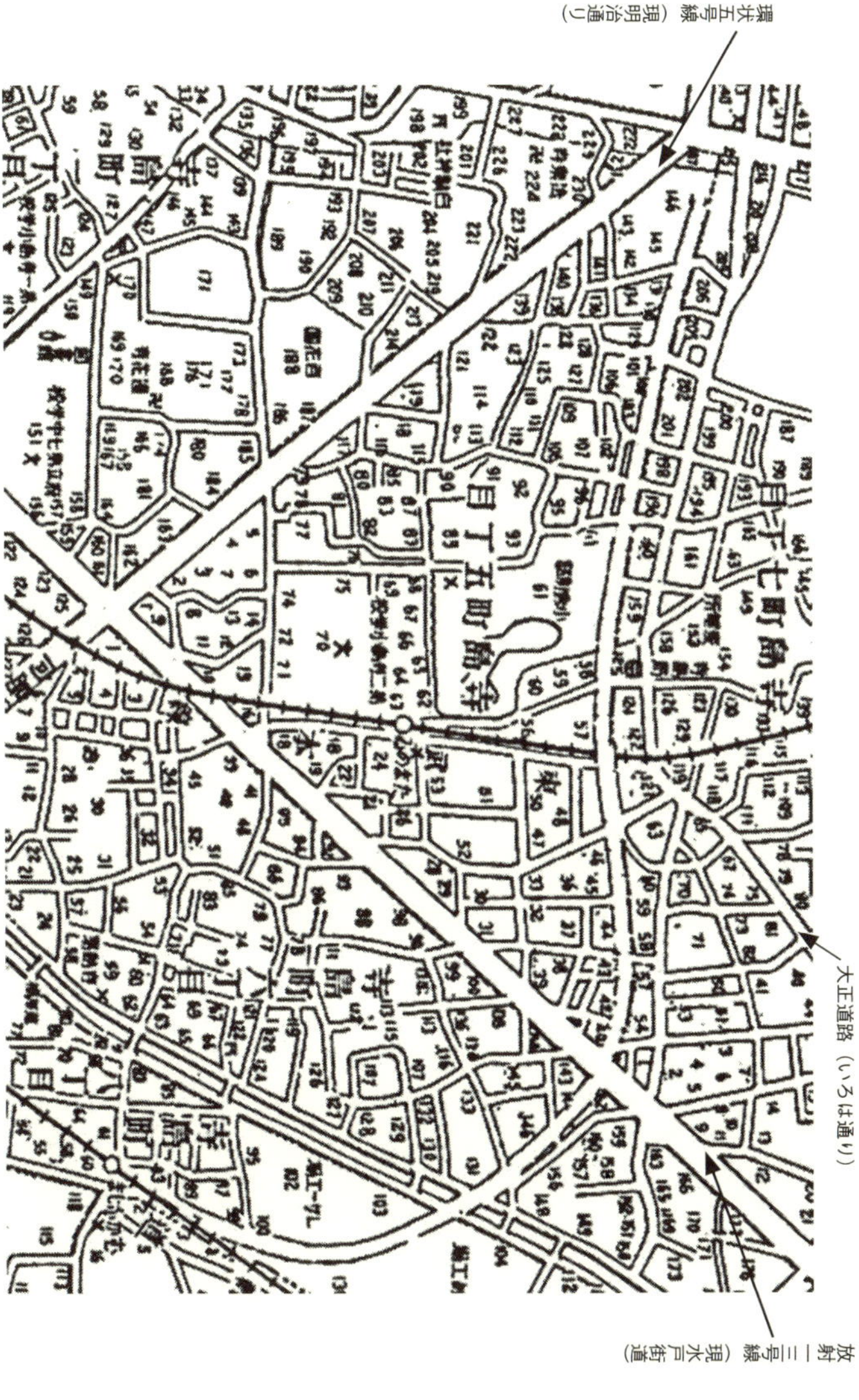

図①　「向島区全図」部分（『東京市向島区勢要覧昭和十一年度』所収、1936・11）

おいて交差点を形成し、寺島町全体においても交通の要衝となっていく。いずれも完成した正確な日時はわからないが、一九三〇年五月に放射一三号線の建設によって玉の井の私娼たちが立ち退きを命令されているところをみると[13]、この直後あたりに完成した、と考えるのが妥当だろう。

このようにして完成した道路は、当時かなりのインパクトを人々に与えたようだ。例えば、放射一三号線について、吉行エイスケ「売笑婦の蠱惑」(「犯罪科学」一九三一・一二)は、以下のように述べている。

東洋一といふよりも世界一のチョップ・ハウスのある魔窟。江東にある人肉市場には数千人の女が軒並に棲息して、有名な人肉市場のために特殊な電鉄が通じ、浅草方面からは軍用道路にも似たアスファルトの道路がつくられて客を乗せた自動車が絶え間なく交錯する有様は、一寸驚異を感じさすものがある。

同様に、環状五号線については、渡辺寛「南葛飾郡」(「日本浪曼派」一九三五・六)が、以下のように述べている。

白鬚から砂町へ太い環状線が街の動脈のように貫いている。土堤から見ると、それは黒灰色の街の間を、河のように仄白い色をして縫っていた。その十三間道路から幾つもの通りが分れそれからまたうんと狭い路地が、まるでこぐらかった糸のように入り乱れて錯綜していた。

放射一三号線は、玉の井の「魔窟」「人肉市場」に通じる傍線部「軍用道路にも似たアスファルトの道路」と表現され、「驚異を感じさす」といった、吉行エイスケの率直な感想が述べられている。また、環状五号線については、傍線部「太い環状線が街の動脈のように貫いている」と表現され、同じく傍線部「十三間道路」（約二三・六メートル）といった表現からは、とてつもなく大きな幅の道路と認識されていたことがわかる。いずれの道路も、東京市が目指した「幹線環状道路は各放射線を連絡し都市計画区域内各地方の交通を便利ならしむる」といった目的が達成されていることがわかるだろう。

三　玉の井の区画整理——地番表示と街の分断

このようなインパクトが絶大の道路は、一九三二年一〇月にこの道路が走る寺島町が、向島区の一部として大東京に編入される際に大きな役割を果たすことになる。その大東京編入の準備段階として、一九三二年四月一日に寺島町は、それまで複雑に入り組んでいた町の字名《あざな》を、わかりやすい丁目番地表示へと変更する。その様子がわかる、寺島町役場編『寺島町字名地番改正誌』（寺島町役場、一九三一・九）

を見てみよう。

そこには、放射一三号線と環状五号線について、「放射線及環状線道路ハ本町ノ中央部ヲ縦横断スル主要ナル街路ナリ」という記述があり、この二本の道路を寺島町がいかに重要視していたのかが理解できる。実際に寺島町は、この二本の道路を基準にして、それまでの字名を廃止し、丁目番地表示を振っていくことになる。その様子がわかるのが図②「寺島町変更前字名略図」(同『寺島町字名地番改正誌』同前)、図③「寺島町変更後字名略図」(同前)である。

図の、上ではなく右が北となっているこの「略図」は、上部に隅田川を位置させ、隅田川を起点として土地の認識をしていると考えられる。しかし、それ以上に重要なのは、これらの「略図」を開いたときに、見開きのほぼ中央部分に、二本の道路の交差点が来るようにレイアウトされていることである。寺島町が、この「略図」作成において、何よりもこの二本の道路が織りなす地形を重要視しているのかが、理解できる。

この図②と図③を見比べれば、寺島町の地番改正が何を基準として行われていったのかが一目瞭然である。寺島町が複雑に入り組んだ字名を整理して、放射一三号線と環状五号線を基準に、丁目と番地を機械的に振っていったことがわかるだろう。両者を比較してみれば、図③の方が位置を示すという点からすれば明らかにわかりやすく、土地が丁目番地表示といった数字によって可視化されていることがわかる。寺島町は、この地番改正をさらに徹底させるべく、図④「字名地番改正通知ト地番標札配付」

（同前）にあるようにホーロー製の地番標札を各戸に配付し、掲出することを奨励し、さらに、宣伝ポスターを要所に張り出している。このような徹底的な政策によって、寺島町から字名は消滅し、それにかわって、わかりやすい機械的な地番表示が登場し、場所を指し示す明瞭な記号として機能していくことになるのだ。図①に記載されている番地表示を示す夥しい数字は、まさにこの政策の成果を雄弁に物語っていることだろう。

このような、寺島町の変遷の中で玉の井を位置づけていってみよう。前掲の年表からもわかるように、一九二〇年前後には、すでに玉の井の場所はそれなりに確定していたと推測できるが、その街の中を、一九三〇年頃に放射一三号線が突っ切るように建設されたと考えられる。事実、図②では「玉の井」という字名が道路を隔てて存在していることからもわかるように、この道路が玉の井を分断していったことは明白であろう。前述したように、放射一三号線を基準として、地番が改正されていき、その表示に倣うならば、玉の井は五丁目の一部と六丁目の一部になったのである。つまり、本来ならば地続きで広がっていた玉の井が、放射一三号線の建設によって二つに分断され、それぞれに異なる地番表示が振られていったのである。

このように分断された玉の井は、以後五丁目を中心に展開していったようだ。このことはバスの車庫といった交通の拠点、病院、銭湯など、生活の拠点となる施設が、全て五丁目に存在していたことからも理解できる。後述するように、荷風も五丁目を中心に散策しており、六丁目には一切足を踏み入れて

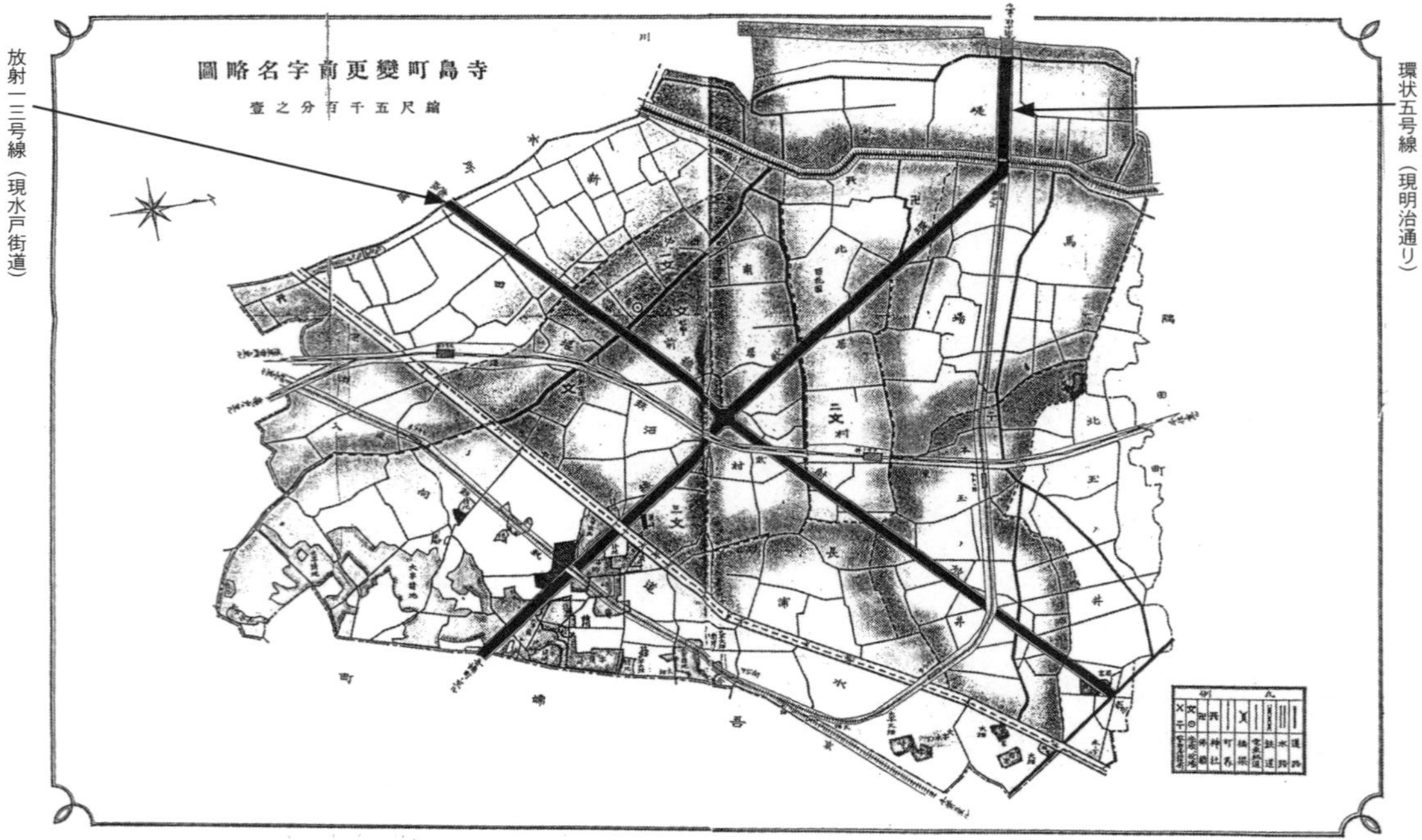

図②「寺島町変更前字名略図」（寺島町役場編『寺島町字名地番改正誌』寺島町役場 1932・9）

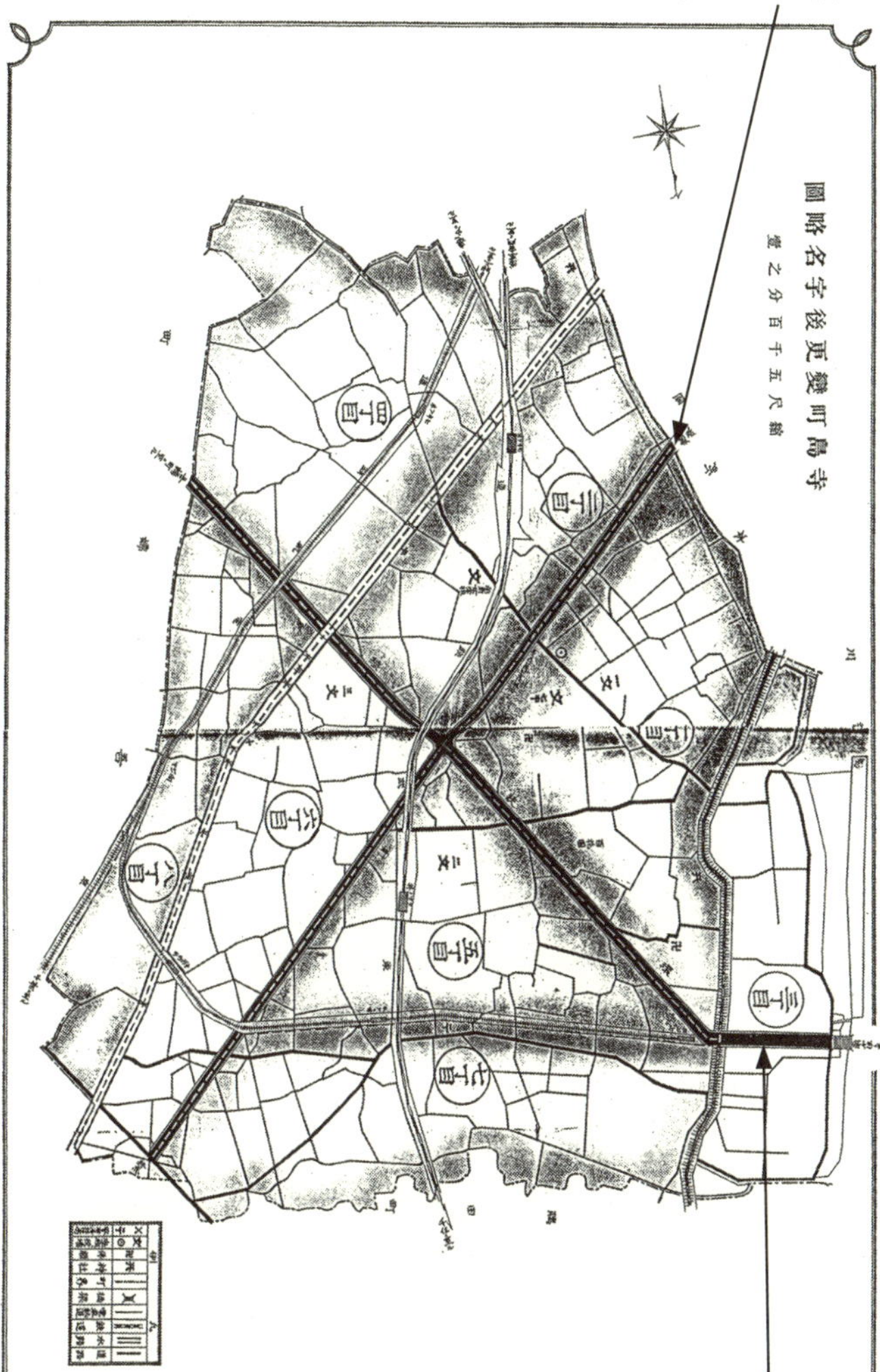

図③「寺島町変更後字名略図」（寺島町役場編『寺島町字名地番改正誌』寺島町役場 1932・9）

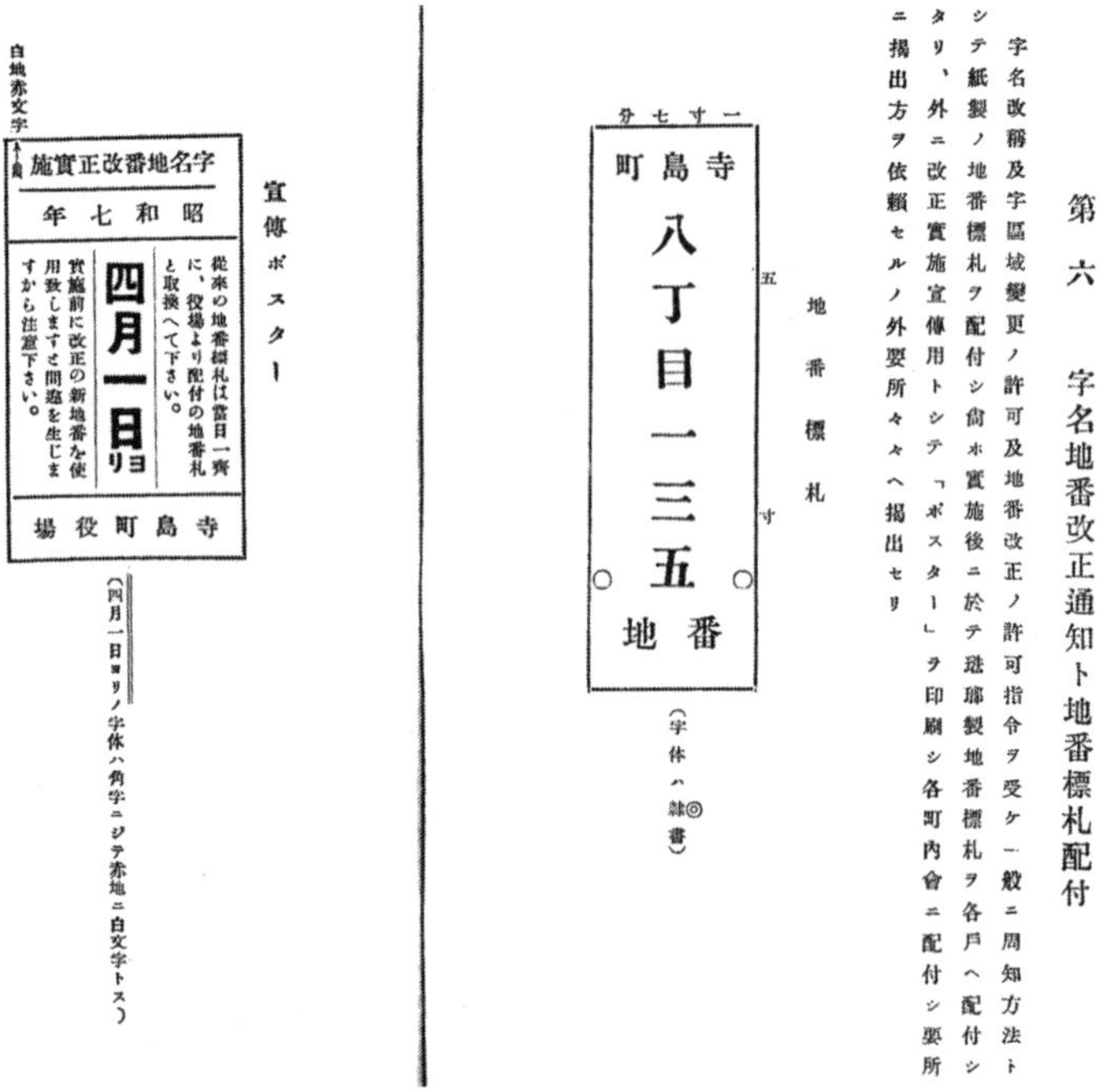

字名改稱及字區域變更ノ許可及地番改正ノ許可指令ヲ受ケ一般ニ周知方法トシテ紙製ノ地番標札ヲ配付シ尚ホ實施後ニ於テ琺瑯製地番標札ヲ各戸ヘ配付シタリ、外ニ改正實施宣傳用トシテ「ポスター」ヲ印刷シ各町内會ニ配付シ要所ニ掲出方ヲ依賴セル外要所々々ヘ掲出セリ

図④　「第六　字名地番改正通知ト地番標札配付」（寺島町役場編『寺島町字名地番改正誌』所収、寺島町役場、1932・9）

いない。つまり放射一三号線の開通により玉の井が二つに分断され、街の〈表〉と〈裏〉ができてしまったのだ。一見すると番地表示で街は見やすくなったが、それゆえに見えにくくなった〈裏〉の部分ができてしまったのである。都市の可視化は、同時に不可視の部分も生んでいくことになるのだ。このような地政学的なまなざしが示し出されているのは、玉の井の全体を、その細部まで調査して執筆された（と思われている）「濹東綺譚」であってさえも、また例外ではない。

四　『濹東綺譚』と玉の井――道路をめぐって

そもそも、「濹東綺譚」の「わたくし」が、初めて玉の井へ向かった時の描写は、これまで確認してきた東京の道路計画の要点をかなり的確に押さえているといってよい。以下の描写を検証してみよう。

吾妻橋をわたり、広い道を左に折れて源森橋をわたり、真直に秋葉神社の前を過ぎて、また姑《しばら》く行くと車は線路の踏切でとまつた。踏切の両側には柵を前にして円タクや自転車が幾輛となく、貨物列車のゆる〳〵通り過るのを待つてゐたが、歩く人は案外少く、貧家の子供が幾組となく群をなして遊んでゐる。降りて見ると、白鬚橋から亀井戸の方へ走る広い道が十文字に交錯してゐる。ところ〴〵草の生えた空地があるのと、家並が低いのとで、どの道も見分けのつかぬほど同じやうに見え、行先はどこへ続くのやら、何となく物淋しい気がする。（第二章）

「わたくし」は、浅草の雷門からバスに乗り換えて玉の井へ向かう。そのバスが通る道路は放射一三号線である。そして「わたくし」が、バスを下車した場所は、「白鬚橋から亀井戸の方へ走る広い道が十文字に交錯してゐる」交差点。つまり、放射一三号線（現水戸街道）と環状五号線（現明治通り）との交差点である。この二つの道路建設は、前述したように関東大震災後の復興事業として施工されていることを考えてみれば、「わたくし」が降り立った地点は、まさしく復興事業の到達点とも言える場所であったことがわかる。

そして「わたくし」は、玉の井に通うようになってから以下のように街を紹介している。

聞いたばかりの話だから、鳥渡《ちょっと》通めかして此盛場の沿革を述べようか。（中略）然るに昭和五年の春都市復興祭の執行せられた頃、吾妻橋から寺島町に至る一直線の道路が開かれ、市内電車は秋葉神社まで、市営バスの往復は更に延長して寺島町七丁目のはづれに車庫を設けるやうになつた。それと共に東武鉄道会社が盛場の西南に玉の井駅を設け、夜も十二時まで雷門から六銭で人を載せて来るに及び、町の形勢は裏と表と、全く一変するやうになつた。今まで一番わかりにくかつた路地が、一番入り易くなつた代り、以前目貫といはれた処が、今では端れになつたのであるがそれでも銀行、郵便局、湯屋、寄席、活動写真館、玉の井稲荷の如きは、いづれも其儘大正道路に残つてゐて、俚俗広小路、又は改正道路と呼ばれる新しい道には、円タクの輻輳と、夜店の賑ひとを見るばかりで、巡査の派出所も共同便所もない。このやうな辺鄙な新開町に在つてすら、時勢に伴ふ盛衰の変は免れないのであつた。況んや人の一生に於いてをや。（第六章）

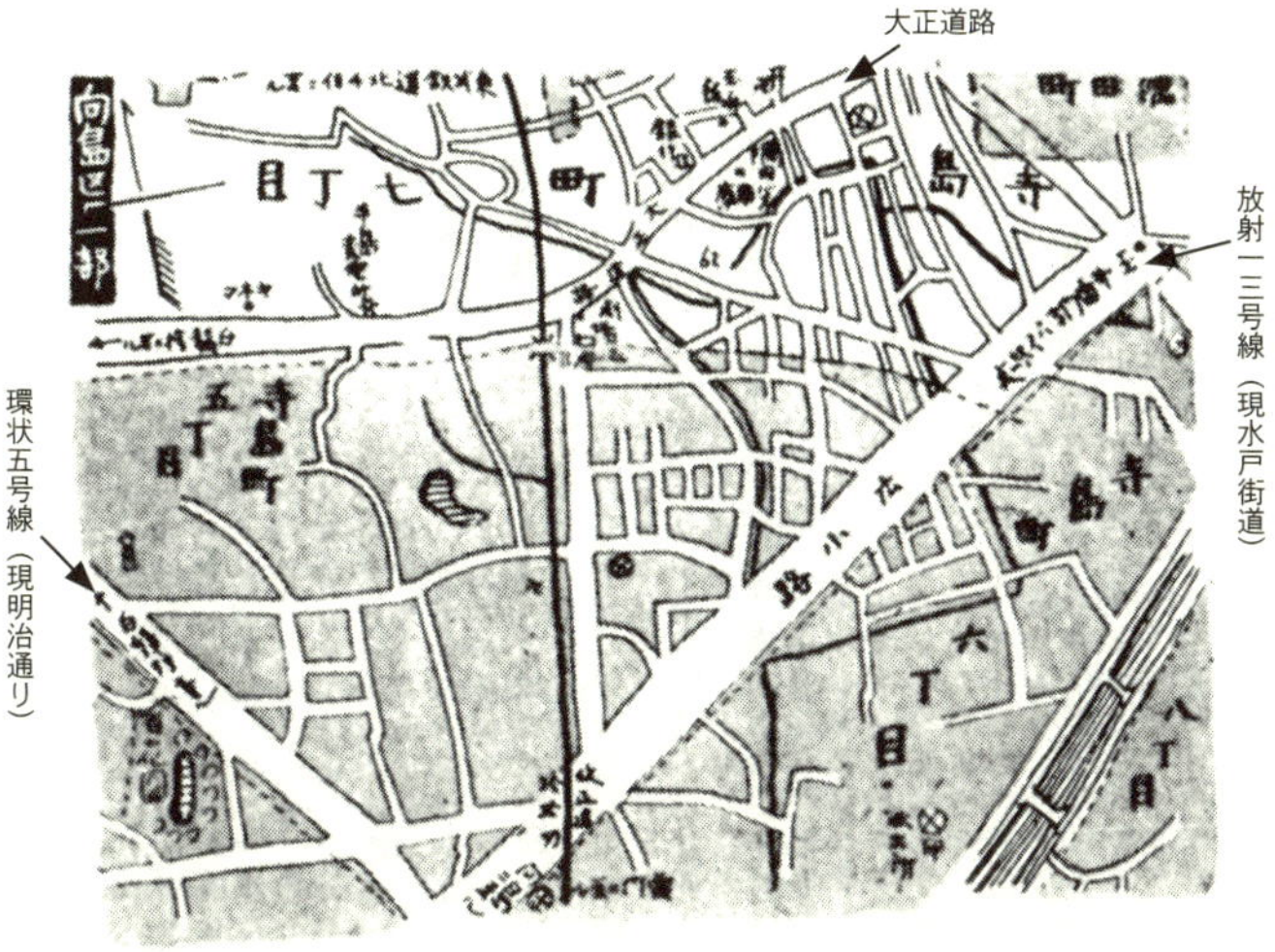

図⑤　木村荘八「向島区一部」連載第17回（「東京朝日新聞」1937・5・9）

「わたくし」が、玉の井の「沿革」を語る場面である。「吾妻橋から寺島町に至る一直線の道路」、「俚俗広小路、又は改正道路と呼ばれる新しい道」というのは、前述した放射一三号線にあたる。その開通と、東武線の玉ノ井駅開設によって「町の形勢は裏と表と、全く一変するやうになつた」と述べている。つまり、都市の可視化が不可視の場所を生んでいき、〈表〉と〈裏〉が転換する事態に「わたくし」もまた意識的であったことが理解できるのだ。

新聞連載でこの回（第一七回、一九三七・五・九）に掲載された木村荘八の挿画を確認してみよう。図⑤「向島区一部」と題された挿画は、玉の井周辺の地図である。[14] 挿画ながら、図の上部が北になっていることからもわかるように、地図の規則をしっかりと守っていることが理解できる。また「広小路」と記された放射一三号線、矢印が書かれ「白鬚橋ニ至ル」と記された環状五号線の二本の道路の交差点もしっかりと描かれており、向島区における交通の要衝が的確に説明されている。また、この地図の南西には百花園まで記入され、この土地の風土が色濃く刻印されていることがわかる。つまり、木村荘八は「向島区一部」と題したこの挿画において、寺島町全体の風土の中で玉の井の街を位置づけようとしているのだ。注目したいのは、「わたくし」が「此盛場の沿革」で述べているのは向島区寺島町の歴史ではなく、寺島町の中の玉の井という限られた街の局部的な「沿革」であることだ。そこには木村荘八が描く近世の風情を残す百花園など、土地そのものが持つ歴史が入り込む余地はない。つまり、木村荘八の挿画は、寺島町全体を語ろうとし、荷風のテクストは、局部的な「沿革」を語ろうとするように、それぞれの方向性においてズレを生じていることがわかるのだ[15]。

　さらに、このように街の〈表／裏〉の「沿革」を理解する「わたくし」が、どのように玉の井の地形を捉えていたのかは、以下の描写から理解することができる。

　こんな処へ来る人ではないと言はれた事については既に実例がある。或夜、改正道路のはづれ、市営バス車庫の辺で、わたくしは巡査に呼止められて尋問せられたことがある。（中略）わたくしは止むことを得ず自動車に乗り改正道路から環状線を廻り、迷宮《ラビラント》の外廓を一まはりして、伏見稲荷の路地口に近いところで降りた事があつた。それ以来、わたくしは地図を買つて道を調べ、深夜は交番の前を通らないやうにした。（第七章）

「改正道路から環状線を廻り、迷宮《ラビラント》の外廓を一まはりして、」という描写からは、玉の井の形状を「わたくし」がどのように認識しているのかが理解できる。今一度、図①「向島区全図」（部分）で「わたくし」の足取りを確認してみると、放射一三号線を南西に下り、環状五号線との交差点に出て、今度は環状五号線を北西に上っていることが理解できる。「わたくし」は、このルートを玉の井の「外廓」と捉えているのである。しかし「わたくし」のこのような理解には、大きなことが見落とされている。実際の玉の井の街は、放射一三号線の南の部分、つまり、分断されてしまった寺島町六丁目にも存在しているにもかかわらず、「わたくし」は、玉の井の「外廓」を放射一三号線としていることからもわかるように、正確に玉の井の全体像を捉えてはいないのである。つまり、前節で記した玉の井の歴史から考えるならば、放射一三号線によって二つに分断された玉の井の〈裏〉の部分を「わたくし」は全く認識していないのである。「わたくし」は、あくまで、放射一三号線と環状五号線によって切り取られた街を、玉の井と認識しているにすぎないのだ。

このことから「わたくし」は、関東大震災後の復興事業における都市計画が作り上げたまなざしによって、玉の井の位置を認識していることがわかるだろう。街の〈表／裏〉の「沿革」を理解する「わたくし」は、実際には玉の井の地政学的なまなざしをなぞるように、街の〈裏〉を切り捨て、〈表〉の部分しか認識していないのである。

このことは「濹東綺譚」の実作者である永井荷風も同様である。荷風が足繁く玉の井に通うようになるのは、一九三六年三月三一日以降のこと。もちろんその頃には、環状五号線、放射一三号線は完成し、その二つの道路が織りなす交差点は、玉の井へ向かうとき、交通の要衝として機能していたはずである。それでは、荷風はどのようなまなざしを玉の井に投げかけ、街を認識していたのだろうか。

五　稍陋巷迷路の形勢を知り得たり――永井荷風と玉の井

第四章でも述べたように、永井荷風が玉の井を初めて訪れたのは、一九三二年一月二二日のことである。定例となった中洲病院での診察後、清洲橋から南千住行のバスに乗り、途中で乗り換えて堀切橋で下車。荒川放水路の堤防を四ツ木橋方面に南下して、玉の井に到着している。この日の『断腸亭日乗』の記述からは、玉の井を目的地として出掛けたというよりは、むしろ散歩中に偶然、玉の井を〝発見〟した印象を受ける。

この、荷風の初めての玉の井訪問が特徴的なのは、実際の街の表玄関である東武線玉ノ井駅や浅草雷門発のバスを利用したというのではなく、裏口ともいうべき、荒川放水路の堤防から玉の井にたどり着いた点である。[16]この日、一九三二年一月二二日の『断腸亭日乗』には「立寄りて女のはなしを聞くに、」とあり、「女」から聞いた街の様子が簡単に描写され、「江東の新開地にて玉の井最も繁華なりと見ゆ」

といった荷風の感想が記されている。

しかし、この初めての玉の井訪問は、荷風にとってそれなりの感興を与えたようだが、街に通い詰めるほどではなかったようだ。この時期の荷風は、街の詳細な様子を記すことよりも、もっとマクロな風景描写に関心を抱いていた。そのため、この日も荒川放水路が中央に流れるアングルで煙突が印象的な図⑥「堀切橋辺より四木橋を望む」と題するスケッチを残している。

このような荷風が連日のように玉の井を訪れるのは、この日から約四年後の、一九三六年三月三一日以降のことである。その頃の『断腸亭日乗』には、浅草から玉の井へ向かう、つまり、表玄関から玉の井を訪れるコースが頻繁に登場する。四年前に初めて玉の井を訪れた時とは異なり、この時点では、すでに玉の井へ行くことが目的となっていたことがわかるだろう。また、荷風の関心も風景から玉の井の街そのものへと変化している。例えば、一九三六年四月二四日の『断腸亭日乗』に「ぬけられます」の看板やハート型をした覗き窓が印象的な「玉の井路地眞景」と題するスケッチ（第六章図②参照）が残されてお

図⑥　「堀切橋辺より四ツ木橋を望む」（『断腸亭日乗』1932・1・22）

り、前述した四年前のスケッチ図⑥と比較してみれば、風景を眺める視点が全く異なっていることが理解できる。
荷風が、一九三六年三月三一日以降、玉の井に通い出すようになってから、次第に街の様子を調査していく様子は、四月二一日の『断腸亭日乗』に、「稍陋巷迷路の形勢を知り得たり。然れども未精通するに至らざるなり。」と記されていることからも理解できる。また、翌二二日には「玉井《ママ》の記をつくる。」とあり、これが「濹東綺譚」のスケッチ的作品ともなった「寺じまの記」（「中央公論」一九三六・六）である。次第に荷風が玉の井を言語化する水準にまで理解を深めていることがわかる。
これら『断腸亭日乗』の一連の記述の中で、特に注目したいのは、五月一六日に記載された「玉の井見物の記」と題する文章である。この「見物の記」の冒頭には以下の記載がある。

初て玉の井の路地を歩みたりしは、昭和七年の正月堀切四木の放水路堤防を歩みし帰り道なり。其時には道不案内にてどの辺が一部やら二部やら方角更にわからざりしが、先月来屢《しばしば》散歩し備忘のために畧図をつくり置きたり。

そしてこの文章には、荷風の詳細な観察をもとに描かれた図⑦「畧図」が付されている。「玉の井見物の記」はさらに以下のように続く。

路地口におでん屋多くあり。こゝに立寄り話を聞けば、どの家の何と云ふ女はサービスがよいとかわるいとか云ふことを知るに便なり。七丁目四十八番地高橋方まり子といふは生まれつき淫乱にて若いお客は驚いて逃げ出すなり。七丁目七十三番地田中方ゆかりと云ふは先月亀井戸より住替に来りし女にて、尺八専門なり。七丁目五七番地千里方智慧子といふは泣く評判あり。曲取の名人なり。七丁目五十四番地工藤方妙子は藝者風の美人にて部屋に鏡を二枚かけ置き、覗かせる仕掛をなす。但し覗き料弐円の由。

「路地口のおでん屋」が案内所の役割を果たしていること、そして、傍線部のようにそれぞれの娼家が番地表示とともに記載されていることがわかる。この番地表示には、前述した寺島町の番地表示政策の成果が色濃く出ていることがわかる。「寺じまの記」でも、同じく以下のような箇所がある。

足の向く方へ、また十歩ばかりも歩いて、路地の分れる角へ来ると、また「ぬけられます。」と云ふ灯が見えるが、さて其処まで行つて、今歩いて来た後方を顧みると、何処も彼処も一様の家造りと一様の路地なので、自分の歩いた道は、どの路地であつたのか、もう見分けがつかなくなる。おや〳〵と思つて、後へ戻つて見ると、同じやうな溝があつて、同じやうな植木鉢が並べてある。

然しよく見ると、それは決して同じ路地ではない。

路地の両側に立並んでゐる二階建の家は、表付に幾分か相違があるが、これも近寄つて番地でも見ないかぎり、全く同じやうである。

ここには「ぬけられます」の看板、「路地」そして「溝」といった玉の井の表象をめぐるお決まりとも言える重要な要素が記載されている。[18] 荷風はそのような要素に注目して街を眺めていたために、どの風景も「同じやう」に見えたに違いない。それを区別するのは、傍線部にもあるように、街のところどころに掲出されている「番地」表示であった。

このような点を念頭に置きながら、前述した図⑦「署図」を検証してみよう。図⑦「署図」上部には「朱線道路ハ両側トモ商店ナリ魔窟路地ノ内ハ迷宮ニテ地図ニ作リ難シ路地入口丈ケヲ記ス路地ニハぬけられますトカキタル灯ヲ出ス」という荷風のコメントが記されている。「朱線道路」というのは、図⑦「署図」で太線に見える道路を指す。また、コメント中にも触れられている「ぬけられます」の看板、「迷宮」と呼ぶ「路地」、そして図⑦「署図」中に散見できる「溝」の存在など、荷風がこの図⑦「署図」を作成する際においても、先述した玉の井の表象のお決まりともいえるパターンを踏襲していることがわかる。

また、図⑦「署図」の、向かって右側が北になっていることからも、地図の規則性を守らず個人的な「備忘」のために地図を作成していることがわかる。それゆえに、荷風が何を基準としてこの地図を描いたのかが明確に理解できる。荷風がこの地図を描くにあたって注目したのは、図中向かって右に位置する「京成バス通路」と記された大正道路、中央に位置する「線路跡」と記された京成白鬚線の廃線跡（一九三六年二月に廃止）、そして図中「廣小路」と記されている大きな道路――放射一三号線の存在である。[19] 図の左下を大きく横切るこの放射一三号線は、玉の井の様子を中心に描くにしてはその道幅が不自然なまでに太すぎるだろう。それゆえ荷風の意識は放射一三号線の向こう側には届いていない。その証拠に、図の左下には「六丁目魔窟ハ調査セズ」と記されている。つまり、荷風は玉の井全体をくまなく「調査」しているのではなく、放射一三号線によって分断され、限定された一画について「見物」し、「調査」しているのにすぎないのだ。このような玉の井へのまなざしは、前述したように「濹東綺譚」の「わたくし」と同一のものである。

また、図⑦「略図」において、玉の井の街の様子を具体的に描いた部分では、細かい路地とともに番地表示が欄外にまであふれ出している。先述した「寺じまの記」からもわかるように、荷風が街を「調査」するのに、この番地表示を大切な指標としていたことが理解できるだろう。ここからは、寺島町が徹底した番地表示政策の成果を荷風も大いに吸収しながら、街を「調査」したことが理解できる。

放射一三号線による、限定されたまなざしによる玉の井の認識、細かい路地を番地表示によって理解していくマッピング。放射一三号線が、そして、その道路建設に伴う番地表示の徹底が、ともに関東大

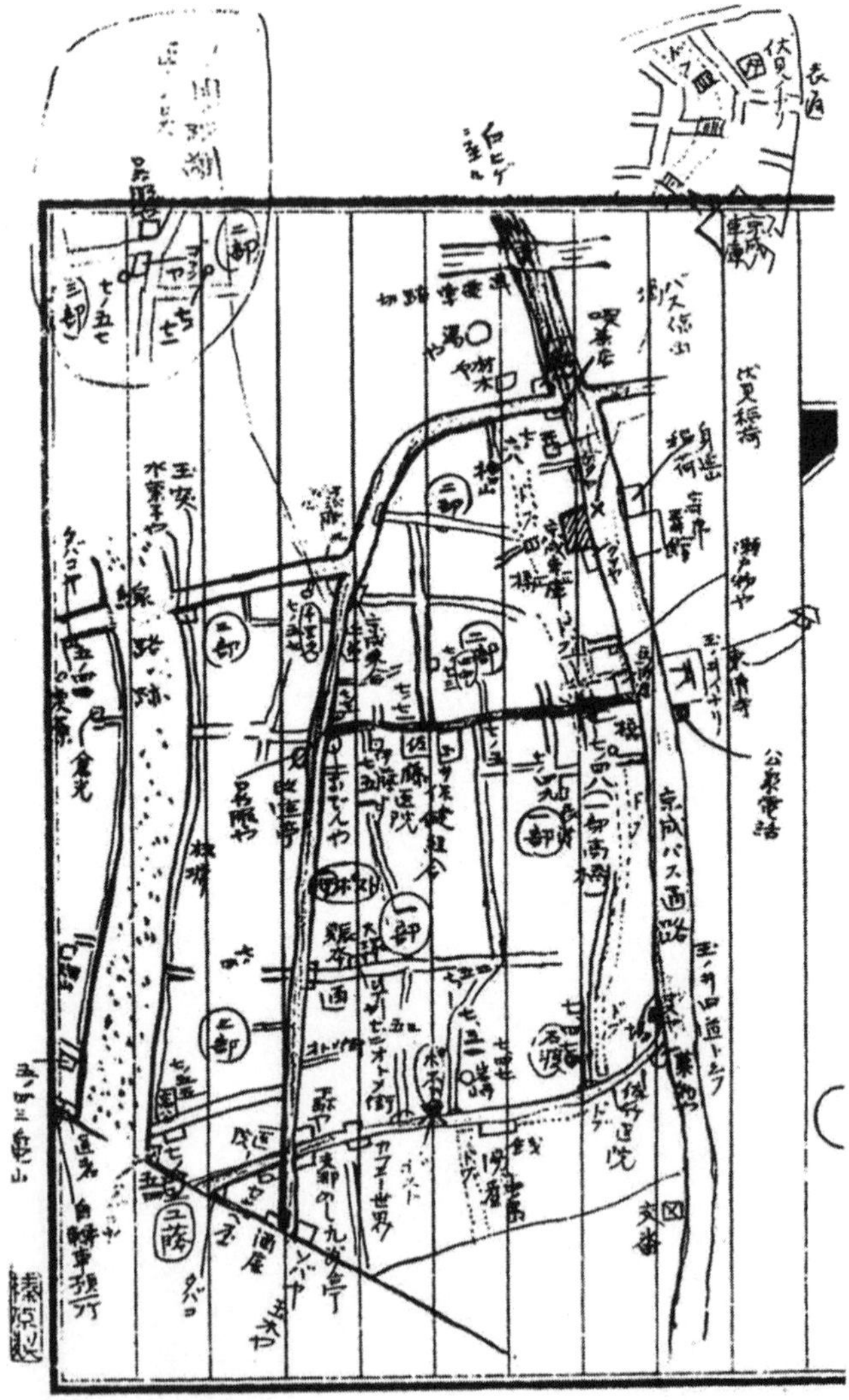

公衆電話
京成バス通路
伏見稲荷
瀬戸物や
喫茶店

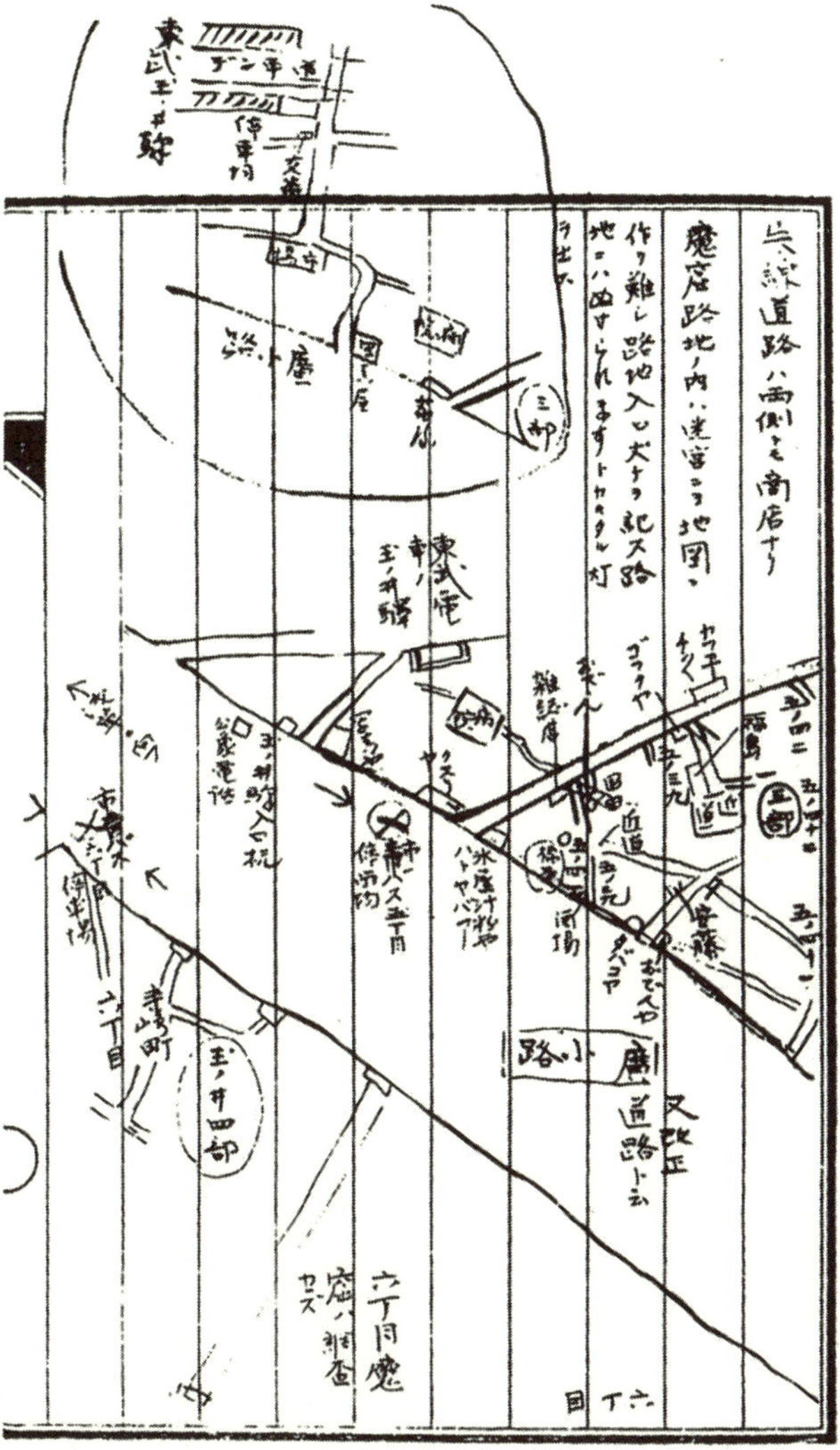

図⑦　「略図」（『断腸亭日乗』1936・5・16）

震災後の都市復興事業の一環であることを想起すれば、荷風の玉の井へのまなざしは、総じて都市復興の、地政学的な力学によって構築されていたことが理解できるだろう。荷風が玉の井をみつめるそのまなざしは、至って同時代的であり、関東大震災後における都市復興政策の到達点をわかりやすく示し出しているのだ。それでは、この同時代性について、「濹東綺譚」に拠りながら、もう少し詳しく検討してみよう。

六 「お雪」の家の位置——都市計画の中で

先述した番地表示は「濹東綺譚」にもさり気なく書き込まれている。


「何て云ふ家だ。こゝは。」

「今、名刺あげるわ。」

靴をはいてゐる間に、女は小窓の下に置いた物の中から三味線のバチの形に切つた名刺を出してくれた。見ると寺島町七丁目六十一番地（二部）安藤まさ方雪子。

「さよなら。」

「まつすぐにお帰んなさい。」（第三章）

「わたくし」が、初めて「お雪」の家を訪れ、その帰り際、名刺を渡されるのだが、そこには、しっかりと傍線部のように番地が明記されている。この番地に位置する「お雪」の家の周辺がどのような雰囲気であったのかについては、以下のような記述がある。

わたくしの忍んで通ふ溝際の家が寺島町七丁目六十何番地に在ることは既に識した。この番地のあたりはこの盛場では西北の隅に寄つたところで、目貫の場所ではない。（中略）わたくしがふと心易くなつた溝際の家……お雪といふ女の住む家が、この土地では大正開拓期の盛時を想起させる一隅に在つたのも、わたくしの如き時運に取り残された身には、何やら深い因縁があつたやうに思はれる。其家は大正道路から唯ある路地に入り、汚れた幟の立つてゐる伏見稲荷の前を過ぎ、溝に沿うて、猶深く入り込んだ処に在るので、表通のラデイオや蓄音機の響も素見客《ひやかし》の足音に消されてよくは聞えない。（第六章）

傍線部にあるように、「お雪」の家は街の「目貫の場所」ではなく、かなり「深く入り込んだ処」に位置している。それでは、実際に当時の地図を参照しながら「お雪」の家の位置を確定してみよう。参照するのは、図⑧「火災保険特殊地図[20]」（都市製図社、一九三九・七）である。この地図は、荷風が描いた図⑦「畧図」と、ほぼ同一の場所を対象としている。

まずは、この地図の特徴を確認しておこう。この地図は「火災保険」のために製作されたものである。そのために、番地表示が詳細でかつ正確である。逆に言えば、寺島町の番地表示政策が徹底していたからこそ、番地表示に基づいたこのような地図を製作することが可能となったといえるだろう。また、図中上部に位置する大正道路、下部に位置する放射一三号線、そして、左側に位置する京成白鬚線の廃線跡の二本の道路と一つの廃線跡によって地図の対象となる場所を切り出していることがわかる。さらに、放射一三号線を下部に位置させたために、図中向かって右側が北の方角となり、一般的な地図の法則とは異なっている点も特徴的だろう。このような特徴は、先に確認した荷風作成の図⑦「畧図」と、多くの点で重なってくる。詳細な番地表示を書き込むこと、大正道路と放射一三号線と廃線跡による土地認識、図中向かって右側が北の方角であることなど、これら二つの地図は製作上の基準がほぼ同じと考えられる。つまり、玉の井を番地表示に注目して作成するとき、自然とこれらの点によって土地が認識されると考えられるのだ。

それでは、このような地図——図⑧「火災保険特殊地図」から「濹東綺譚」に記されている「お雪」の家の位置を確定してみよう。[21]「お雪」の名刺に記された「寺島町七丁目六十一番地」は、図⑧のAで囲んだところである。廃線跡脇の一画にあたる。この地域は一九四五年三月一〇日の東京大空襲で焼失してしまい、その後の区画整理で地勢も全く異なってしまったが、現在の住所でいえば墨田区東向島五丁目一三番地付近と思われる（図⑨）。

さらに「わたくし」が「お雪」の家に至るまでの過程を、図⑧をもとに再現してみよう。先に引用した傍線部を参考にすれば、「わたくし」は「大正道路から唯ある路地」を入り「伏見稲荷の前を過ぎ」て「お雪」の家にたどり着いている。ちなみに「伏見稲荷」の場所は、図⑧のB寺島町七丁目六五番地[22]である。それゆえ、そこを目印にすれば、「お雪」の家の場所であるAが、テクストにも記されているように「溝に沿うて、猶深く入り込んだ処」であることは容易に理解できる。

ただ注意したいのは、テクストの「溝に沿うて」という記述である。実際に「お雪」が「わたくし」に示した番地――図中A「寺島町七丁目六十一番地」の近くには「溝」が存在しないのである。図⑧に拠れば、「溝」は伏見稲荷の前あたりで途切れており、「お雪」の家近くまでには流れていないのである。この番地では「溝際の家」という表現とは相容れず、ましてや、「お雪」が心配するような「溝があふれると、此方まで水が流れてくる」といった事態は、まず起こりえないといってよい[23]。

この「溝」の問題は、実作者である荷風の記憶違いといった単純なことではない。なぜなら、実際にこの箇所の「濹東綺譚」の草稿（図⑩）を検証してみると、荷風は「寺島町七丁目四十八番地」と一旦は記しながら、「四十八」を消し、その隣に「六十一」と書き直しているからだ[24]。ちなみに「寺島町七丁目四十八番地」というのは、先述の「玉の井見物の記」に記された「高橋方まり子」の家であり、図⑧と照合してみると、図中Cに位置する。「目貫の場所」とはいえないものの、玉の井の中心地で、確

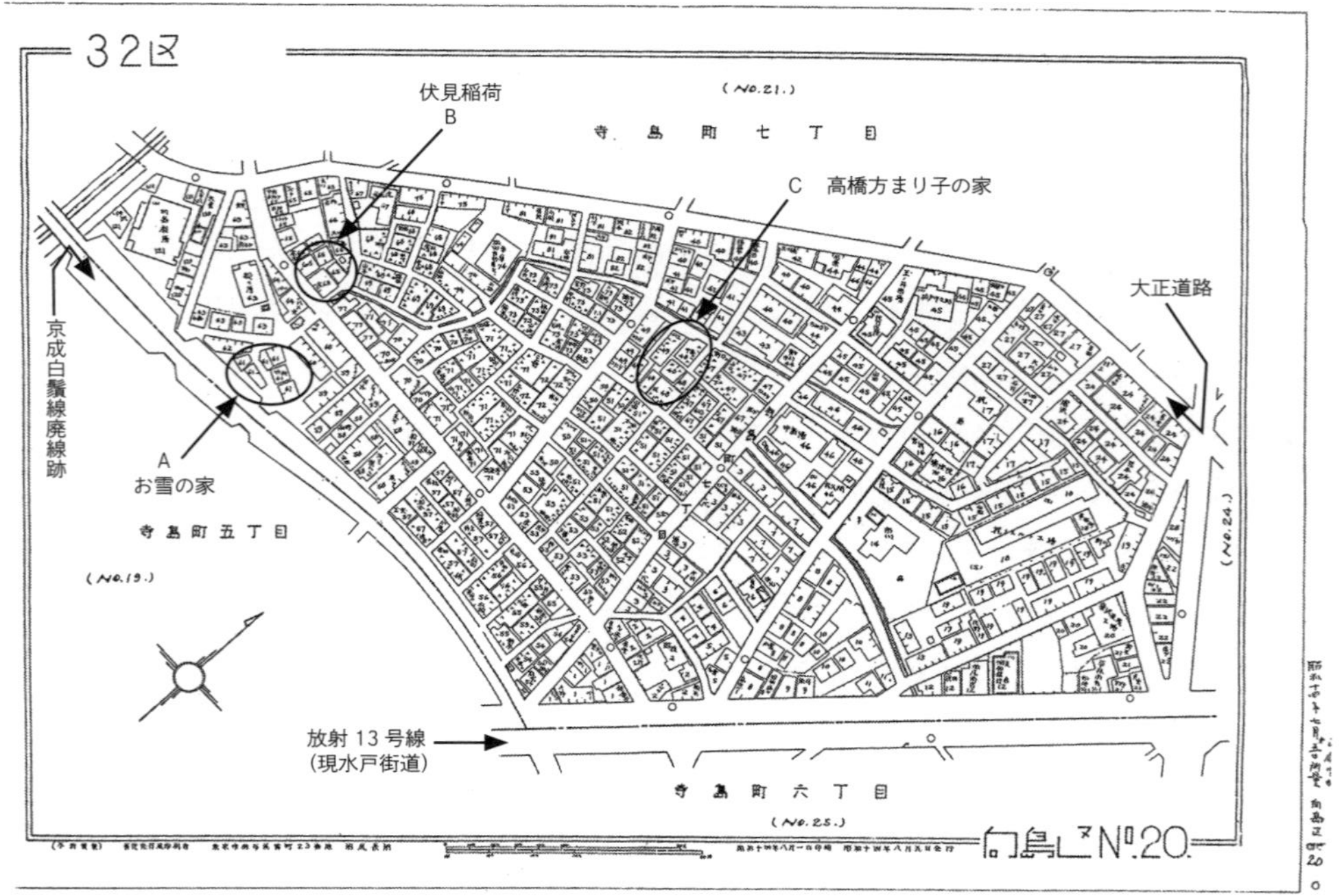

図⑧ 「火災保険特殊地図」(都市製図社、1939・7) 右上が北

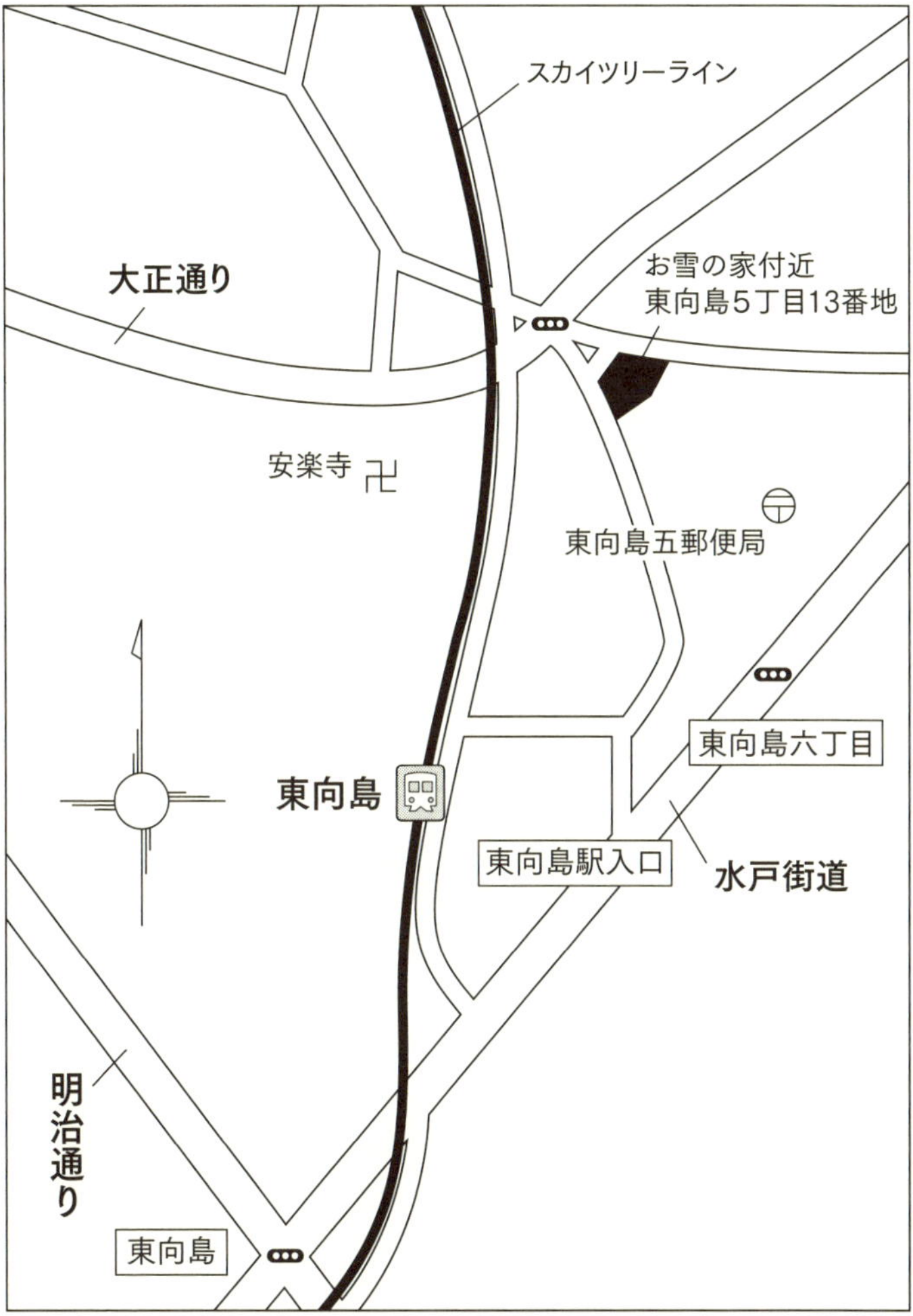

図⑨　現在の東向島駅付近。上が北

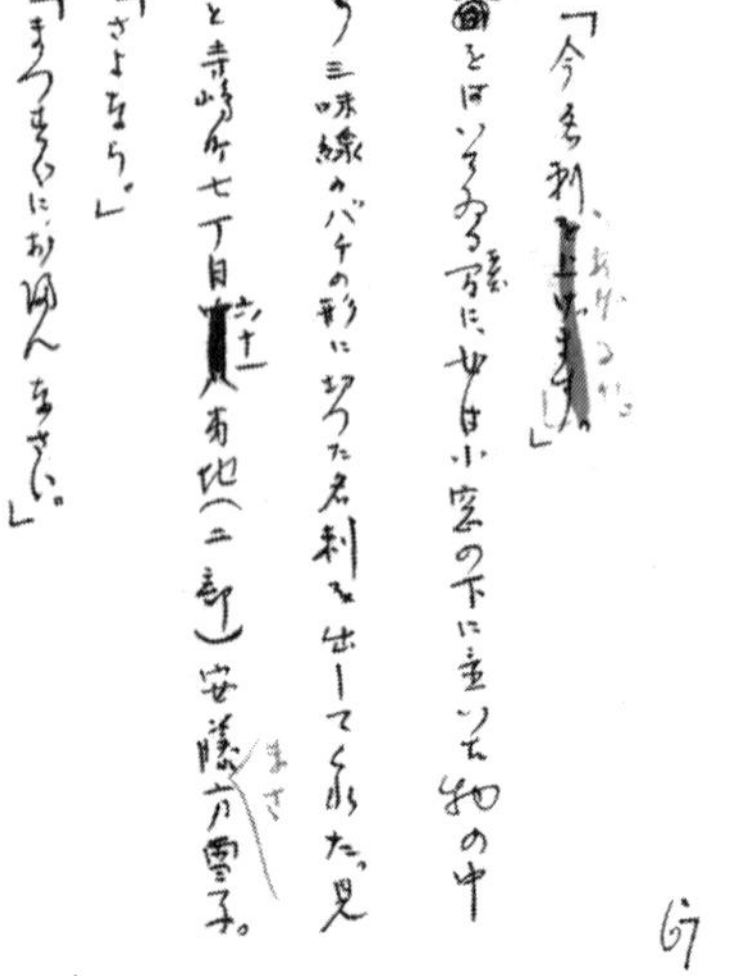

図⑩　永井荷風『濹東綺譚　自筆原稿複製』（中央公論社、1971・1）４行目に注目。

かに「溝際」に位置していることがわかる。それゆえ「四十八番地」から「六十一番地」への書き直しは、荷風の間違いではなく、明らかに、故意的な操作であったことがわかるだろう。荷風が故意に「六十一番地」へ変更したのは、「目貫の場所」ではなく、「大正開拓期の盛時を想起させる一隅」という場面設定が必要だったと推察できる。そして「六十一番地」ならばあり得ない「溝」の存在が、テクストで印象的に描かれるのは、「溝」そのものが、玉の井の表象体系の中において決定的に重要な事項であったからに他ならない。[25] それゆえテクストでは、「六十一番地」には本来存在することのない「溝」があたかも存在するように描かれていくのだ。また、この「六十一番地」への変更の理由は、実際は「目貫の場所」ではなく、「大正開拓期の盛時を想起させる一隅」という趣向を重視したからであろう。[26]

従来「お雪」の家の位置は、小針美男作成「「濹東綺譚」文学散歩の玉の井概要図[27]」に代表されるように、隅田バス車庫の裏あたり、図⑧でいえば七丁目七〇～七三番地と推定されていた。[28] その理由として『断腸亭日乗』の記述、特に「玉の井見物の記」及び図⑦「署図」などから、荷風が足繁く通った娼家の番地周辺を「お雪」の家と推定していたことが挙げられよう。しかし、本稿がこれまで検証してきたことからも明らかなように「お雪」の名刺に記載された番地表示に従えば、前述したいくつかの問題点はあるにしても、図⑧のAを、「お雪」の家の正しい位置であると考えるのが妥当である。

たった一軒の銘酒屋（売春宿）を、番地表示によって指し示すことが出来るというミクロな水準における視覚化が、関東大震災復興後の都市政策というマクロな事業の達成度を示し出す。このミクロとマクロの交錯こそ、荷風が獲得した玉の井へのまなざしに他ならない。これらのことが、「お雪」の家をめぐる一枚の地図から、うかがい知ることが出来るのである。

七　玉の井の描写——文体の時間構成

本章では、ここまで荷風の玉の井へのまなざしが、関東大震災後の都市復興事業の地政学的な力学によって構築されていることを検証してきた。それを受けて本節では、そのまなざしのありかたと荷風の文体との関係について分析を試みたい[29]。ここで問題となるのは、荷風が玉の井を同時代的なまなざしで捉えながらも、その逢着する地点が「むかし」であることだ。つまり、玉の井を捉えるまなざしは、関東大震災後の都市復興といった同時代性を帯びながら、そのまなざしで見るものは懐古的な「むかし」である、という形式と内容のネジレがおきているのだ。この点こそが、荷風と玉の井の関係における最大の特徴といえるだろう。

このような時間構成は、以下の「濹東綺譚」の箇所でわかりやすい形で記されている。

雷門からはまた円タクを走らせ、やがていつもの路地口。いつもの伏見稲荷。ふと見れば汚れきつた奉納の幟が四五本とも皆新しくなつて、赤いのはなくなり、白いものばかりになつてゐた。いつもの溝際に、いつもの無花果《いちじく》と、いつもの葡萄、然しその葉の茂りはすこし薄くなつて、いくら暑くとも、いくら世間から見捨てられた此路地にも、秋は知らず〳〵夜毎に深くなつて行く事を知らせてゐた。

いつもの窓に見えるお雪の顔も、今夜はいつもの潰島田ではなく、銀杏返しに手柄をかけたやうな、牡丹とかよぶ髷に変つてゐたので、（第九章）

この箇所では、主に前半を中心に、波線部「いつも」という括復的表現が繰り返し用いられることによって、変化のない「伏見稲荷」「溝際」「無花果」「葡萄」の様子が記されている。それとともに後半では、「今夜」という物語内容の、その時、その場を指示子[30]によって示し、その時制に合わせる形で、「変つてゐた」というように「わたくし」の過去の一時点の一回的な行為を、「〜た」を中心とする単起的な表現によって語る。つまり、ここでの時間構成はかなり複雑で、「いつもの」変わらぬ街の様子を、括復的表現（波線部）によって記し、それによって、時間的振幅が示されたあと、今度は「今夜」といった特定の一時点が、その時その場の一回的な出来事を語る単起的表現（傍線部）によって引き出して語られる構造になっているのだ。この構造は、「濹東綺譚」の末尾に付された「作後贅言」においても変わりはない。

わたくしは毎年冬の寝覚に、落葉を掃く同じやうなこの響をきくと、矢張毎年同じやうに、「老愁ハ葉ノ如ク掃ヘドモ尽キズ蔌蔌《そうそう》タル声中又秋ヲ送ル。」と言つた館柳湾《たちりうわん》の句を心頭に思浮べる。その日の朝も、わたくしは此句を黙誦しながら、寝間着のまゝ起つて窓に倚ると、崖の榎の黄ばんだ其葉も大方散つてしまつた梢から、鋭い百舌の声がきこえ、庭の隅に咲いた石蕗花《つばぶき》の黄い花に赤蜻蛉がとまつてゐた。赤蜻蛉は数知れず透明な其翼をきら〳〵させながら青々と澄渡つた空にも高く飛んでゐる。（「作後贅言」）

ここでもやはり、波線部「毎年冬の寝覚に」「毎年同じやうに」以下の箇所で「わたくし」の「いつも」のように繰り返される習慣的行為が括復的表現によって示され、そこで示し出された時間的振幅の一時点として、「その日の朝」の出来事が文末の「〜た。」とともに単起的表現によって示されている。

このような括復的表現と単起的表現の連鎖的な時間構成は、「濹東綺譚」全体を統括する語りの特徴といえる。[31] そしてこのような語りを採用することで、昔から変わらぬ「いつも」の光景と眼前に繰り広げられる「今・ここ」の光景が、ごく自然に接続されることになるのだ。それゆえ「わたくし」は眼前の「お雪」から「明治年間の娼妓」や、「三四十年むかしに消え去つた過去の幻影」を連想し、さらには「群り鳴く蚊の声」から、「昭和現代の陋巷ではなくして、鶴屋南北の狂言などから感じられる過去の世の裏淋しい情味」（第六章）を感じ取ってしまうのだ。「濹東綺譚」が絶えず「郷愁」や「懐旧」といった言葉とともに読み解かれてしまう原因は、ひとえにここにある。[32]

八　文学への欲望

玉の井の成立を、都市計画の歴史から考えてみたとき、放射一三号線と環状五号線といった、二本の大きな幹線道路が織りなす交差点は、まさに関東大震災復興事業の象徴ともいえる地点であった。「濹東綺譚」の「わたくし」が、初めて玉の井へ行くときに、浅草からバスに乗って、まさにこの地点に降り立っている。また、「わたくし」は玉の井を彷徨する際、この二本の道路によって玉の井の「外廓」を認識しているのだが、それは同時に、放射一三号線によって分断された街の向こう側を切り捨てる行為でもあった。このように「濹東綺譚」の「わたくし」は、玉の井に対して同時代的な認識——関東大震災後の復興事業によって裏打ちされたまなざしを投げかけていたことが理解できるのである。

このことは、「濹東綺譚」の実作者である永井荷風においても変わりはない。『断腸亭日乗』に残された手描きの地図である図⑦「略図」からは、放射一三号線、大正道路、京成白鬚線廃線跡の三つを基準にして、玉の井を切り抜いて認識している様子が理解できる。また、細かな路地や番地表示が欄外にまで引き出されて大きく記されている様子は、まさしく、関東大震災後の復興事業はもちろんのこと、その延長線上として大東京編入のために寺島町が徹底した番地表示の政策を大いに吸収している証拠といえるだろう。さらに特徴的なのは、荷風が放射一三号線の向こう側を一切「調査」しておらず、図⑦「略図」にもそのことが明確に記されている点だ。つまり、荷風が玉の井を認識するまなざしは、関東大震災復興後の都市計画が作り上げた、地政学的な力学によって構築されたことが理解できるのだ。

このように荷風は、同時代の状況と不分離ともいえるまなざし、さらにいえば時代の尖端ともいえるまなざしを獲得しながら、玉の井を描いていく。しかし、このような現代的なまなざしによって玉の井を捉えながらも、荷風が作品に書き込んでいく玉の井は、「むかし」へと逢着していくことになる。このような〈まなざし＝形式〉と〈物語＝内容〉のネジレを許容するのは、「いつも」の様子を示す括復法的表現と、「今・ここ」の一回的な出来事を示す単起法的表現が、連鎖して用いられているからである。この時間的操作によって「いつも」と「今・ここ」の光景がごく自然に接続していくのである。「濹東綺譚」が絶えず「郷愁」といったコードで読み解かれてしまうのは、このためである。

確かに、荷風が記述する玉の井から「鶴屋南北の狂言などから感じられる過去の世の裏淋しい情味」

（第六章）を感じ、それを「荷風的テクスト」として文学的に称揚することは、至って簡単なことであろう。しかし問題は、このような回路によって荷風のテクスト群を回収してしまうとき、これまで検証した、荷風の同時代的なまなざしのありようを見失ってしまうことだ。

テクストを繙くとき求められるのは、このような文学的欲望を前に、それに抗いながらテクストに対峙することである。その時テクストは、これまでとは異なる様相でわれわれの前に立ち現れるであろう。荷風のテクストが読み解かれる場は、まさにそこにこそあるのだ。

第八章　「報告文学」の季節――『濹東綺譚』の受容から

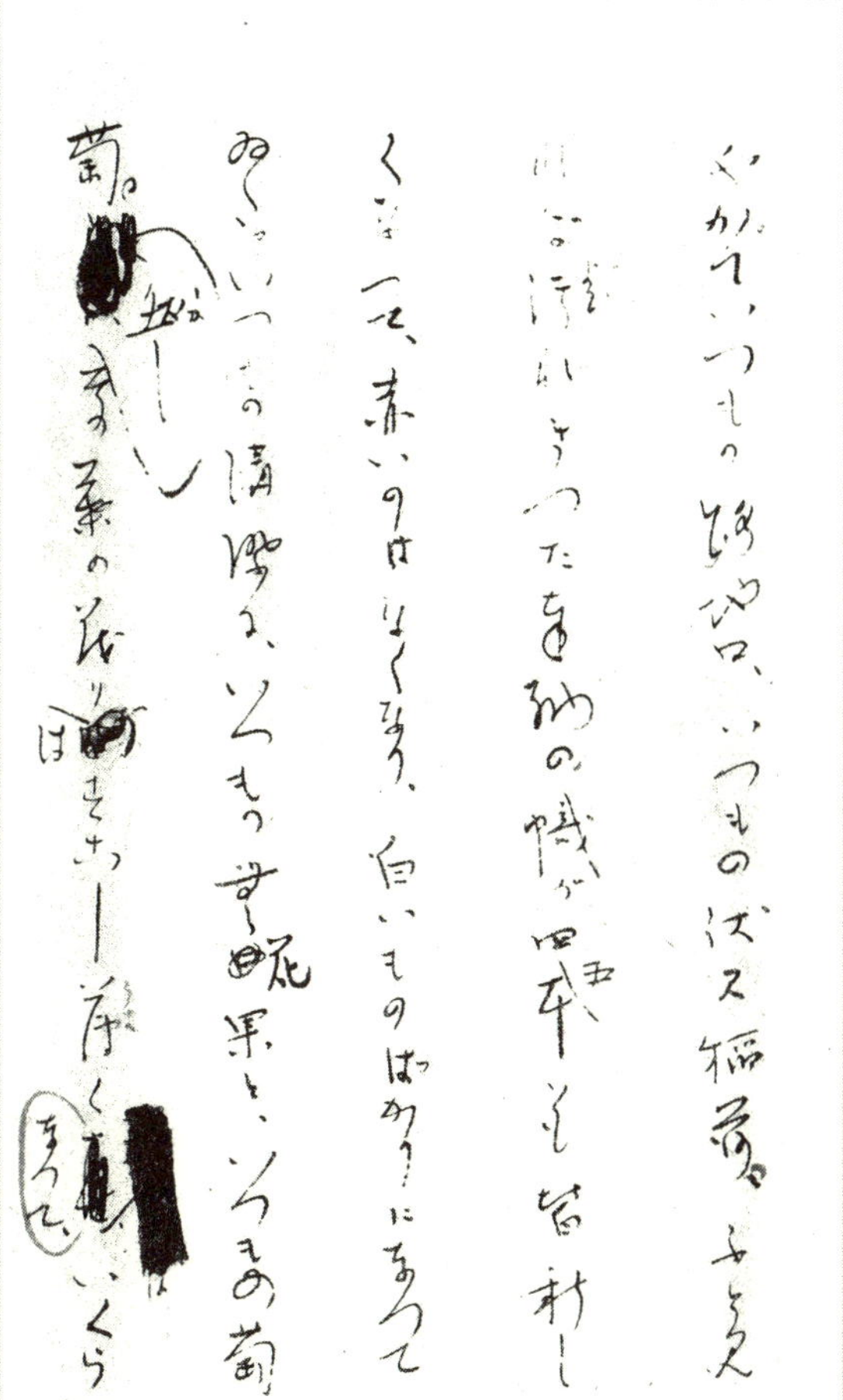

永井荷風『濹東綺譚　自筆原稿複製』（中央公論社、1971 年 1 月）より

一　ヒイキの引きだおし――『濹東綺譚』をめぐる同時代評

ある一つの作品に、異なる二つの評価が存在することは、さして珍しいことではない。しかし、全く正反対の二つの評価の片方が完全に忘れ去られ、その忘却こそが作品の今現在における評価の中心を形成しているという事態については、いったいどのように考えればよいのだろうか。

本章で考察する「濹東綺譚」は、発表当初より平井程《ママ》一「永井荷風論――読「濹東綺譚」」（「文学」一九三七・一二）が、「等しく傑作と呼びながらも、その拠るところは各人各説、十態十様であった。」というように、発表当時、これといった決定的な評価軸を形成することがなかった作品であった。例えば、河上徹太郎「文藝時評　二つの抒情小説「濹東綺譚」と「雪国」」（「東京朝日新聞」一九三七・七・三）では、表題二作品を「主観的な抒情小説」とした上で、物語構造や人物造形の一致を指摘、さらに「荷風氏は自ら当代の戯作者を以て任ずる人である。」として、芸術院会員を拒否したこと、そして、「濹東綺譚」創作をも、「戯作者」の「信念の実践」として位置づける。[1] しかし、このような河上の評に対して、佐藤春夫「荷風先生の文学――その代表的名作「濹東綺譚」を読む」（「東京朝日新聞」一九三七・七・一四～一六）は、以下のように真っ向から反論する。

社会虚偽に対する義憤、本然の人間性の愛惜追求、思ふにこの精神こそ真のヒユウマニズムで、文学の大道であらう。荷風先生はその陋巷趣味にも拘らず、文学の世界では久しくこの大道を闊歩しつゞけた。（中略）濹東綺譚は最も隠微のうちにではあるが、最も力強く深い感情を伴つて、そのヒユウマニズムを現はした。（中略）然らば先生が意図したところは何か。臆測するに、世態人情の推移に対する興味、又、現代の要求によつて産れた下層の売色の地に対する地誌的、或は風俗史的興味など、凡そ抒情小説とは全く反対に、寧ろ客観的な報告文学の類ではなかつたろうか。尠くもその体を採つてゐる。

佐藤は、この評をさらに「濹東綺譚を読む」（「文藝」一九三七・八）として書き継いでいく。「「わたくし」が、二重人格化」する構造を指摘した「形影相隣型」、あるいは、地誌的風俗史的興味の指摘など、確かに佐藤の評は、その後の研究史を形成する、多様な問題を提出した重要な同時代評といえるだろう。また、引用箇所は河上の「濹東綺譚」＝「抒情小説」への反論であり、傍線部からもわかるように「濹東綺譚」は、作者永井荷風の「ヒユマニズム」の表れで、「報告文学」であるという主張がその核になっている。しかし、この佐藤の反論箇所は、戦後、平野謙「永井荷風」（同『芸術と実生活』所収、講談社、一九五八・二）が「ヒイキの引きだおし」と酷評し、「お雪のいじらしい自卑と謙抑の心根をも汲みとらずして、なんのヒューマニズムぞ。」と、逆にヒューマニスティックに全否定するに至って、今現在では、ほとんどまともに参照されることがなくなってしまった。確かに、慶應義塾で荷風と師弟関係を結んだ佐藤春夫ゆえの限界は、その表題までもが賛辞となっていることからも理解できる。しかし、それを差し引いたとしても、この引用箇所は単に「ヒイキの引きだおし」の一言で切り捨てることができぬ問題――「濹東綺譚」と、一九三七年という時代を考える上で看過できぬ、以下二点の視座を提供してくれるのだ。

まず第一点は、「濹東綺譚」を、「ヒユマニズム」の表れと捉える視座である。「ヒユマニズム」という言葉ではないにしろ、一戸務「名窓襍記」（「三田文学」一九三七・八）は、「かゝる人間最悪の地を描くのは、作家の良心的重荷の素材である。」「甚だモラリストとしてしか作家の姿がみえてこないのである。」と述べる。また飯島正「永井荷風の「濹東綺譚」」（「新潮」一九三七・一〇）は、「悪徳の谷底」を描いた「正義に鋭敏である芸術家」として荷風を称揚し、さらに作品から指摘できる「時代のひろがりから云うエキゾチスム」の描写を「現在の地点」との関係から「傍系と思はれる諸点が案外傍系でない」というように、時代に密着した作品として「濹東綺譚」を考えている。これらの評からは、玉の井という街を描くこと、そして、時代への関わりが「作家の良心」、「モラリスト」や「正義」そして「ヒユマニズム」と直結する様子が、理解できる。

第二点は、引用後半部分の「報告文学」という指摘である。平井（前出）は「新聞小説の分野に報告文学の一新体を拓いたもの」と述べ、さらにＸＹＺ「スポット・ライト」（「新潮」一九三七・一二）は、

「真面目な意味において、「濹東綺譚」を報告文学と見ることも、決して見当はづれではない」とした上で、以下のように述べる。

> 玉の井といふ売娼窟の現地報告として、いくらか荷風好みの色彩が附けられてゐることは仕方がないとして、その地勢から、私娼の生活から、周囲の情景などが、実に微細に、巧妙に、しかも客観性を以て、描かれてゐるのは、好個の報告文学を見ることに、すこしも無理なところはない。

XYZは、「荷風好みの色彩」との対比から「「あめりか物語」や「フランス《ママ》物語」などの作品はもとより、「新橋夜話」「墨田《ママ》川」などの作品、比較的近作の「日かげ《ママ》の花」など、すべて報告文学的である。」」、「報告文学としての要素を、甚だしく多分に含んでゐる」と、それまでの荷風の作品をいささか強引な身振りで「報告文学」というジャンルに収斂させようとする。「濹東綺譚」というテクストが、玉の井をめぐる表象をある抑圧のうちに変容させてきた〈歴史〉を振り返るとき[2]、それを、佐藤春夫がいうように、玉の井の「客観的な報告文学」と読むことはできない。ましてや、XYZのように、「実に微細に、巧妙に、しかも客観性を以て、描かれてゐる」とは到底考えられない。そもそも小説というジャンルが、さらにはこのテクストには、「荷風好みの色彩」までもが施されているにもかかわらず、「濹東綺譚」が、このようなかたちで〈事実〉を語るかのように考えられてしまうこと自体が、問題とされるべきだろう。

これまでみてきたように、「濹東綺譚」発表当時、この作品を「ヒユマニズム」の表れとして、また「報告文学」と捉えたのは、なにも佐藤春夫一人ではなかった。しかし、これまで「濹東綺譚」の「抒情」性が中心に論じられてきた研究史のなかで、ほとんどその存在すら忘れられてしまったこれら「報告文学」や「ヒユマニズム」といった受容は、いったいどのような〈場〉を形成し、「濹東綺譚」を、そして、永井荷風をどのように位置づけていったのだろうか。

二　陣中においてペンを執らんとす――一九三七年の戦況報道

一九三七年、この年、最も早く「報告文学」に言及した人物に小松清がいる。[3] 日中戦争が勃発する約二ヶ月前、「報告文学の意義」（「新潮」一九三七・五）において、既に以下のような言及を残している。

報告文学の性格は、現代社会の生産面における諸々の経験的事実を対象として、そこに人間の生活と意識の実相を把握しようとする能動的なレアリズムであると云へる。したがつて、それは当然、しばしば発見の、或いは暴露の文学となつて現れる。われわれは報告文学が、広汎にわたる報告的素材を構成しコンデンスして、そこから独立した文学作品を作りあげる芸術的操作の重要な価値を忘れるものでないが、と同時に、その芸術的操作の底に一貫して流れてゐるものが、その時代にたいする作家の烈しい論であり、変革的な意欲であることも、十分に認識せねばならぬ。このやうな意味あひで、報告文学は単に漠然とした時事的な報道の集積でなく、新ヒュマニズム文学及びプロレタリア文学の前衛的一形態であることが瞭かにされるのである。

ここで問題なのは、「報告文学」が単なる〈事実〉の報告ではなく、「能動的なリアリズム」と結びつくことによって、そこに「時代にたいする作家の烈しい論」や「変革的な意欲」といった精神に基づく「新ヒュウマニズムの文学及びプロレタリア文学の前衛的一形態」が目指されていた点である。[4]そして翌月には、このような精神の実践を紹介すべくスペイン内乱を描いた小松清編訳「ルポルタージュ　嵐の西班牙」(「中央公論」一九三七・六)が発表される。この特集には、ジイドをはじめ、ロマン・ローラン、アンドレ・マルローらのルポルタージュが掲載されており、ここでも小松はこれらの文章を「民衆と文化に対して義務と愛を意識するインテリゲンチヤの切迫した「良心の表示」」として紹介し、さらには「報告文学の性格、感覚、技術を窺ひとつて」もらいたいと結んでいる。[5]

小松の「報告文学」提唱の特徴は、スペイン内乱といった海外の事例を紹介しながらも「ヒユマニズム」といった報告者の精神を前面に要求するあまり、何をどのように書くのかといった方法論について、ほとんど言及しなかったことにある。一九三七年前半期は、このように「報告文学」とはいっても、ひたすらそれをめぐる精神論ばかりが繰り返されるといった、抽象的な論議しかなされていなかった。また、既にこの時期「滬東綺譚」は、「東京朝日新聞」に連載途中であったが、これを「報告文学」と名指すものは、まだ誰もいなかった。[6]

しかし、このような方法論を伴わない半ば骨抜きの「報告文学」的精神なるものは、一九三七年七月の日中戦争勃発を契機に、〈戦争〉という、あまりにも明確な対象を得ることで、やや事情が異なってくる。例えば戦争勃発以降の新聞は、こぞって記者の日記、手記形式をとった「従軍記」を、毎日のように、それも何本も並行して掲載し始める。その中でも記事の大きさで目を引くのは、一九三七年八月二〜四日の「読売新聞」朝夕刊の一面を飾った松井記者による「本社機決死的観戦飛行」（八月二日）「暁の空爆戦初の従軍記」（八月四日）といった大々的な写真入り従軍記の連載である。八月二日の記事は「余は無事任務を果し得た喜びと、上空にまざ〳〵とみた空陸皇軍の勇敢なる活躍ぶりにいま感激で一パイである」と記され、「余」という一人称とともに、この文章を書いている「今・ここ」の水準があからさまに表出し、その状況が、写真によって確認できる構造をもっている。この連載の終了後、同紙で今度は「武藤夜舟少佐陣中手記」が、八月一〇日〜一五日まで連載されている。その冒頭部分（八月一〇日）をみてみよう。

駐屯軍司令部における挨拶もそこそこに余は笈を開くひまもなく即夜戦線に向ひまづ硝煙の豊台

に画帳をひろげた、（中略）あるときは銃砲弾の下をくゞり、あるときは泥濘膝を没する戦線を将兵とともに駈けめぐり親しく皇軍の奮戦ぶりを観、暴戻支那軍の狂態ぶりをもつて観ることを得た、余は禿筆を顧みずあへて陣中においてペンを執らんとす、幸にこれによつて聊かなりとも北支の実情、皇軍の活動の実際を伝へることが出来れば幸ひである

松井記者の記事と同様に「余」という一人称、そして何よりも「硝煙の豊台に画帳をひろげ」、そして傍線部「陣中においてペンを執らんとす」というように、戦場の真っ只中の「今・ここ」で、他ならぬこの文章を記しているという、事実そのものに、この手記の価値があるといってよい。同一紙面上に大きく掲載された倒壊した家屋の写真は、ことさら生々しいまでの「皇軍の活動の実際」を伝えているだろう。また、新聞の連載記事といった形式は、その日その日の行動を逐一報告していくというように、語りの時点が出来事に対して後置的にずれ込んでゆく日記形式を要請してゆく。

このような新聞記事における特徴は、各新聞社、雑誌社から特派員として派遣された吉川英治、三好達治、林房雄、尾崎士郎ら、いわゆる文学者の戦況報道にも同様に確認できる。[7] 例えば林房雄「上海戦線」（「中央公論」一九三七・一〇）もまた、九月三日から八日までの六日間を語るこの文章は、各日の体験や伝聞を綴っていくという日記形式をとっている。特徴的なのは、その日の出来事を語っている水準の中に、突如として以下のような水準が挟み込まれることである。

（今、この文章を書いてゐるのは、午後四時四十五分ですが敵の砲撃はすでに三時間以上も続き、あたりは弾丸の破裂音と飛行機の轟音で耳も破れるばかり、時々は弾の破片か榴散弾がパラパラピシンと屋根の上にはねかへります。筆をとるよりも蒲団をかむつてゐたいところですが、蒲団をかむつても始まる話でないから、当ればそれまでで、どうでもなれと、力の抜けかゝる腹に力を入れて書きまくつてゐる次第なのです。だが、もう疲れました。あとは明日でも書きつゞけることにしませう。）

自分が、傍線部「今、この文章を書いてゐるのは」、どのような状況であるのか、を露骨に示すこの文章もまた、「今・ここ」の水準といった形式面だけに注目するならば、先の新聞記事と変わるところはない。林の場合、執筆している「今・ここ」の言説は、丸括弧「（……）」で括られて示されている。顕著な例としては、一頁ほとんど全てが丸括弧で括られている場合もある。また「（あとで解ったのですが、……）」というように、出来事よりも後に入手した情報も、この水準から付け加えられ、その日の出来事を執筆している自分が、「今・ここ」において、どのような状況でペンを握っているのかが、絶えず明確に示されている。

一九三七年後半期、日中戦争を契機に突如膨大な言説量によって流通をはじめる戦況報道は、このように、書く「今・ここ」の水準と、語られる出来事の「今・ここ」の水準を、両者の時間的な距離の近さを前提として、丸括弧といった表記や、新聞というメディアの特性を利用することで、この二つの水準を自在に往還する文体で構成されている。

成田龍一「「戦争」の語り　日中戦争を報告する文体」（同『〈歴史〉はいかに語られるか』所収、日本放送出版協会、二〇〇一・四）では、一九三〇年代の戦場を語る文体について「外部」から「事後」的に語る方法（「客観性や全体性を提示」）と、「内部」から「同時」に語る方法（「当事者の個別性がより強調」）といった二つの方法が実践されたことを指摘した上で、それらがいずれも「個を全体に回収する語り」へと収斂していることを指摘している（一六八頁）。その指摘を、これらの戦況報道に重ね合わせてみるならば、まさに書く／書かれる「今・ここ」といった二つの水準の接続は、戦場の「内部」から発信され、その「同時」性が形式的に示されることで、より「当事者の個別性」が強調されることを示しているだろう。とするならば、これらの戦況報道が一体どのように「報告文学」と名指され、そして執筆者が、どのような条件で「当事者の個別性」としての「ヒユマニズム」を獲得していくことになるのかを次に検討しよう。

三　荷担の積極性が報告書となつたもの――「報告文学」と「ヒユマニズム」

前節で考察した戦況報道を、敢えて新聞記者の戦況報道と、文学者の戦況報道と二つに分類してみるとき、当時評価が高かったのは、圧倒的に前者であった。例えば徳永直「報告文学《ルポルタアジユ》と記録小説」(「新潮」一九三七・一二)は、これら二つの戦況報道を比較しながら、以下のように述べている。

今日まで、吉川英治や木村毅やの大衆作家を含めての現地報告文学で、戦線の塹壕にある兵士達の苦労や心理にまだ到達したものはないといつてよからう。(中略)

この点大毎派遣記者「平田、柿本遭難記」は、肉体的な困難を以て、それに到達したところの、最近の佳きルポルタアジユである。東日十九日夕刊から二十日までに分載された「遭難記」は単に出来事のめづらしさのみでなく、自身の生命を賭けて敵地から脱出したといふ事情が、素朴で強勁な言葉でつづられ、前記三作家のルポルタアジユよりもはるかに立派な文学性を賦与してゐる。一般に新聞記者に文学は書けないといふ通り相場が、この一事によつて覆へされたものであり、そして平常に比較的無味乾燥な現地報告ばかりものしてゐる新聞記者に、何故にそれをなし得たかといふことの解明は、単にルポルタアジユのみでなく、文学そのものの本質を解明する鍵ともなるであらう。

徳永は「作家」の「現地報告文学」と、「新聞記者」の「ルポルタアジユ」を比較しながら、後者に軍配をあげていることは、一読すればわかる。問題は「作家」「文学」そのものを相対化することによって、「文学は書けない」新聞記者が書いた「無味乾燥な現地報告」である「ルポルタアジュ」から、傍線部のように「文学性」が逆説的に発見され、それらの言動が、「報告文学《ルポルタアジュ》」と名付けられていることだ。[8]このように一見制度的な〈文学〉を否定しているようにも読めるこの徳永の文章は、実は、全ての戦況報道を「文学性」といった基準によって、自己の主張する「報告文学《ルポルタアジュ》」へ収斂させようとするあまり、それが指す領域が逆に肥大化してしまっていることがわかる。このことは徳永に限らず、前節で検討した、松井記者の記事と、武藤少佐の陣中手記もまた、「戦争文学」の傑作とも、あるいは「スケールが大きくもあり、コクもあった」と賞賛され、[9]さらに、ラジオ放送の朗読までが「ルポルタージュ」と呼ばれたことを考えてみれば、[10]当時「報告文学」が指示する範囲は、とてつもなく広大な領域であったといえるのだ。つまり「報告文学」とは、これといった決定的な領域が前提として存在せず、〈文学〉を含めたさまざまなメディアの交叉上の結節点を指示する、さしあたっての名称なのだ。重要なのは、「報告文学」というジャンルが「文士」だけにではなく、実際に現場を体験した当事者がくぐり抜けたであろう「自身の生命を賭け」た体験を描くことをその報告者に要求し、そこで紡ぎだされる「素朴で強勁な言葉」こそが「文学性」と呼ばれたことだろう。そのことを、三好十郎「最後の真実報告文学への一疑問」（「都新聞」一九三七・一二・三）は、以下のように述べている。

僕の気持では、林房雄や尾崎士郎や榊山潤その他の観戦記は、大変読みたいし、読めばそれぞれに立派だから打たれる。しかし更に読みたく、且更に打たれるのは武器を取つて戦つてゐる、又は戦つた人の書いた一枚のハガキである。

石川達三の小河内村の事を書いた作品も読みたく、読めば必ず相当に動かされるけれど、しかし更に読みたく、更に動かされるのは現に小河内村に身を以て生きてゐる百姓の手紙や小学生の綴り方なのだ。

三好が述べる「石川達三の小河内村の事を書いた作品」というのは、「日蔭の村」（「新潮」一九三七・九）のことで、ダム建設（現奥多摩湖）によって、水底に沈む小河内村に材をとった作品である。この作品をやや批判的に捉えながらも、三好がことのほか重要視するのは、「武器を取つて戦つてゐる」人たち、あるいは、水底に沈む小河内村に「身を以て生きてゐる」人たちが書いた言葉なのだ。一様に「文士」らの戦況報道よりも、新聞に掲載された従軍記や、陣中手記に評価が集まる理由は、報告者が事件や現場に対してどのような立場にあったのか、その当事者性がことさら重視されていたからに他ならない。

同様のことは、この時期の中野重治の発言にも確認できる。中野は「報告文学とリアリズム」（「都新聞」一九三七・九・二四〜二七）で「報告文学では筆者が実際にも報告者でなければならぬ。」とし、その「報告者」の位置を「筆者が、その事件なり何なりに、陰にか陽にか荷担して、その荷担の積極性が報告書となつたものでなければならぬ。」と述べ、その「荷担の積極性」を、以下のような例を引きながら述べる。

「チャパーエフ」が報告文学として通用するわけは、また文学的に非常に高い成果を収めたわけは、フールマノフ自身があの戦闘にまつさきに駆けて戦つた事実、戦争最中にも、機関銃をうつたと思えばすぐ垣の陰なんかで手帳に記録や報告を取つたという事実、このことにかかつている。

中野は、引き続き「ルポルタージュについて」(「文藝春秋」一九三七・一二)で、石川達三「日蔭の村」(前出)を引き合いに出しながら、「報告文学は、文学一般の性質を持つと同時にどこまでも報告でなければならぬ。」といい、「どこまでも特定の時、場所、人物といふ事実上の条件に直接結びついてゐる」ことが重要であると繰り返し述べる。

このように、三好十郎と中野重治の議論においては、描写のリアリティはほとんど問題になっていない。むしろ重要なのは「武器を取つて戦つてゐる」といった状況であり、また「現に小河内村に身を以て生きてゐる」といった立場、中野の語を借りれば「荷担の積極性」こそが〈事実〉として捉えられているのだ。[11] よって、この時期の戦況報道も含めた「報告文学」とは、このような「荷担の積極性」、つまり、現場における当事者性を執筆者に要請していったといえるのだ。その時表現されるのは、自分がどのような状況でペンを走らせているのか、現場とどのような関係性を持っているのか、といった、あまりにも直接的な当事者性にほかならない。語りの形式における、書く「今・ここ」の表出は、このような当事者としての「荷担の積極性」をあぶり出すのに必要不可欠な形式であり、言説生産の起源を明らかにする形式で書かれた「一枚のハガキ」こそは、まさに「報告文学」の理想であり、「ヒユマニズム」の表れといえる。そこでは、内容が〈事実〉であるのかどうかといったことは既に問題ではなく、執筆者の「荷担の積極性」こそが最大の問題としてクローズアップされていたのだ。「報告文学」に求められたのは、そのような「ヒユマニスト」な身振り＝「良心の表示」に他ならなかったのである。この地点から、日記、書簡形式でつづられ、自在なまでに書く「今・ここ」の水準が挟み込まれる火野葦平「麦と兵隊」(「改造」一九三八・八)、「土と兵隊」(「文藝春秋」一九三八・一一)までの距離は、さほど遠くはあるまい[12]。

では同じく、「好個の報告文学」と呼ばれ、その筆者の「ヒユウマニズム」が、色濃くにじみ出た作品として考えられた「濹東綺譚」の文体構成について、次に検討してみよう。

四　そのまま記述したのに過ぎない――『濹東綺譚』と「報告文学」

「濹東綺譚」を語る文体の特徴は、語る／書く行為と、それによって生起する、語られる出来事が相互に連関しながら、「今・ここ」をめぐる物語の時間を構成していく点にある。物語は、それぞれの場面の直後に語りの位置を想定することが可能で、物語言説は接ぎ木のように生産されていく。[13]

例えば「濹東綺譚」は、全一〇章と「作後贅言」から構成されている。展開される時間軸を示した本文に注目して場面ごとにわけると、以下①～⑧のようになる。

①「夕風も追々寒くなくなつてきた或日」（第一章）
②「六月末の或夕方である。」（第二～三章）
③「小説「失踪」の一節」（第四章）
④「梅雨があけて暑中になると、」（第五章）
⑤「もう三月になるわネエ」（第六～八章）
⑥「九月も半ちかくなつたが」（第九章）
⑦「季節は彼岸に入つた」～「十月になると」（第十章）
⑧「作後贅言」

「濹東綺譚」は、①「夕風も追々寒くなくなつて来た或日」（第一章）から⑦「十月になると」（第十章）までの、つまり、春先から十月頃までの、八～九ヶ月間の時間的持続をもった物語であることがわかる。

しかし、物語ではこの持続が均一に語られることはない。①で春先の出来事が語られ、そこから語られない数ヶ月の空白があり②「六月末の或夕方」の出来事が第二〜三章の二章分の物語言説を費やして語られる。そして③「小説「失踪」の一節」(第四章)が挿入されたあと、④第五章で夏の到来が語られ、次に⑤お雪の「もう三月になるわネエ」という言葉から、物語の現在時は一気に九月上旬頃と想定される「その夜」(第六章)へと飛ぶ。そしてこの場面では「その夜」の出来事が物語中最長の第六〜八章と三章分の物語言説によって語られる。つづいて⑥では、九月半ばの「その日」(第九章)の出来事が語られ、⑦では、九月中旬〜一〇月下旬までの持続が第十章の一章で語られる。

「濹東綺譚」は、このように①から②の間のように全く語られない空白の時間もあれば、⑤「その夜」(第六章)で示される、たった一晩の出来事に三章分の言説を費やして語られることもあり、また、それとは対照的に、⑦では、約一ヶ月半の持続が、第十章のたった一章分の言説で語られてしまうこともある。つまり「濹東綺譚」は、物語の時間的持続と、それを語る物語言説のバランスを著しく欠いたテクストだといえるのだ。

このように、持続と語りのバランスを欠いてしまう理由の一つは、作品中何度も現われる語り手「わたくし」の自己言及である。例えば、第三章に挿入される「為永春水の小説を読んだ人は、」以下の「剰語」は、具体的な語りの水準を表している。そこでは「お雪」との出会いに関して、「実地の遭遇を潤色せずにそのまま記述したのに過ぎない。何の作為も無いのである。」「事実の描写を傷つけるに忍びなかつた。」と、あくまで〈事実〉の描写であることが強調され、さらには「この夜の出来事が、全く伝統的に、お誂通りであつたのを、わたくしはかえつて面白く思い、実はそれが書いて見たいために、この一編に筆を執り初めたわけである。」と、この言説が記される動機、理由が記されている。この言説は、第二章から始まる「六月末の或夕方」における「わたくし」と「お雪」の出会いの直後が、その語りの時間的位置として想定できるだろう。さらに検証していけば、このような物語の現在時を中断する「わたくし」の自己言及を、⑤では三回確認することができ、それゆえ結果的に、物語言説は長くなり、この場面は、「その夜」に対して、物語中最長の三章分の物語言説が費やされている。そして、これらの自己言及の存在は「わたくし」の語りの時間的位置が、これらの場面のすぐ直後であることを示していくことになる。

このように、「濹東綺譚」の時間構成は、語りの位置が、それぞれ①〜⑦の場面に対して、その直後に位置するといった、日記にも似た形式をもっている。また、本文中何度もあらわれる「わたくし」の書くことへの自己言及は、書く「今・ここ」といった現場の水準を表出しており、先に分析した「報告文学」との形式的な一致を確認することができる。

しかし「濹東綺譚」が「報告文学」といったジャンルに召喚されてしまうのは、なにもこのような形式的な一致ばかりではない。そこには「濹東綺譚」の、主なる舞台が玉の井であったことが、大きく関与している。玉の井は、その誕生から既に、「調査」「探検」が必要な「魔窟」として表象され、一九三〇年代には、電車やバス、タクシーをはじめとする交通機関の発達、道路建設の進捗も相俟って、そのまなざしがさらに強化されていった時期に当たる。[14] このように「魔窟」「調査」「探検」といった境界が刻印された街を描くことは、それが一戸務のいうように「人間最悪の地」であればなおさら、小松が述べる「発見の、或は暴露の文学」の要素を多分に含んだ「報告文学」として考えることが可能になる。[15] それゆえに、「濹東綺譚」は、玉の井を「今・ここ」をめぐる語りのうちに描いた「荷担の積極性」が示された作品として受容され、一戸務は、荷風を「モラリスト」として賞賛し、佐藤春夫もまた、「報告文学」との関連から、荷風の「ヒユマニズム」を激賞するに至るのだ。

しかし、徳永直が〈文学〉を対象化し、「報告文学」を論じながら逆説的に「文学性」を発見してしまったように、「濹東綺譚」もまた、このような「報告文学」の形式を有しながらも、河上徹太郎がいうように「抒情小説」として受容されたことも、また事実なのだ。

わたくしは年々秋風秋雨に襲はれた後の庭を見るたび〳〵紅楼夢の中にある秋窓風雨夕と題された一篇の古詩を思起す。（中略）そして、わたくしは毎年同じやうに、とても出来ぬとは知りながら、何とかうまく翻訳して見たいと思ひ煩ふのである。（中略）

前の夜もふけそめてから月が好かつたが、十五夜の当夜には早くから一層曇りのない明月を見た。わたくしがお雪の病んで入院してゐることを知つたのは其夜である。（第十章）

前述したように、「濹東綺譚」は、語り手である「わたくし」の自己言及によって「今・ここ」で書いていることが明確に示された語りの水準と、語られる出来事の水準の時間的近さを示している。それと同時に、この引用部分では括復法と単起法の交錯によって、物語の時間が構成されている。この第十章では、「わたくし」の波線部「年々」「たび〳〵」「毎年同じやうに」に繰り返される行為の時間的振幅から、傍線部「当夜」「其夜」といった一時点が引き出されて語られている。[16] つまり「濹東綺譚」には、「報告文学」との形式的な一致と、そこから逸脱する語りの方法を確認することができるのだ。

しかし、これらの語りが「報告文学」のそれと決定的に異なるのは、その帰結点である。単起法と括復法の交錯のうちに紡ぎ出される「今・ここ」の水準が、「報告文学」では専ら報告者が位置する現場であったとするならば、「濹東綺譚」は、全く同じ語りの方法を採りながらも、「毎年同じやうに」変わらぬ風景と、眼前に繰り広げられる「今・ここ」の風景を同時に描写することを可能にし、さらにはそれが「紅楼夢の中にある秋窓風雨夕と題された一篇の古詩」といった古典的な文学作品を実際に引用することで、「抒情」ともいうべき、抽象的な〈文学〉へと帰結することになるのだ。

確かに「濹東綺譚」は、このようにある一つの文体に対して、政治性を盛り込めば「報告文学」「ヒユマニズム」といった領域と結びつき、かたや「活動写真」といった「依然としてむかしの廃語」（第一章）を頑なに用いる「わたくし」の旧懐が込められた回路からは、至って「抒情」的な〈文学〉が見出されることになる。しかし問題は、「濹東綺譚」が、このような読解の多様性を含んでいたということではない。むしろ問題とされるべきは、「濹東綺譚」をこのような一義的な評価に決定しようとする時に、およそ無縁な「報告文学」と「抒情」がこの作品上で交錯し、確固たる一つの評価には絶対に逢着することができないという事態なのだ。「濹東綺譚」が、発表当初、平井のいうように「各人各説、十態十様」の評価が出現する理由の一端はここにある。

五　批評精神を、はっきりと露出したもの――『濹東綺譚』その後

ことさら、「諸々の経験的事実」への「荷担の積極性」が求められる精神。このような精神が前面に打ち出された「報告文学」は、翌一九三八年になると、戦況の他に産業といった描写対象を得て、間宮茂輔「あらがね」(「人民文庫」一九三八・三)を筆頭とする、国策のにおいが強い「生産文学」が登場することになる。そして、くどいまでに強調された「ヒユマニズム」の精神は、権錫永「帝国主義と「ヒユーマニズム」」(「思想」一九九七・一二)が明らかにしているように、戦時期のプロレタリア作家たちに確認できる主体の確立、「プロレタリアの代替物」としての「被抑圧者に属する東洋の諸民族」の発見と不可分な関係にある「大東亜共栄圏」思想に合致していくことになるだろう。

このような時代状況の中で、永井荷風「濹東綺譚」について語ること。それは、伊藤整「文芸評論の

危機」（「新潮」一九三七・九）が「混沌とした論壇」の現状を指摘した上で「この作品（引用者注――「濹東綺譚」を指す）に対する批評、その批評の批評ほど、現在の日本文壇の批評精神を、はつきりと露出したものはない」と述べるように、ある意味「濹東綺譚」を論じる者の、当時の「批評精神」を表明したものに他ならなかった。つまり「濹東綺譚」をめぐる様々な評価は、「抒情」といった〈文学〉的側面を称揚するのか、あるいは「報告文学」の「文学性」を称揚するのか、といった方向性を論者が示すことで、一九三七年という時代状況に、論者がどのようなスタンスで反応したのかを明確に示すリトマス試験紙だったといえるのだ。

しかし、このように一つの評価に確定しようとしても、それとは異なる評価に辿り着くことになる「濹東綺譚」の受容は、戦後、荷風が「勲章」（「新生」一九四六・一）、「踊子」（「展望」一九四六・一）、「浮沈」（「中央公論」一九四六・一〜六）など、戦中に書き続けていた作品を一挙に発表するに及び、次第に評価が一面的になってゆく。小田切秀雄「荷風の近作」（「新小説」一九四六・二）は、「濹東綺譚」を「日華事変開始当時の張りつめた世上の気分に荷風なりに劇しく対立拮抗しながら書かれた作品」と述べている。このように、荷風を戦中の抵抗者として、以前とは全く異なる「ヒユマニズム」を称揚することは、冒頭で述べた平野の評をはじめとして、それ以後の荷風研究における暗黙の前提とさえなっていった。[17] このような論調から事後的に確認できるのは、現在の文学研究が日中戦争期に格好の抵抗者を欲し、その欲望のなかで「永井荷風」、そして「濹東綺譚」を受容してきたことだろう。

一九三七年後半、「濹東綺譚」は「好個の報告文学」と目され、その作者「永井荷風」もまた「ヒユマニスト」であった。この忘れられた側面と、それを忘れてしまおうとした〈文学〉的な欲望に、われわれは今しばらく自覚的になる必要があるのではないだろうか。

【注】

第一章

1 坂上博一「「つゆのあとさき」論――「腕くらべ」との比較を主に――」(「明治大学教養論集」第八四号、一九七四・一)。その他、同様の見解として宮城達郎『永井荷風』一一六頁(明治書院、一九六五・一〇)、網野義紘『永井荷風』一〇八頁(清水書院、一九八四・一〇)、高橋俊夫「「つゆのあとさき」作品論集　解説」(同編『永井荷風『つゆのあとさき』作品論集』所収、三五三頁、クレス出版、二〇〇二・六)がある。

2 宇野浩二「文学の眺望」(「改造」一九三一・一一)は「この作の中で、生きてゐる人間は君江一人で、あとは作者が頭の中で造り上げた人形にしかなつてゐない」とし、河上徹太郎「文芸時評」(「改造」一九三一・一一)はさらに「人物は総て(君江すら!)新派悲劇めいており、お話は古びた色刷の東京名所絵葉書みたいだ。」と述べている。

3 宮本顕治「文芸時評」(「中央公論」一九三一・一一)もまた「単なる好色的情景への露骨な興味が、此の作品を一貫する支配調だ。此の作品は彼の芸術の道程から云つても退化以外のものではない。」としている。

4 ＯＰＱ「文壇オベリスク」(「新潮」一九三一・一一)もまた「昭和初年代の春本」であると指摘している。このことは「中央公論」初出時において伏字が夥しかったという事情が大きく関連していると思われる。なお「つゆのあとさき」の伏字についての経緯は実際に初出発表の際に原稿の整理を担当した日高基裕「荷風氏の新著『つゆのあとさきについて』――その伏字と装釘――」(「書物展望」一九三二・一)に詳しい。

5 吉田精一「つゆのあとさき」(同『永井荷風』八雲書房、一九四七・一二)には、後述する広津和郎の批判についての言及がある。平岡敏夫「『つゆのあとさき』――谷崎潤一郎の批評に拠りつつ」(「国文学　解釈と鑑賞」二〇〇二・一二)は、この吉田論を紹介しながら、広津和郎の批判と谷崎評の対照性を指摘している。

6 正宗白鳥「文芸時評」(「文藝春秋」一九三一・一一)は「老人の漢学者や、鶴子夫人など、附けたりの人物は、生気のない型の如く、文学者清岡の取扱ひ方も浅薄である。」と批判している。

7 本章に限らず、本書全体においてテクストを分析する際に用いた「単起法」「括復法」といった用語は、ジェラール・ジュネット（花輪光＋和泉涼一訳）『物語のディスクール　方法論の試み』（原書一九七二、水声社、一九八五・九）の「Ⅲ頻度」（一二七〜一八四頁）を参考にした。

8 「つゆのあとさき」と、当時の女給像についての論考は、馬場伸彦「「カフェ」と「女給」のモダニズム試論」（「淑徳国文」第三九号、一九九八・三）、川本三郎「モダン都市東京と私娼　永井荷風の作品を中心に」（青木保他編『近代日本文化論8女の文化』所収、岩波書店、二〇〇〇・二）、荒川澄子「〈女給〉の生の周縁――「つゆのあとさき」小論――」（「永井荷風研究ノート2」二〇〇七・三）がある。なお塩崎文雄「モダニズムの倒像――『つゆのあとさき』の風俗を読む」（「和光大学人文学部紀要別冊エスキス」第九二号、一九九二・六）は同時代の風俗調査の詳細を極めている。

9 広津和郎「女給」は、一九三〇年八月〜一九三一年三月連載分が『女給小夜子の巻』（中央公論社、一九三一・三）、一九三一年四月〜一九三二年二月連載分が『女給君代』（同一九三二・三）として刊行される。引用は『広津和郎全集第五巻』（中央公論社、一九七四・九）に拠った。なおこの作品は後に菊池寛のモデル問題へと発展していく。またこの作品には、永井荷風とおぼしき「文壇の有名な老大家」である「細井春潮」が登場する。

10 古屋健三「理想の女『つゆのあとさき』の世界」（同『永井荷風冬との出会い』所収、朝日新聞社、一九九九・一二）において、両作品に「嫉妬、復讐がドラマの主要な動機をなしている」（三〇七頁）と主題論的な一致を指摘している。

11 『東京大阪両市に於ける職業婦人調査（女給）』（中央職業紹介事務局、一九二六・三）には、女給に配布したと思われる「調査票」（五頁）が掲載されている。そこには、年齢、出身地、家族構成など様々な質問の最後に「あなたの将来に就て何んなお考へを持つて居られますか真面目に考へて書いて下さい」という記入欄がある。

12 小松直人『Ｃａｆｅ　Ｊｏｋｙｕ　ｎｏ　Ｕｒａｏｍｏｔｅ』（二松堂、一九三一・五）も、同様の手法を採っている。小松は「女給のイデオロギー」という項で、女給本人にインタビューを試み「わたし」という一人称によって彼女たちに自身の生活を語らせようとしている。その他、大林宗嗣『女給生活の新研究』（巌松堂書店、一九三二・一）などにも「A食堂H子の告白（記者とH子の問答）」（一五四頁）、「N食堂〇〇子の談話（昭和四年一月十六日）」（一五七頁）というようなインタビューがある。

13 それと同時に、当時は草間八十雄『女給と売笑婦』（汎人社、一九三〇・二）のタイトルが明確に示すように、女給と私娼との区別が曖昧になっていたことにも注意したい。

14 広津和郎「この頃の感想　身を売るような芸」(「東京朝日新聞」一九三二・三・七)

15 石内徹「『つゆのあとさき』の前後――『断腸亭日乗』を視点として」(「碣」第一号、一九七九・三、同『荷風文学考』所収、クレス出版、一九九九・七)

16 伊藤整「文学技術の速度と緻密度」(「文芸レビュー」一九三〇・一〇)

17 小林秀雄「文芸的イリュージョンについて」(「東京日日新聞」一九三一・七・二八)

18 『下谷叢話』における〈歴史〉の叙述方法として、資料のザッピング的配置が「つゆのあとさき」における物語の断片化と焦点化される人物の頻度の高い切り替えにつながると考えられる。詳細は、拙論「〈歴史〉の叙述《スタイル》――永井荷風『下谷叢話』の可能性」(志學館大学人間関係学部「研究紀要」第三七巻、二〇一六・一)参照。

19 「濹東綺譚」の時間構成については第六章参照のこと。

第二章

1 永井荷風「ひかげの花」は、初出より戦争をはさみ一二年後の一九四六年九月に、単行本化(中央公論社)されている。その際、中扉、奥付には「日かげの花」、表紙平・背には「ひかげの花」と記載されており、題名の表記は統一されていない。本書では、これまでの研究史、一般的な言及に倣い「ひかげの花」と表記することにする。

2 板垣公一「『ひかげの花』論――虚無的思想から幸福の原点へ――」(「名城商学」第四六巻、一九九七・一)

3 同様の見解として、宮城達郎『永井荷風』三六頁(明治書院、一九六五・一〇)、磯田光一「濹東の秋」(同『永井荷風』所収、講談社、一九七九・一〇)、川本三郎「モダン都市東京と私娼　永井荷風の作品を中心に」(青木保他編『近代日本文化論8女の文化』所収、岩波書店、二〇〇〇・一)などがある。

4 小林一郎「荷風作「ひかげの花」論」(「文学論藻」第五九号、一九八五・二)

5 笹淵友一「ひかげの花」(同『永井荷風―堕落の美学者―』所収、二八二頁、明治書院、一九七六・四)

【注】

6　石内徹「『ひかげの花』――反近代の文学――」（同『荷風文学考』所収、一四三頁、クレス出版　一九九九・七）

7　菅聡子「ヒモと〈女〉と――荷風小説の夢のあと」（隔月刊「文学」第一〇巻第二号、二〇〇九・三＋四月）は荷風作品に登場する〈男〉を類別しながら、「ひかげの花」の中島重吉を「ヒモの心得とは、女を踏みつけにしつつ、それに気づかないふりをし続けることだ。」としている。

8　この対極的な評価は、それなりの話題を提供する結果になった。大伴女鳥「豆戦艦」（「東京朝日新聞」一九三四・一一・六）、近松秋江「小説の嘘」（「読売新聞」一九三四・一一・二五）、杉山平助「文壇幕ノ内」（「中央公論」一九三四・一二）、窪川鶴次郎「作家の態度と創作方法管見二」（「東京日日新聞」一九三四・一二・五）などが言及している。

9　菊池寛「下手な荷風」については未見。本章では、後述の正宗白鳥「荷風とチェーホフ」冒頭の引用に拠った。『菊池寛全集』全二四巻（高松市菊池寛記念館、一九九三・二）、及び補巻全五巻（武蔵野書房、一九九九・二）ともに未収録。掲載雑誌そのものを発見することができなかった。ただ「文藝春秋」（一九三四・一〇）一三一頁に掲載された「文藝放談」一〇月号の広告からタイトルを知ることができる。

10　窪川鶴次郎「最近の文学と自我の問題」（「文藝」一九三四・一〇）、天是星「蝸牛の視覚　大衆文学と荷風」（「東京日日新聞」一九三四・一一・二四）、杉山平助「昭和九年の創作界」（「新潮」一九三四・一二）など。

11　同様の傾向を指摘した評として、上司小剣「文芸時評」（「文藝春秋」一九三四・九）、近松秋江「永井荷風氏のひかげの花」（「読売新聞」一九三四・七・二七）、同「銀座街の四老人　中」（「読売新聞」一九三四・八・一二）などがある。

12　高橋俊夫「『ひかげの花』談義」（同『荷風文学閑話』所収、笠間書院、一九七八・一）には「別表」（九六〜九七頁）として、主要登場人物ごとの年譜が詳細に整理されている。

13　「つゆのあとさき」も、ほぼ同様の時間構成によって登場人物たちの回想の挿入を可能にしている。詳細は第一章参照。

14　永井良和『風俗営業取締り』三三頁（講談社選書メチエ、二〇〇二・四）

15　性病予防に関する法律については山本俊一『日本公娼史』（中央法規出版、一九八三・三）に詳しい。

16　「円宿」については井上章一『愛の空間』一九一〜二四九頁（角川選書、一九九九・八）に詳しい。

17 引用は同『物語・女市場』復刻版（展望社、一九八二・一）に拠った。

18 一九三〇年前後における当時の私娼（窟）、特に玉の井をめぐる言説については、第五章参照。

19 道家斎一郎『売春婦論考』（史誌出版社、一九三二・六）は「散娼」の実態を知る数少ない資料である。「昭和元年に麹町警察署の検挙」によって明らかになった三九名の実態を、「年齢」「職業」「学歴」「環境」「動機」「生活状況」といった調査によって示している。

第三章

1 「永井荷風読本」（「文芸」臨時増刊、一九五六・一〇）

2 「文学」（第三巻・第三号、一九九二・七）、なおこの号は永井荷風特集である。

――以下の注は本文とも対応しているが、テーマ別に分類した参考文献目録でもある。

▼「濹東綺譚」研究史

（Ⅰ）「濹東綺譚」以前の評価

3 谷崎潤一郎「永井荷風氏の近業について――『つゆのあとさき』を読む」（「改造」一九三一・一一）

4 正宗白鳥「永井荷風論」（「中央公論」一九三二・四）

5 中村光夫「永井荷風論――文芸時評」（「文学界」一九三四・九）

（Ⅱ）「濹東綺譚」研究史総まとめ

6 高橋俊夫編『永井荷風『濹東綺譚』作品論集成』全四巻（大空社、一九九五・三）には一九三七年から一九九三年までの主なる論考が収録されている。

（Ⅲ）〈事実〉としての「濹東綺譚」

7 三國一朗「一冊の本　永井荷風『濹東綺譚』」（「朝日新聞」一九六三・四・七）

8 佐藤春夫「荷風先生の文学――その代表的名作「濹東綺譚」を読む」（「東京朝日新聞」一九三七・七・一四〜一六）

【注】

9　同「濹東綺譚を読む」（「文芸」一九三七・八）
10　XYZ「スポット・ライト」（「新潮」一九三七・一一）
11　無署名「濹東綺譚の〝お雪〟を探る」（「日本読書新聞」一九三七・九・五）
12　宮城達郎「「濹東綺譚」の含む諸問題」（「国語と国文学」一九五五・一二）
13　相磯凌霜「餘話」（『永井荷風選集第二巻』所収、東都書房、一九五六・七）
14　結城信一「濹東綺譚前後」（「三田文学」一九五六・八）
15　高橋俊夫「『濹東綺譚』と荷風日記（断腸亭日乗）」（同『西鶴論考』所収、笠間書院、一九七一・六）
同「荷風文学と濹東」（「紀事」一九七四・一〇）
16　大野茂雄「玉の井の女」（同『荷風日記研究』所収、笠間書院、一九七六・三）
17　秋庭太郎「「濹東綺譚」好評附お雪モデル考の事」（同『荷風外傳』所収、春陽堂、一九七九・七）、「お雪」のモデルとされている人物の写真は図版56に目隠しが施され掲載されている。
18　小門勝二「新濹東綺譚　去った女の姿を求めて玉の井ラビリントに出没する荷風のウラ話」（「文芸春秋」一九五九・一〇）
大林清「「濹東綺譚」のモデル雪子の恋」（「現代」一九七四・一二）
同「被虐の女　お雪の末路」（「現代」一九七四・三）

(Ⅳ)「濹東綺譚」の「わたくし」をめぐって

19　萩原朔太郎「漂泊者の文学――荷風氏の濹東綺譚を読む」（「文芸」一九三七・七）
20　平野謙「永井荷風――『濹東綺譚』を中心に」（『岩波講座文学の創造と鑑賞Ⅰ』所収、岩波書店、一九五四・一一）
21　成瀬正勝「荷風と「やつし」」（「明治大正文学研究」第一〇号、一九五三・五）
22　吉田精一「永井荷風の文学史的位置」（「国文学　解釈と鑑賞」一九六〇・六）
23　高橋俊夫「「濹東綺譚」と近世文学」（「近世文芸」第一九号、一九七一・四）
24　坂上博一「『濹東綺譚』論」（宮城達郎編『永井荷風の文学』所収、桜楓社、一九七三・五）

25 森安理文「濹東綺譚――やつしの美学――」（同『永井荷風　ひかげの文学』所収、国書刊行会、一九八一・一二）
26 江藤淳「永井荷風論――ある遁走者の生涯について――」（「中央公論」一九五九・九）
27 平野謙「のみこめぬ論断　江藤淳「荷風論」に」（「読売新聞」夕刊、一九五九・九・二九）
江藤淳「当然の論理操作　平野謙氏に答える」（同、一九五九・九・三〇）
平野謙「批評に主体的リアリティを」（同、一九五九・一〇・二）
江藤淳「進んで現実へ参加を」（同、一九五九・一〇・五）
平野謙「どう生きたかを追求」（同、一九五九・一〇・六）
28 笹淵友一「濹東綺譚」（同『永井荷風――「堕落」の美学者』所収、明治書院、一九七六・四）

（Ⅴ）「濹東綺譚」の語り・人称

29 中澤千磨夫「「濹東綺譚」序論――装置としての大江匡――」（「異徒」第五号、一九八三・四）
30 劉建輝「『濹東綺譚』論――内包された二人の〈わたくし〉を手掛かりに――」（「国文学研究ノート」第二二号、一九八八・八）
31 真銅正宏「人称の解体――もう一つの第一人称――」（「国文学論叢」第一七号、一九九〇・三）
同「『濹東綺譚』の「わたくし」――もう一つの第一人称――」（「解釈」一九九一・五）
32 金子明雄「一人の〈わたくし〉・複数の〈わたくし〉――『濹東綺譚』の領域――」（「日本近代文学」第四八集、一九九三・五）

（Ⅵ）「濹東綺譚」を比較文学から検討してみると

33 平井程一「永井荷風論――読「濹東綺譚」」（「文学」一九三七・一一）
34 吉田精一「濹東綺譚」（同『永井荷風』所収、八雲書房、一九四七・一二）
35 宮城達郎「永井荷風――フランス文学の影響――」（「国文学　解釈と教材の研究」一九六七・一二）
36 磯田光一「墨東の秋――永井荷風（九）――」（「群像」一九七八・三）
37 赤瀬雅子「「濹東綺譚」におけるピエール・ロティの影響」（「桃山学院大学」第一〇巻・第一号、一九七四・一二）
38 重友毅「濹東綺譚論攷」（同編著『濹東綺譚の世界』所収、笠間書院、一九七六・九）

【注】

39 高橋俊夫「「濹東綺譚」と江戸小説」(「国文学　解釈と鑑賞」一九七六・一一)

同「『梅暦』と荷風小説(その風土的連関)――『すみだ川』と『濹東綺譚』を中心に――」(「紀事」一九七七・一二)

同「古川柳と「濹東綺譚」」(「季刊古川柳」一九七八・三)

同「『濹東綺譚』に於ける諷刺の構造・序説」(「日本文芸学」一九八〇・一一)

40 多田蔵人「永井荷風『濹東綺譚』論」(「国語と国文学」第八七巻三号、二〇一〇・三)

41 柘植光彦「濹東綺譚[永井荷風]」(三好行雄編『日本の近代小説Ⅱ』所収、東京大学出版会、一九八六・七)

(Ⅶ)「濹東綺譚」と同時代

①日中戦争との関連

42 正宗白鳥「思い出すまゝに」(「改造」一九三七・七)

43 小田切進「永井荷風『濹東綺譚』」(同『日本の名作』所収、中公新書、一九七四・二)

44 秋庭太郎「「濹東綺譚」好評湧くが如し」(同『永井荷風傳』所収、春陽堂、一九七六・一)

45 桶谷秀昭「『濹東綺譚』と『雪国』」(「文学界」一九九〇・七)

同「『断腸亭日乗』覚書」(「海」一九七四・四)

同「永井荷風」(「正論」一九九一・八)

46 嶋田直哉「「報告文学」の季節――永井荷風「濹東綺譚」の受容から」(「立教大学日本文学」第八九号、二〇〇二・一二)→第八章

②同時代文学との関連

47 鈴木貞美「昭和期の小説――方法の革新と展開に関する覚書」(「昭和文学研究」第一六集、一九八八・二)

同「小説の小説――その日本的発現をめぐって」(『講座昭和文学史第2巻』所収、有精堂、一九八八・八)

48 曾根博義「昭和文学史Ⅱ　戦前・戦中の文学――昭和8年から敗戦まで」(『昭和文学全集別巻』所収、小学館、一九九〇・九)

49 安藤宏「「私小説」の再評価にむけて――「小説家小説」の機能と特質――」(「ソフィア」一九九三・九)

同「「小説家小説」の機能と特質」（同『自意識の昭和文学　現象としての「私」』所収、至文堂、一九九四・三）
50　中村三春「〈純粋小説〉とフィクションの機構――ジイド『贋金つくり』から横光利一『盛装』まで――」（『山形大学紀要（人文科学）』第一二巻・第四号、一九九三・一）

③都市空間論の視点から

51　古屋健三「『濹東綺譚』――この事実の夢――」（『季刊芸術』一九七三・一〇）
52　石内徹「『濹東綺譚』論ノート――遊びの形象――」（『芸術至上主義文芸』第六号、一九八〇・一一）
53　三好文明「『濹東綺譚』論――三十年後の夢――」（『新潟大学国文学会誌』第二〇号、一九七六・一〇）
54　真銅正宏「荷風万華鏡　永井荷風著作解題」（『ユリイカ』一九九六・三）
55　小森陽一「東から西へ、西から東へ――永井荷風の歴史・地政学的軌跡」（同『〈ゆらぎ〉の日本文学』所収、日本放送協会、一九九八・九）

④玉の井をめぐって

56　川崎長太郎「永井荷風」（『群像』一九五九・一一）
57　野口冨士男「それが終わるとき」（同『わが荷風』所収、集英社、一九七五・五）
58　大林清『玉の井挽歌』（青蛙社、一九八三・五）
59　前田豊『玉の井という街があった』（立風書房、一九八六・一二）
60　宮城達郎・坂上博一「「濹東綺譚　付　作後贅言」注釈」（『日本近代文学大系29永井荷風集』所収、角川書店、一九七〇・一〇）
61　高橋俊夫「濹東綺譚私注」（重友毅編著『濹東綺譚の世界』所収、笠間書院、一九七六・九）
同「葛坡考」――「濹東綺譚私注」補遺」（『荷風研究』第六八号、一九七七・三）
同「「濹東綺譚私注」補遺」（『文学研究』第四五号、一九七七・六）
62　島村輝「『濹東綺譚』の方法」（『日本近代文学』第四八集、一九九三・五）
63　石阪幹将「「濹東」の迷路」（同『都市の迷路　地図のなかの荷風』所収、白地社、一九九四・四）

【注】

64　川本三郎「濹東の隠れ里——玉の井」、同「陋巷での安らぎ」、同「「濹東綺譚」と「寺島町綺譚」」（同『荷風と東京　「断腸亭日乗」私註』所収、都市出版、一九九六・九）

65　塩崎文雄「震災復興と文学——『濹東綺譚』の考古学」（原田勝正・塩崎文雄編『東京・関東大震災前後』所収、日本経済評論社、一九九七・九）

同「『濹東綺譚』の考古学」（山根巴・横山邦治編『近代文学の形成と発展』所収、和泉書院、一九九八・二）

同「〈玉の井〉成立考——『濹東綺譚』の考古学」（『和光大学人文学部紀要』三三号、一九九八・四）

66　嶋田直哉「消えたラビリンス——「玉の井」の政治学」（『日本近代文学』第六四集、二〇〇一・五）→第五章

同「「ぬけられます」からぬけでるために——「玉の井」の図像学」（『昭和文学研究』第四五集、二〇〇二・九）→第六章

同「〈玉の井〉の地政学——永井荷風と地図（その1）」（志學館大学人間関係学部『研究紀要』第三五巻一号、二〇一四・一）→第七章

同「〈玉の井〉の地政学——永井荷風と地図（その2）」（『立教大学日本文学』第八九号、二〇一四・七）→第七章

同「〈玉の井〉への道程——永井荷風『断腸亭日乗』と『寺じまの記』を読む」（『現代文学史研究』第二八集、二〇一八年六月）→第四章、

(Ⅷ)　永井荷風の新たなイメージ

①荷風の女性観をめぐって

67　松本哉「墨東の女たち」（同『女たちの荷風』所収、白水社、二〇〇二・一〇）

68　中村良衛「荷風の女性観を論じるということ——『濹東綺譚』などに触れつつ」（柘植光彦編著『永井荷風　仮面と実像』所収、ぎょうせい、二〇〇九・九）

②荷風のライフスタイルに憧れて

69　松本哉『永井荷風の東京空間』（河出書房新社、一九九二・一二）

同『永井荷風ひとり暮し』（三省堂、一九九四・三）

同『荷風極楽』（三省堂、一九九八・一二）
同『女たちの荷風』（前出67）

70 持田叙子『朝寝の荷風』（人文書院、二〇〇五・五）
同『荷風へ、ようこそ』（慶應義塾大学出版会、二〇〇九・四）
同『永井荷風の生活革命』（岩波書店、二〇〇九・一二）

71 持田叙子監修『永井荷風のシングル・シンプルライフ』（世田谷文学館、二〇〇八・一二・一六〜四・六）

72 高山修一『おひとりさま荷風』（崙書房出版、二〇一四・一一）

73 倉科遼（作）・ケン月影（作画）『荷風になりたい　不良老人指南』全四巻（小学館、二〇一六・一〇〜二〇一七・九）。第三集に「荷風の濹東論」Ⅰ〜Ⅵ（二九〜一七二頁）が所収されている。

第四章

1 永井荷風「寺じまの記」は初出時において「残春雑記――鐘の声　放水路　玉の井――」（「中央公論」一九三六・六）と題されて発表された三篇の随筆のなかの「玉の井」であったが、単行本『おもかげ』（岩波書店、一九三八・七）に収録される際に「寺じまの記」と改題され収録された。本論では便宜上「寺じまの記」と記すことにする。

2 永井荷風「濹東綺譚」の連載（「東京朝日新聞」「大阪朝日新聞」夕刊一九三七・四・一六〜六・一五、全三五回連載）に際して木村荘八の挿画が加えられ、その中には玉の井周辺の地図もあった。この地図については第七章参照。

3 一九三六年四月二二日の『断腸亭日乗』には「玉井《ママ》の記をつくる。」とあり、この文章がのちに「寺じまの記」として成立したと推測することができる。

4 「濹東綺譚」と『断腸亭日乗』の比較については高橋俊夫「『濹東綺譚』と荷風日記（断腸亭日乗）」→第三章注14に詳しい。

5 東京市電気局編『東京都市交通統計資料　昭和十一年度』（東京市電気局、一九三六）

6 今和次郎編纂『新版大東京案内』（中央公論社、一九二九・一一）三三頁。

【注】

7　道路建設と玉の井の成立、それらをめぐる荷風の都市認識については第七章参照。

8　秋庭太郎『荷風外傳』（春陽堂、一九七九・七）二八一～二九五頁。なお同書には「お雪」のモデルとなった女性の写真（同書写真56番）が目隠しを施されて掲載されている。→第三章注16

9　荷風が『断腸亭日乗』に描いた玉の井のスケッチと玉の井をめぐる図像の関係については第六章参照。

10　この「略図」や番地表示から理解できる荷風の玉の井の認識については第七章参照。

11　代表的な例を挙げれば、一九三六年一月三〇日「余が帰朝以来馴染みを重ねたる女を左に列挙すべし。」として一六名の女性の略歴が、彼女たちの名前と共に記されている。

12　高谷義重『交通詳解　大東京案内』（平凡社、一九三二・一二）「付図第四十七図」。図中「隅田乗合自動車株式会社」とあるが、実際には一九三一年一二月に京成電鉄が買収している。なお隅田乗合と京成バスの関係については『京成鉄道五十五年史』（京成鉄道株式会社、一九六七・六）二八二～二八六頁を参照した。

13　荷風の玉の井の認識と、同時代における玉の井をめぐる表象との関係については、第五章参照。

第五章

1　永井荷風「濹東綺譚」ははじめ私家版『濹東綺譚』（烏有堂、一九三七・四）として僅かながら世に出、次に木村荘八の挿画が付され「東京朝日新聞」「大阪朝日新聞」夕刊（一九三七・四・一六～六・一五）において全三五回連載。公刊本としては『濹東綺譚』（岩波書店、一九三七・八）が木村荘八の挿画全三四枚を収録して刊行された。なお「作後贅言」＝原題「萬茶亭の夕」（「中央公論」一九三七・一）は私家版、岩波版には収録されているが、「東京朝日新聞」「大阪朝日新聞」連載には収録されていない。このようにいささか複雑な経緯がある「濹東綺譚」の成立については、竹盛天雄「後記」（新版『荷風全集第十七巻』［第二次刊行］、岩波書店、二〇一〇・八）四二〇～四三二頁が的確にまとめている。

2　考現学と玉の井の関係については第六章参照。

3　若林幹夫『地図の想像力』二五～六一頁（講談社選書メチエ、一九九五・六）

4　ジョン・バージャ『イメージ――Ways of Seeing 視覚とメディア』(原書一九七二、伊藤俊治訳、一二頁、PARCO出版、一九八六・一二)。バージャは同時に受容する側にも「イメージについての判断や知覚はわれわれ自身の見方に依存している」と述べている。

5　引用は松井栄一・曾根博義・大屋幸世監修『近代用語の辞典集成』第二〇巻(大空社、一九九五・九)に拠った。

6　玉の井の形成、歴史についての詳細は、第七章参照。

7　玉の井の成立、発展などの実証的な調査は、塩崎文雄↓第三章注65参照。なお本章は、氏の緻密な調査、論考から多大なる示唆を受けた。

8　京成白鬚線は隅田川を渡り、さらに延長をして三ノ輪で市電と連絡する予定であったが、開業からわずか八年後の一九三六年二月に廃止された。なお、これら交通関係のデータは『東武鉄道六十五年史』(東武鉄道株式会社、一九六四・八)、『京成鉄道五十五年史』(京成鉄道株式会社、一九六七・六)、『墨田の交通往来』(墨田区立緑図書館、一九八三・三)などに拠った。

9　一九三〇年前後に発表された玉の井をめぐる記事には、石角春之助「玉の井魔窟探検」(「文芸市場」一九二七・七)、葉山嘉樹・里村欣三「東京暗黒街探訪記」(「改造」一九三二・一一)、新井泉男「東京某暗黒街分析」(今和次郎・吉田謙吉編著『考現学採集』所収、建設社、一九三一・一二)、荒川薫風「キング・ポイント裏覗記」(「話」一九三三・九)というように遠さを示す語が含まれている場合が多い。

10　松崎天民『淪落の女』(磯部甲陽堂、一九一二・一〇)も同様に「人間の醜悪無惨にして、且悲惨痛苦の状を見んとする者は、まづ十二階下の迷路に赴くべし。」といった遠さがあからさまに表出している。なお成田龍一「文明/野蛮/暗黒」(吉見俊哉編『都市の空間　都市の身体』所収、勁草書房、一九九六・五)は、一九世紀後半から二〇世紀初頭にかけての近代日本の都市空間を、松原岩五郎、横山源之助らの言説の分析を通じて「いずれも「野蛮」「暗黒」という非文明を論じることにより「かれら」をたちあげ、その作業をつうじて併行的に「文明」の「われわれ」を確認していく」(傍点原文ママ)といった過程が存在したことを明らかにしている。

11　室生犀星「蒼白き巣窟」は初出(「雄辨」一九二〇・九)には、目次に表題が記されているが全文削除、単行本(新潮社、一九

【注】

二〇・一一）には大幅な削除が加えられている。本論ではこのような経緯があったことを承知した上で、削除箇所が復刻された冬樹社版『蒼白き巣窟』（一九七七・五）を引用した。

12　性病に関する法律については、山本俊一『日本公娼史』（中央法規出版、一九八三・三）を参照した。以下引用する条文は本書に拠る。

13　花柳病予防法　第五条　伝染ノ虞アル花柳病ニ罹レルコトヲ知リテ売淫ヲ為シタル者ハ三月以下ノ懲役ニ処ス（全文）

14　花柳病予防法　第二条　花柳病伝播ノ虞アル者ヲ診療セシムル為（中略）診療所ノ設置ヲ命ズル（抜粋）

15　以下、示達の引用は小島光枝『売笑問題と女性』（大日本更正社、一九三六・一一）六一～六三頁に拠った。

16　このような徹底した管理によって、あくまで警察の調査ではあるが、一九二八年当時の検査において二八・四％だった性病の感染率は、一九三四年においては二・八八％と約九割の減少をみせる。

17　今和次郎編纂『新版大東京案内』二三九～二四四頁（中央公論社、一九二九・一一）といったガイドブック、鹽谷三郎「玉の井私娼街全景」（「婦人サロン」一九三〇・一一）や、草間八十雄「娼婦初夜感二百三十八人」「同（完結編）」（「犯罪公論」一九三一・一〇～一一）、同「娼婦の哀話」（「話」一九三四・五）などのルポルタージュもまた、年齢、出身地、家庭環境と、私娼になった直接の理由、学歴、前職などを詳細に記すことによって、女性たちの「悲惨」な境遇を記している。

18　塩崎文雄「新聞小説としての『濹東綺譚』」（「日本文学」一九九六・一）は、『濹東綺譚』は連載開始にさきだって、おのずから〈傑作〉であることを宿命づけられていた」状況を「濹東綺譚」の予告記事、途切れがちに掲載された新聞の連載状況から明らかにしている。なお「濹東綺譚」の同時代評についての分析は第八章参照。

19　同様の見地の受容に、森山啓「明治大正の文学伝統」（「中央公論」一九三七・一〇）、片岡良一「荷風氏の輪郭と明治大正文学展開の型」（「思想」一九三八・三）がある。

20　清水昆「文化マンガ・ニユース」（「日本読書新聞」一九三七・七・一）のイラスト「濹東正譚」では、タクシーの乗客が運転手に「濹東行きのお客が殖えたらうね」と話しかけており、玉の井が「濹東綺譚」を媒介に語られている様子がわかる。

21　騰々亭「大波小波　個性の匂ひ――『濹東綺譚』と戯作者性」（「都新聞」一九三七・七・一五）、その他、長谷川春子「隠棲する永井荷風氏」（「報知新聞」一九三七・七・一二）など。なお片岡良一（前出）には「「偏奇館」をもつており「世を拗ねた人」と定評されて」いる様子が記述されている。

22 岡崎の提唱する「日本文藝学」とは「芸術の様式が個々の民族の特性によつて成立し、民族的様式といふ如きものを現はしてゐる姿」（同書）を研究の対象とする。

23 日中戦争勃発時に大量に生産される「報告文学」といった言説と「濹東綺譚」との関係については、第八章参照。

24 他に同一の傾向を有したものに、杉山幸一『玉の井の灯』（行人社書店、一九四六・四）、大林清「玉の井情婦伝」（「現代」一九七三・一一〜一九七四・五）、青木健作『玉の井たそがれ行き止まり』（光風社、一九七六・七）などがある。なお滝田ゆう『寺島町奇譚』（青林堂、一九八〇・四）は、このような〈郷愁〉の集大成ともいえる漫画作品である。なお玉の井の図像にまつわる表象については、第六章参照。

25 近藤富枝監修『永井荷風の愛した東京下町』一一四頁（日本交通公社出版事業局、一九九六・二）

26 近藤富枝監修（前出）一一九頁

第六章

1 E・バンヴェニスト（岸本通夫監訳）『一般言語学の諸問題』「代名詞の性質」（原書一九六六、二三四〜二四一頁、みすず書房、一九八三・四）

2 このような時間構成については金子明雄→第三章注32参照。なお本書においても、第八章で「濹東綺譚」全体の時間構成について言及している。

3 図⑥-iは新聞連載第九〜一一回、図⑥-iiは新聞連載第一六〜一九回に掲載されている。

4 島村輝→第三章注62は、木村の挿画について「「ドラマ」の一場面であり、そうした「ストーリー」のラインがこの小説を読んだ場面の一コマとしてぴったりとはまるような絵になっている。」と述べている。

5 性病対策を中心とする実態的な法規制と、玉の井をめぐるまなざしの生成の関連については、第五章参照。

6　考現学の具体的な成果は、今和次郎と吉田謙吉が編著にあたった以下の二冊にまとめられている。今和次郎・吉田謙吉編著『モデルノロヂオ（考現学）』（春陽堂、一九三〇・七）、同編著『考現学採集（モデルノロヂオ）』（建設社、一九三一・一一）ともに学陽書房（一九八六・一二）から復刊されている。なお本章は、吉見俊哉『都市のドラマトゥルギー』五九～八一頁（弘文堂、一九八七・七）、佐藤健二『風景の生産・風景の解放』七四～一三一頁（講談社選書メチエ、一九九四・二）から多大な教示を受けた。

7　今和次郎「考現学総論」（『考現学採集（モデルノロヂオ）』所収、前出）

8　塩崎文雄「復興震災と文学――『濹東綺譚』の考古学」（原田勝正・塩崎文雄編『東京・関東大震災前後』所収、日本経済評論社、一九九七・九）→第三章注65は、「濹東綺譚」本文に記された「見世物小屋」が実際に存在したことを、この図⑧を用いて明らかにしている。

9　川添登もまた「考現学そのものとしての目標は、（中略）個々の調査研究において、あらかじめ目的を定めて行われるものではない」（同『生活学の提唱』、一四七頁、ドメス出版、一九八二・八）と、そこに個人の政治性を確認していない。

10　このような時間意識をめぐって、同時代評は〈事実〉との一致を指摘し「報告文学」といったジャンルへと取り込もうとするものと、〈郷愁〉を重視し「虚」を指摘するものへと、大きく二つに分かれる。このような「濹東綺譚」をめぐる同時代的受容については第八章参照。

11　本誌編集部「東京の性感帯――現代岡場所図譜――」（『人間探求』二五号、一九五二・五）もまた鳩の街を紹介する際に「昔のような、薄暗くジメジメした感じは微塵もなく、街はきわめて明るい」と切断を示しながら、「昔懐しい玉の井の雰囲気が色濃い」と連続を示す。同様に杉森久英「ルポルタージュ　夏すがた鳩の町」（『中央公論』一九五五・七）もまた「今の鳩の町は昔の玉ノ井ではない」と切断を示しながら「風習人情、すべて玉ノ井の伝統が承け継がれてゐる」とともに〈郷愁〉を纏いながらその連続を示す。

12　滝田ゆう『寺島町奇譚（全）』（ちくま文庫、一九八八・三）カバー裏紹介文

【注】

13　無署名「わがまち墨田こんな町　東向島」（「すみだTOWN情報紙 Avenue」二七号、一九九七・一〇）
付記　木村荘八の本文引用については『木村荘八全集』全八巻（講談社、一九八二・四〜一九八三・二）に拠った。

第七章

1　一九三〇年前後の玉の井をめぐる表象については、第五章参照。
2　滝田ゆう『寺島町奇譚（全）』（ちくま文庫、一九八八・三）カバー裏紹介文。なお、この作品の図像については、第六章参照。
3　川本三郎「『濹東綺譚』の町」（川本三郎・湯川説子『図説　永井荷風』所収、八二頁、河出書房新社、二〇〇五・五）
4　多田蔵人第三章注40では「濹東綺譚」を「破綻せざるをえない江戸への憧憬によって、昭和初頭の東京を描く小説」としている。このように荷風のテクストを起点として「昔」と逢着してしまう論考は数多い。例えば前之園明良『荷風と歩く東京いまむかし』（実業之日本社、二〇一一・一〇）、大竹昭子『日和下駄とスニーカー　東京今昔凸凹散歩』（洋泉社、二〇一二・七）など。
5　高橋俊夫「濹東綺譚私註」↓第三章注61、多田蔵人（前出）など。
6　宮城達郎・坂上博一↓第三章注60、高橋俊夫（前出）など。
7　大林清↓第三章注58、前田豊↓第三章注59など。
8　塩崎文雄↓第三章注65参照。本章は氏の論考に多くの示唆を受けた。
9　川本三郎↓第三章注64
10　日比恆明『玉の井　色街の社会と暮らし』（自由国民社、二〇一〇・一〇）は当時の写真、地図の調査、インタビューなどを数多く収録しているという点において、玉の井研究の中で注目されるべき論考である。本章も大いに示唆を受けた。
11　東京市役所編『東京道路誌』（東京市役所、一九三九・三）
12　11に同じ。
13　この立ち退き命令には以下の新聞記事が参考になる。なお、この資料の存在についてはすでに塩崎文雄「震災復興と文学――『濹東綺譚』の考古学」↓第三章注65に指摘がある。

【注】

無署名「警視総監が喜ぶ玉の井の自然衰滅」（「東京朝日新聞」一九三〇・五・一七）

然るに今度都市計画による本所源森橋から府下本田村の環状線に通ずる放射線道路が起工される事となつたゝめにその計画線に引つかゝつてゐた玉の井銘酒屋九十九戸は断然府当局から移転を命ぜられ目下不承々々ながら立ち退きつゝあるが、警視庁としてはこれを機会に右立ち退きを命ぜられた部分は徹底的に消滅せしむる計画をとつてゐる。

14 図⑤「向島区一部」は単行本『濹東綺譚』（岩波書店、一九三七・八）においては未収録となった。

15 木村荘八の挿画は「濹東綺譚」においては過剰に物事を語る傾向にある。詳しくは、第六章参照。

16 川本三郎「濹東の隠れ里――玉の井」→第三章注64は「奥のほうから玉の井を偶然のように見つけたところが興味深い。」（三九九頁）と記している。

17 この日のスケッチを含む玉の井をめぐる図像については、第六章参照。

18 玉の井をめぐる表象については、第五章参照。

19 図②「寺島町変更前字名略図」、図③「寺島町変更後字名略図」の地図の向きと、荷風の「畧図」は、向かって右側が北という点において、ほぼ同一の方向認識によって構成されていることが理解できる。

20 この「火災保険特殊地図」については、日比恆明（前出）三九八頁に言及がある。日比氏は一九四三年製作の同地図を参照しているが、本章では、実際に荷風が玉の井を「調査」し、「濹東綺譚」を執筆した年代により近い一九三九年製作のものを参照した。

21 すでに詳細な住宅地図を使っての確定作業には先例がある。日比恆明調査・取材「『濹東綺譚』の世界が地図で再現。」（「荷風！」二三号、二〇一〇・三）で、日比氏は「昭和18年頃の玉の井住宅地図」と題して詳細な検討を加えている。そこで参照されている地図そのものについて日比氏は触れていないが、前出（20）に掲出されていた一九四三年製作「火災保険特殊地図」と考えられる。

22 一九三七年六月二〇日の『断腸亭日乗』には、伏見稲荷の神官から送られてきた手紙が引用されている。その末尾に「寺島町七ノ六五」と住所が記されていることから、伏見稲荷の位置も判明する。なおその手紙の内容は「玉の井の毛色の変わった小説的事件と人物を照会《ママ》します」として、一三の項目が記されている。新聞連載の「濹東綺譚」を受けたものと推測される。

23 また前出（21）の日比氏の調査によれば、このAの地点は「民家があった場所であり、銘酒屋は無かった。」というように根本的な問題点が指摘されている。
24 永井荷風『濹東綺譚　自筆原稿複製』（中央公論社、一九七一・一）
25 玉の井をめぐる表象については、第五章参照。
26 無署名「濹東綺譚の〝お雪〟を探る」（「日本読書新聞」一九三七・九・五）で「記者」は、「お雪さんのモデルは果たしてどんな女だらうか。」という問いから玉の井を歩き回るが、「これまた原作通りである。」「何も彼もそのまゝだ」と本文との描写の一致に驚いている。この同時代評は「濹東綺譚」本文が記述する「大正開拓期の盛時を想起させる一隅」へ実際に足を運んで、そのことを確認した例であろう。
27 小針氏作成の図版は川本三郎→第三章注64四〇〇〜四〇一頁に挿入。
28 本文でも触れた日比恆明調査・取材「『濹東綺譚』の世界が地図で再現。」（前出）もまた「六十一番地」が「民家」であるという事実から結局は従来の研究史同様に七丁目七〇〜七三番地周辺を「お雪さんの店があったと推定される場所」と結論づけている。
29 「濹東綺譚」の文体的な特徴については、第六・八章においても言及している。検討箇所は異なるものの、論旨が一部重複していることをお断りしておく。
30 E・バンヴェニスト（岸本通夫監訳）『一般言語学の諸問題』「代名詞の性質」（原書一九六六、二三四〜二四一頁、みすず書房、一九八三・四）
31 このような時間構成については、金子明雄→第三章注32参照。
32 永井荷風「寺じまの記」（前出）もまた同様の時間構成であることは、第六章において言及した。なおこのような受容の代表的な例として、古屋健三「事実の夢『濹東綺譚』の世界」（同『永井荷風　冬との出会い』所収、朝日新聞社、一九九九・一一）がある。古屋は「『濹東綺譚』は喪失の秋を前にした短い夏の夜の夢物語といえるだろう。」（三七一頁）と述べている。

第七章掲載の「玉の井成立年表」作成にあたっては以下の資料を参照した。

草間八十雄「東京における私娼擡頭の概観」(『社会事業』一九二一・九)
佐藤太平『日本民族恋愛史』(万里閣、一九三〇・三)
高橋桂二『現代女市場』(赤爐閣、一九三一・五)
寺島町役場編『寺島町字名地番改正誌』(寺島町役場、一九三二・九)
東京市役所編『東京市道路誌』(東京市役所、一九三九・三)
東武鉄道年史編纂事務局編『東武鉄道六十五年史』(東武鉄道株式会社、一九六四・八)
『京成鉄道五十五年史』(京成鉄道株式会社、一九六七・六)
渡辺清編『タクシー今昔物語』(城西個人タクシー事業組合、一九六九・六)
『墨田の交通往来』(墨田区立緑図書館、一九八三・三)
越沢明『東京都市計画物語』(日本経済評論社、一九九一・一一)
越沢明『東京の都市計画』(岩波新書、一九九一・一二)
鈴木都宣『濹東向島の道』(文芸社、二〇〇〇・一)
日比恆明『玉の井　色街の社会と暮らし』(自由国民社、二〇一〇・一〇)

【注】

第八章

1　同傾向の評に、萩原朔太郎「漂泊者の文学　荷風氏の濹東綺譚を読む」(『文芸』一九三七・九・一一)、正宗白鳥「思出すまゝに」(『改造』一九三七・七)、阿蘭「『濹東綺譚』の波紋」(『読売新聞』一九三七・七・二二)、蛙鳴「大波小波　事変と文学」(『都新聞』一九三七・九・一一)など。

2　玉の井の表象をめぐる〈歴史〉については、第五・六章参照。

3　「報告文学」の提唱については、既に昭和初頭のプロレタリア文学運動でなされていた。詳しくは、林淑美「プロレタリア小説の方法」(『日本文学史を読むⅣ　近代2』所収、有精堂、一九九三・一一)参照。また一九三五年前後における「報告文学」をめぐる言説分析は松本和也「昭和十年前後の〝リアリズム〟をめぐって――饒舌体・行動主義・報告文学」（『昭和文学研究』第五四集、二〇〇七・三）参照。

4　これらの論調は、明らかに小松清「行動主義理論」（『行動』一九三五・一）によって提唱された「行動主義」「能動主義」がその端緒となっている。

5　このような「報告文学」と並行して、小松は「ジイドに於ける「日記」の意義」（『早稲田文学』一九三七・一）、アンドレ・ジイド「ソヴェト旅行記」（『中央公論』一九三七・一）の翻訳などジイドの紹介を精力的にすすめていく。

6　私見の限りで「濹東綺譚」に関する最も早い評は、連載途中に発表された矢田津世子「「濹東綺譚」にふれて」（『三田新聞』一九三七・六・一五）で、「すぐれた作品には、その作家の個性が素晴らしく匂うてゐる。」として、その「匂ひ」の在処を「由緒」に求めている。

7　松本和也「昭和一二年の報告文学《ルポルタージュ》言説――尾崎士郎を視座として」（『文芸研究』第一七七集、二〇一四・三）は、尾崎士郎『悲風千里』を中心としながら「報告文学」というジャンルが形成する〈文学場〉を詳細に検討している。

8　引用にはないが、徳永がこの文章の他の箇所で批判的に言及した、大宅壮一「事変ルポルタージュ批判」（『改造』一九三七・一一）もまた「ルポルタージュ」「ルポルタージュ文学」「文学的ルポルタージュ」の三つのジャンル区分に、執筆者が「文士」であるのかどうかを基準にし、「文学」を発見している点では徳永と同じ構造といえる。なお二人は、以後この「文学性」をめぐって大宅壮一「廻転扉　概念の混乱」（『東京日々新聞』一九三七・一〇・二四）、徳永直「廻転扉　何が混乱か　大宅君に答へる」（同一九三七・一〇・二七）で論争を繰り広げる。

9　MYS「新聞は動員する」（『文藝春秋』一九三七・九）。なお高沖陽造「文芸展望台」（『中央公論』一九三七・一〇）は「近頃諸新聞に現はれている報告記事などには、客観的事実よりは、主観的な希望や感動を現はしすぎた様なものが」多いと批判されているが、この批判は、逆に記事を執筆する者の書く「今・ここ」の水準が大胆なまでに露出した形式の記事が、至るところで掲載されていたことの証左となるだろう。

10　MSN「戦争とラジオの役割」（『文藝春秋』一九三七・九）は、北支事変の放送中、最も感銘したのは八月一日と八日の二回に

【注】

亘る天津から」の「声涙共に下りつゝ話す松村少佐の陣中放送」で、「これこそ北支事変最初の生々しき戦争ルポルタージュであつた。」と賞賛している。

11 中野はこの後、島木健作『生活の探求』（河出書房、一九三七・一〇）をめぐって島木自身と論争を繰り広げることになる。そこでも中野は、「探求の不徹底――『生活の探求』を読む――」（「帝国大学新聞」一九三七・一一・八）で「すべてが傍観的立場に立って書かれている」点を批判している。

12 成田龍一（前出）は、これら火野葦平の作品に関して「「事後」に整序された文体ではなく、同時進行的に見える文体が採用されることによって、銃後の読者もまた、戦闘＝戦場の時間を共有し、兵隊たちの息づかいまでをも共有することが可能になったのである。」（一三〇頁）と述べている。

13 「濹東綺譚」の語りの分析は、金子明雄→第三章注32参照。

14 一九三〇年前後における玉の井の形式と、それをめぐる主体化については、第五章参照。

15 このような受容には、新聞連載時に掲載された木村荘八の挿画と本文との関係を考察せねばならないだろう。この点については、第六章参照。

16 「作後贅言」においても同様の時間構成を確認することができる。このことについては、第七章参照。

17 同様の見解に佐々木基一「抵抗の様相―荷風と重治―」（「文学」一九四九・七）がある。

参考文献

Ⅰ　単行本

佐藤春夫編著『永井荷風読本』(三笠書房、一九三六・六)
佐藤春夫『荷風雑感』(国立書院、一九四七・一二)
岡崎義惠『荷風論』(弘文堂アテネ文庫、一九四八・七)
日夏耿之介『荷風文学』(三笠書房、一九五〇・三)
相磯凌霜監修『永井荷風』(角川写真文庫、一九五六・二)
中村真一郎『永井荷風研究』(新潮社、一九五六・一一)
荷風先生を偲ぶ会編『回想の永井荷風』(霞ヶ関書房、一九六一・四)
松尾禎三『「濹東綺譚」展目録』(くさなぎのや書屋、一九六三・五)
小島政二郎『鷗外荷風万太郎』(文藝春秋新社、一九六五・九)
宮城達郎『永井荷風』(明治書院、一九六五・一〇)
秋庭太郎『考證永井荷風』(岩波書店、一九六六・九)
正岡容『荷風前後』(古賀書店、一九六七・九)
近藤富枝『永井荷風文がたみ――ほろびし東京の歌』(宝文堂、一九六八・七)
亀山巌『偏奇館閨中写影』(有光書房、一九七〇・七)
吉田精一『永井荷風』(新潮社、一九七一・二)
日本文学研究資料刊行会編『日本文学研究資料叢書　永井荷風』(有精堂、一九七一・五)
小門勝二『永井荷風の生涯』(冬樹社、一九七二・一一)
武田勝彦『荷風の青春』(三笠書房、一九七三・三)
宮城達郎編著『永井荷風の文学』(桜楓社、一九七三・五)
小門勝二『濹東綺譚の物語』(冬樹社、一九七三・七)
高橋俊夫『荷風文学の知的背景』(笠間書院、一九七五・一)
野口冨士男『わが荷風』(集英社、一九七五・五)
秋庭太郎『永井荷風傳』(春陽堂、一九七六・一)
大野茂雄『荷風日記研究』(笠間書院、一九七六・三)
笹淵友一『永井荷風――「堕落」の美学者――』(明治書院、一九七六・四)
桶谷秀昭『天心　鑑三　荷風』(小沢書店、一九七六・五)
種田政明『新攷　荷風文学』(飛鳥書房、一九七六・六)
宮城達郎『耽美派研究論考――永井荷風を中心として』(桜楓社、一九七六・六)
郡司正勝『荷風別れ』(コーベブックス、一九七六・九)
重友毅編著『濹東綺譚の世界』(笠間書院、一九七六・九)
高橋俊夫『荷風文学閑話』(笠間書院、一九七八・一)
坂上博一『永井荷風ノート』(桜楓社、一九七八・六)

中村光夫『《評論》永井荷風』（筑摩書房、一九七九・二）

冨田均『東京徘徊　永井荷風『日和下駄』の後日譚』（少年社、一九七九・七）

秋庭太郎『荷風外傳』（春陽堂書店、一九七九・七）

磯田光一『永井荷風』（講談社、一九七九・一〇）

高橋俊夫『葛飾の永井荷風』（崙書房、一九八〇・一〇）

『文芸読本　永井荷風』（河出書房新社、一九八一・八）

森安理文『永井荷風――ひかげの文学』（国書刊行会、一九八一・一二）

飯島耕一『永井荷風論』（中央公論社、一九八二・一二）

高橋俊夫『永井荷風と江戸文苑』（明治書院、一九八三・二）

秋庭太郎『新考　永井荷風』（春陽堂書店、一九八三・三）

平岩昭三『『西遊記日記抄』の世界――永井荷風洋行時代の研究』（六興出版、一九八三・一一）

網野義紘『人と作品　永井荷風』（清水書院、一九八四・一〇）

中島国彦編『新潮日本文学アルバム　永井荷風』（新潮社、一九八五・九）

赤瀬雅子『永井荷風――比較文学的研究』（荒竹出版、一九八六・五）

坂上博一編『日本文学研究大成　永井荷風』（国書刊行会、一九八八・六）

廣瀬千香『私の荷風記』正続（日本古書通信社、一九八九・一一）

紀田順一郎『永井荷風――その反抗と復讐』（リブロポート、一九九〇・三）

塚本靖彦『ロマン的断想　荷風のことなど』（武蔵野書房、一九九一・五）

松田良一『永井荷風――オペラへの夢』（音楽之友社、一九九二・七）

小田中潜『荷風慕情・耽蕩一代』（博美館出版、一九九二・一〇）

松本哉『永井荷風の東京空間』（河出書房新社、一九九二・一二）

劉建輝『帰朝者・荷風』（明治書院、一九九三・二）

網野義紘『荷風文学とその周辺』（翰林書房、一九九三・一〇）

松本哉『永井荷風ひとり暮らし』（三省堂、一九九四・三）

吉野俊彦『鷗外・啄木・荷風　隠された戦い　いま明らかになる天才たちの輪舞』（ネスコ、一九九四・三）

石阪幹将『都市の迷路　地図のなかの荷風』（白地社、一九九四・四）

東秀紀『二つの東京物語』（講談社、一九九四・八）
高橋俊夫編『作家の自伝4　永井荷風』（日本図書センター、一九九四・一〇）
金沢大士『荷風型自適人生』（近代文藝社、一九九四・一一）
半藤一利『荷風さんと「昭和」を歩く』（プレジデント社、一九九四・一二）
鈴木文孝『若き荷風の文学と思想』（以文社、一九九五・一）
高橋俊夫編『永井荷風「濹東綺譚」作品論集成』（大空社、一九九五・三）
松田良一『永井荷風――ミューズの使徒』（勉誠社、一九九五・一二）
近藤富枝監修・文芸散策の会編『永井荷風の愛した東京下町』（日本交通公社出版事業局、一九九六・二）
中澤千磨夫『荷風と踊る』（三一書房、一九九六・三）
江藤淳『荷風散策――紅茶のあとさき』（新潮社、一九九六・三）
川本三郎『荷風と東京――『断腸亭日乗』私註』（都市出版、一九九六・九）
菅野昭正『永井荷風巡歴』（岩波書店、一九九六・九）
樋口修吉『贋　冬扇記』（白水社、一九九六・一〇）
真銅正宏『永井荷風・音楽の流れる空間』（世界思想社、一九九七・三）
末延芳晴『永井荷風の見たあめりか』（中央公論社、一九九七・一一）
東秀紀『荷風とル・コルビュジエのパリ』（新潮社、一九九八・二）
安岡章太郎『私の濹東綺譚』（新潮社、一九九九・六）
吉野俊彦『『断腸亭』の経済学　荷風文学の収支決算』（日本放送出版協会、一九九九・七）
東京都江戸東京博物館編『「永井荷風と東京」展』（東京都江戸東京博物館、一九九九・七）
神奈川文学振興会編『永井荷風展』（神奈川近代文学館、一九九九・一〇）
川本三郎編『荷風語録』（岩波現代文庫、二〇〇〇・四）
吉野俊彦『永井荷風と河上肇　放蕩と反逆のクロニクル』（日本放送出版協会、二〇〇一・六）
坪内祐三編『明治の文学　第二五巻　永井荷風　谷崎潤一郎』（筑摩書房、二〇〇一・一一）
川本三郎『荷風好日』（岩波書店、二〇〇二・二）
矢野誠一『荷風の誤植』（青蛙房、二〇〇二・八）
松本哉『女たちの荷風』（白水社、二〇〇二・一〇）
末延芳晴『荷風とニューヨーク』（青土社、二〇〇二・一〇）

草森紳一『荷風の永代橋』(青土社、二〇〇四・一二)
加太宏邦『荷風のリヨン　『ふらんす物語』を歩く』(白水社、二〇〇五・一二)
川本三郎・湯川説子『図説　永井荷風』(河出書房新社、二〇〇五・五)
持田叙子『朝寝の荷風』(人文書院、二〇〇五・五)
永井永光『父　荷風』(白水社、二〇〇五・五)
末延芳晴『荷風のあめりか』(平凡社ライブラリー、二〇〇五・一二)
傳馬義澄編『永井荷風研究ノート』(國學院大學大学院文学研究科、傳馬ゼミ、二〇〇六・三)
永井永光・水野恵美子・坂本真典『永井荷風　ひとり暮らしの贅沢』(新潮社、二〇〇六・五)
福多久『永井荷風論——西欧的「熱情」の沸点と冷却——』(郁朋社、二〇〇六・六)
半藤一利『荷風さんの戦後』(筑摩書房、二〇〇六・九)
松本哉『永井荷風という生き方』(集英社、二〇〇六・一〇)
バルバラ・吉田＝クラフト(吉田秀和編　濱川祥枝訳)『日本文学の光と影——荷風・花袋・谷崎・川端』(藤原書店、二〇〇六・一一)
傳馬義澄編『永井荷風研究ノート2』(國學院大學大学院文学研究科、傳馬ゼミ、二〇〇七・三)
岩垣顕『荷風　日和下駄　読みあるき』(街と暮らし社、二〇〇七・三)
南明日香『永井荷風のニューヨーク・パリ・東京　造景の言葉』(翰林書房、二〇〇七・六)
小島政二郎『小説　永井荷風』(鳥影社、二〇〇七・八)
高橋勇夫『詭弁的精神の系譜——芥川、荷風、太宰、保田らの文学的更正術』(彩流社、二〇〇七・一二)
世田谷文学館編『永井荷風のシングル・シンプルライフ』(世田谷文学館、二〇〇八・二)
永井永光『荷風と私の銀座百年』(白水社、二〇〇八・六)
近藤富枝監修『荷風流東京ひとり歩き』(ＪＴＢパブリッシング、二〇〇八・一一)
福多久『鷗外漱石から荷風へ——nil admirari の表明と主人公達——』(郁朋社、二〇〇九・二)
持田叙子『荷風へ、ようこそ』(慶応大学出版会、二〇〇九・四)
岩垣顕『荷風片手に　東京・市川散歩』(街と暮らし社、二〇〇九・四)
橋本敏男『増補　荷風のいた街』(ウェッジ文庫、二〇〇九・四)

新藤兼人『『断腸亭日乗』を読む』（岩波現代文庫、二〇〇九・五）
柘植光彦編『永井荷風　仮面と実像』（至文堂、二〇〇九・九）
近藤富枝『荷風と左団次——交情蜜のごとし』（河出書房新社、二〇〇九・一〇）
持田叙子『永井荷風の生活革命』（岩波セミナーブックス、二〇〇九・一二）
南明日香『荷風と明治の都市景観』（三省堂、二〇〇九・一二）
真銅正宏『永井荷風・ジャンルの彩り』（世界思想社、二〇一〇・一）
林信蔵『永井荷風　ゾライズムの射程——初期作品をめぐって』（春風社、二〇一〇・四）
相磯凌霜（小出昌洋編）『荷風余話』（岩波書店、二〇一〇・五）
大村彦次郎『荷風　百閒　夏彦がいた——昭和の文人あの日この日』（筑摩書房、二〇一〇・八）
鈴木文孝『永井荷風の批判的審美主義　特に艶情小説を巡って』（以文社、二〇一〇・九）
坂上博一『永井荷風論考』（おうふう、二〇一〇・一一）
菅野昭正『永井荷風再考』（日本放送出版協会、二〇一一・一）
岩野紀久代『永井荷風と浄閑寺・與謝野晶子と荻窪のサロン』（大東出版、二〇一一・五）
前之園明良『荷風と歩く東京いまむかし　文人が住んだ町、歩いた街、愛したまち』（実業之日本社、二〇一一・一〇）
奥野信太郎『荷風文学道しるべ』（岩波現代文庫、二〇一一・一二）
野町均『永井荷風と部落問題』（リベルタ出版、二〇一二・三）
秋山征夫『荷風と市川』（慶應義塾大学出版会、二〇一二・五）
加藤郁乎『俳人荷風』（岩波現代文庫、二〇一二・七）
大竹昭子『日和下駄とスニーカー　東京今昔凸凹散歩』（洋泉社、二〇一二・七）
壬生篤編『文豪永井荷風　人生の旅路』（徳間書店、二〇一二・一二）
高橋英夫『文人荷風抄』（岩波書店、二〇一三・四）
河出書房新社編『文芸の本棚　永井荷風　断腸亭東京だより』（河出書房新社、二〇一四・九）
高山修一『おひとりさま　荷風』（崙書房出版、二〇一四・

一二）
若菜薫『荷風散人　芸術としての孤独』（鳥影社、二〇一四・一二）
菊谷和宏『「社会《コンヴィヴィアリテ》」のない国、日本　ドレフュス事件・大逆事件と荷風の悲嘆』（講談社選書メチエ、二〇一五・三）
倉科遼（作）・ケン月影（作画）『荷風になりたい　不良老人指南』全四巻（小学館、二〇一六・一〇〜二〇一七・九）
多田蔵人『永井荷風』（東京大学出版会、二〇一七・三）
川本三郎『老いの荷風』（白水社、二〇一七・六）
三ツ木茂『荷風を追って――1945夏・岡山の80日』（山陽新聞社、二〇一七・一〇）
唐仁原教久『『濹東綺譚』を歩く』（白水社、二〇一七・一一）
末延芳晴『慶應義塾文学科教授永井荷風』（集英社新書、二〇一八・一二）
川本三郎『台湾、ローカル線、そして荷風』（平凡社、二〇一九・三）

Ⅱ　雑誌特集

「特集　永井荷風」（「明治大正文学研究」第一〇号、一九五三・五）
「永井荷風読本」（「文芸」臨時増刊、一九五六・一〇）
「永井荷風追悼」（「三田文学」、一九五九・六）
「特集　永井荷風」（「国文学　解釈と鑑賞」、一九六〇・六）
「特集　永井荷風」（「図書」、一九六二・一二）
「特集　荷風と潤一郎」（「国文学　解釈と教材の研究」、一九六四・四）
「特集　永井荷風」（「文学」、一九六五・九）
「特集　荷風に吹かれて」（「早稲田文学」、一九七三・九）
「特集　永井荷風」（「本の本」、一九七五・一二）
「特集　永井荷風――象徴と憧憬」（「現代詩手帳」、一九七六・四）
「特集　永井荷風の世界」（「国文学　解釈と鑑賞」、一九八四・三）
「特集　永井荷風――人および作品――」（「季刊文学」第三巻・第三号、一九九二・七）
「特集　荷風の散歩道　永井荷風の歩いた東京」（「東京人」、一九九二・九）
「特集　永井荷風――偏奇と孤独の蕩児」（「鳩よ！」、一九九三・二）
「特集　永井荷風」（「ユリイカ」、一九九七・三）

「特集　荷風と東京の戦後」（「東京人」、一九九八・九）
「特集　永井荷風を読む」（「国文学　解釈と鑑賞」、二〇〇二・一二）
「永井荷風論・四篇」（「三田文学」第八四号、冬季号、二〇〇六・二）
「特集　悪と永井荷風とローライフレックス」（「en-taxi」第二一号、二〇〇八・三）
「特集　荷風没後五〇年　虚像から実像へ」（「隔月刊文学」第一〇巻・第二号、二〇〇九・三）
「特集　永井荷風の楽しき孤独」（「東京人」、二〇〇九・一二）
「特集　永井荷風　愛すべき散歩者」（「東京人」、二〇一七・一二）
「特集　永井荷風と慶應義塾」（「三田文学」、第一三五号、秋季号、二〇一八・一一）

初出一覧

（以下、それぞれの章に収録した論文の原題と初出誌を示す。本書にまとめるに際して、大幅に加筆修正を行った）

第一章　「永井荷風の「復活」――『つゆのあとさき』を読む」
（隔月刊「文学」第一〇巻第二号、二〇〇九年三・四月号、二〇〇九年三月）

第二章　「ヒモと金の〈物語〉――永井荷風『ひかげの花』を読む」
（「昭和文学研究」第六一集、二〇一〇年九月）

第三章　「テクストを読むこと――永井荷風「濹東綺譚」研究史を考える」
（「明治大学教養論集」第五二九号、二〇一七年九月）

第四章　「〈玉の井〉への道程――永井荷風「断腸亭日乗」と「寺じまの記」を読む」
（「現代文学史研究」第二八集、二〇一八年六月）

第五章　「消えたラビリンス――「玉の井」の政治学」
（「日本近代文学」第六四集、二〇〇一年五月）

第六章　「「ぬけられます」からぬけでるために――「玉の井」の図像学」
（「昭和文学研究」第四五集、二〇〇二年九月）

第七章　「〈玉の井〉の地政学——永井荷風と地図（その1）」
（志學館大学人間関係学部「研究紀要」第三五巻第一号、二〇一四年一月）
「〈玉の井〉の地政学——永井荷風と地図（その2）」
（「立教大学日本文学」第一一二号、二〇一四年七月）
第八章　「「報告文学」の季節——永井荷風「濹東綺譚」の受容から」
（「立教大学日本文学」第八九号、二〇〇二年一二月）

あとがき

どうしても気になる作品というものがある。私の場合、永井荷風「濹東綺譚」がそれであった。最初に読んだのは大学入学後すぐの頃だったと思う。新潮文庫で読んだ記憶がある。「面白かった」、「感動した」といった感想は一切持つことができなかった。小説家である「わたくし」の作品「失踪」が作中に引用されはするものの、結局、その作品の結末が記されることもなく、また「わたくし」と「お雪」の顛末もよくわからない。さらには「作後贅言」という、なんとも不思議な文章が付されている。これは作品のあとがきにしては長く、また内容的にも本編とあまり関係がない。これまで抱いたことのない中途半端な読後感が残っただけだった。気を取り直して、挿画が全点収録されている岩波文庫を購入して読み直したが、今度は木村荘八の挿画があまりにも個性的で、荷風の本文と照らし合わせるよりも、独立した絵画作品として鑑賞してしまった。そのために、図像としての私娼街玉の井が強烈に印象に残り、街への興味がかきたてられた。東向島に行ってみたりもした。こうなると、自分が一体何を読んでいるのかわからなくなってきてしまい、作品に対してますます混乱の度を深めていくこととなった。結局「濹東綺譚」はそのまま放置してしまい、卒論は第一次戦後派の作家を対象とすることにした。

そして、博士前期課程に入学後、大学院の授業で再び「濹東綺譚」を読むことになる。ナラトロジーの観点から分析することが課題だったこの授業の対象作品に「濹東綺譚」が挙がっており、学部時代のモヤモヤを解消するべく、勇気を出して取り組む決意をしたのである。思い返せば、文学理論を勉強するのも初めてで、ナラトロジーもさっぱりわからず、一から始めた勉強は、新鮮さはあるものの、到底「濹東綺譚」を論じきれるわけもなかった。モヤモヤは解消できるどころか、さらに募らせてしまい、その結果、修士論文は「濹東綺譚」だけを論じることにした。

私が修士論文に取り組んでいた一九九〇年代後半は、ナラトロジーから社会学を応用した研究、そして文化研究へと研究方法が推移していた時期でもあり、私も学んだばかりの理論を、不器用ながら「濹東綺譚」の分析に試行錯誤しながら援用していたことを思い出す。一度論じてしまえば興味関心が薄れていく作品が多いなかで、「濹東綺譚」だけは、現在に至るまで何度論じても結局満足することができない。結果、博士論文まで引きずることになり、本書に収録した論考のなかで最も紙幅と時間を割くこととなった。今後も「濹東綺譚」をめぐる二本の映画作品（監督＝豊田四郎、新藤兼人）、舞台作品（台本＝菊田一夫）について考察を重ねていきたいので、まだまだこの作品とは付き合うことになりそうである。

本書は、二〇一五年一一月、立教大学文学研究科に提出した、博士学位請求論文『永井荷風論――復活期を中心に』をもとに、「濹東綺譚」を論じた箇所を中心に再構成しました。主査の石川巧先生、副査の金子明雄先生、中島国彦先生には、心より感謝申し上げます。また、中島国彦先生とともに継続して行っている荷風研究プロジェクトのメンバー真銅正宏先生、多田蔵人さんにも心より感謝申し上げます。そして本書の執筆途中に故人になられた、同じくプロジェクトメンバーであった中村良衛先生にも心より感謝申し上げます。学部時代より、博士後期課程、その後の私生活に至るまでの長きにわたってご指導くださる石﨑等先生、学部時代から今現在までずっとあたたかいお言葉をかけてくださる富岡幸一郎先生にも心より感謝申し上げます。

また、本書の編集を担当してくださった論創社の志賀信夫さんにも深く感謝申し上げます。志賀さんは私の学部時代からの知り合いで、文学をはじめとして、舞台芸術の魅力をたくさん教えてくれた恩人です。

思えば、博士後期課程中退後、フェリス女学院中学校・高等学校、志學館大学、明治大学と職場と生活拠点を転々としながら、書き継いできたのが、本書に収められた論考です。それぞれの職場でご一緒した教職員の方々は、私のような未熟な人間に対してもあたたかく接して下さいました。深く感謝申し上げます。また、このような放浪ともいえる研究生活を、あたたかく見守ってくれた両親には感謝してもし尽くせません。この生活のなかで、息子太郎には小学校を二度も転校させてしまいました。いずれの小学校にも楽しそうに通ってくれたのが執筆の励みになりました。

そして妻仁美は、本書に収録されたすべての論考について、構想や下書きの段階からコメントをくれました。本当にありがとう。そして今後も末永くよろしく。

二〇一九年三月　荷風没後六〇年、生誕一四〇年を迎える年に

嶋田直哉

嶋田直哉（しまだ・なおや）

1971年生まれ。立教大学大学院文学研究科日本文学専攻博士後期課程中退。フェリス女学院中学校・高等学校教諭、志學館大学人間関係学部准教授を経て、現在明治大学政治経済学部准教授。博士（文学）。専攻は日本近代文学・現代演劇批評。「輻輳化する風景――永井荷風の文体戦略」（「明治大学教養論集」第532号）、「記憶の遠近法――井上ひさし『父と暮せば』を観ること」（「日本近代文学」第94集）など。

荷風と玉の井「ぬけられます」の修辞学

2019年5月2日　初版第1刷印刷
2019年5月15日　初版第1刷発行

著　者　嶋田直哉
発行人　森下紀夫
発行所　論 創 社
〒101-0051 東京都千代田区神田神保町 2-23　北井ビル 2F
TEL : 03-3264-5254　FAX : 03-3264-5232　振替口座　00160-1-155266
装幀／宗利淳一
印刷・製本／中央精版印刷
組版／フレックスアート
ISBN978-4-8460-1820-7